同心云聚

TONGXIN YUNJU

葛水平 ◎ 著

云南出版集团
云南人民出版社

图书在版编目（CIP）数据

同心云聚/葛水平著.—昆明：云南人民出版社，2019.4
ISBN 978-7-222-18339-1

Ⅰ.①同… Ⅱ.①葛… Ⅲ.①纪实文学–中国–当代 Ⅳ.①I25

中国版本图书馆CIP数据核字（2019）第061375号

云南省文艺精品创作扶持资金资助项目
出 品 人：李 维 赵石定
责任编辑：韩 旭
责任校对：董郎文清 周 彦
装帧设计：马 滨
责任印制：李寒东

同心云聚

葛水平 著

出　　版	云南出版集团　云南人民出版社
发　　行	云南人民出版社
社　　址	昆明市环城西路609号
邮　　编	650034
网　　址	www.ynpph.com.cn
E-mail	ynrms@sina.com
开　　本	720mm×1010mm　1/16
印　　张	18.75
字　　数	240千
版　　次	2019年4月第1版第1次印刷
印　　刷	云南新华印刷二厂有限责任公司
书　　号	ISBN 978-7-222-18339-1
定　　价	90.00元

如需购买图书、反馈意见，请与我社联系
总编室：0871-64109126　　发行部：0871-64108507
审校部：0871-64164626　　印制部：0871-64191534

版权所有　侵权必究　印装差错　负责调换

云南人民出版社公众微信号

内容简介

《同心云聚》是第四届鲁迅文学奖获得者葛水平的一部新作。

作品以大量走村入寨直接面对一个个少数民族家庭和个人的访谈、海量文史资料为基础,以作家特有的平实而敏感的、富于穿透力的、亲和温暖的文学语言,从真切平实的个案着笔,用具体生动朴素感人的生活实例,极具说服力和感染力地表现了中国共产党民族政策的正确伟大和无限生命力;书写了新中国建立以来,不同历史时期、不同地区和民族的民族团结先进人物、民族文化代表人物各具丰采的形象以及他们平凡而伟大的事迹;呈现了不同角度所观察到的云南省民族团结进步喜人景象;并将这些各具深刻代表性的人与事,巧妙地编织成了一幅从新中国成立到中国特色社会主义新时代,云南民族团结进步事业日新月异、欣欣向荣,不断发展进步的全景式锦绣画卷。

作者简介

葛水平，女，山西省沁水县人。现为山西省作家协会副主席，系中国作家协会会员，一级作家。

已发表小说、散文、诗歌、影视作品300余万字，出版有诗集《美人鱼与海》《女儿如水》；散文集《心灵的行走》《今世今生》《走过时间》《河水带走两岸》；小说集《喊山》《守望》《陷入大漠的月亮》《地气》《所有的念想都因了夜晚》《一时之间如梦》及长篇小说《裸地》等。她的文学作品《甩鞭》登上2004年度"当代中国文学最新排行榜"，并获《中篇小说选刊》"优秀作品奖"；《比风来得早》获《上海文学》"中环杯"特等奖；《地气》《黑雪球》《连翘》《比风来得早》蝉联2004、2005、2006、2007年度"中国小说排行榜"；代表作《喊山》在《人民文学》发表并获"人民文学奖"，《小说月报》"百花奖"，以及中国文学最高奖项——第四届"鲁迅文学奖"。

目录

第一章 云南，精神再生之地 // 001
　一、誓词碑，动人的传奇故事 // 003
　二、各民族从了解到理解，再到尊重和欣赏 // 005
　三、民族团结誓词千古铁证 // 014
　四、宁可放弃生命也不背叛誓言 // 025
　五、深藏在心底的高贵信仰不能变 // 034
　六、为寻找民族誓词碑作过贡献的今人 // 037
　七、歌声化解矛盾的拉祜族村寨 // 052
　八、西盟，阿佤人民唱新歌 // 059
　九、风雨过后见彩虹，民族工作结硕果 // 063

第二章 楚雄，彝族火把照亮岁月 // 066
　一、左脚舞，彝绣，四弦琴，那一口酸腌菜 // 068
　二、姚安的魅力不仅是《梅葛》和花灯 // 073
　三、彝、汉、回族组成的和谐家庭 // 077
　四、小小四弦一块柴，酸的弹出甜的来 // 083
　五、毕摩，彝族文化的守护者和传播者 // 087
　六、携起手，小康社会一起奔 // 097

第三章 红河州，歌舞包围了的日常生活 // 110
　一、阿细跳月，跳出同心圆 // 114
　二、个旧，民族团结"九进"工作有序开展 // 118

三、石屏县，经济发展推动了民族团结进步 // 129

　　四、彩虹当桌长街宴 // 137

　　五、不让一个民族掉队 // 141

第四章　祖国和母亲在独龙族语中是同义词 // 147

　　一、带龙字的民族，成为中华民族大家庭中的一员 // 148

　　二、与人斗争的历史和崇拜万物的历史一样长 // 151

　　三、绣面部落女的前世今生 // 157

　　四、保疆固边，军民鱼水一家亲 // 165

第五章　香格里拉，心中的日月 // 182

　　一、和融共生的茨中村 // 185

　　二、噶丹松赞林寺的往昔 // 194

　　三、尼西黑陶，连接民族团结根脉的纽带 // 202

第六章　西双版纳，理想而神奇的乐土 // 212

　　一、总佛寺，是联系信众的纽带 // 214

　　二、召存信的一生是西双版纳的一部近现代简史 // 219

　　三、民族团结进校园、进寨子 // 222

　　四、打洛边防战士胡鑫是布朗人的小福星 // 227

　　五、八个民族36口人组合的和睦大家庭 // 231

　　六、直过民族，守着桂花树的窝棚 // 234

第七章　丽江，诗歌与音乐心跳的地方 // 241

　　一、马帮古道，一条民族迁徙的文化走廊 // 242

　　二、男匠女耕，普通人的日子没有小事 // 247

　　三、宣科，让纳西古乐名扬世界 // 252

　　四、九色玫瑰小镇住着九个民族 // 260

第八章　洱海苍山秀，大理好风光 // 267
　　一、七个民族一个庄 // 269
　　二、古生村迎来最尊贵的客人 // 275
　　三、南涧"跳菜"，千年传承中的歌舞升平 // 281
　　四、白族扎染，濡染了多民族妖娆静好的岁月 // 285
　　五、船的力量在帆上，人的力量在心上 // 289

第一章
云南，精神再生之地

　　云南，彩云之南，对它的神往，始终觉得是一种文化的约定。这种精神和灵魂之约，是一种机缘，甚至有一种宿命的成分。

　　渴望走近。这是一个太具有个性和太有魅力的地方，上苍厚赐了它该有的一切，高原之上，捉摸不定的谜一般的面孔，似乎许多人都期望在这块土地上寻找精神复活，心灵重生，寻找丰富多彩的自己，许多人把云南认作精神再生之地。

　　行走在灵性的高地上，多民族居住地，五彩缤纷，亲若手足，互敬互爱，共同发展。多民族聚集地，团结既是稳定的根源，也是追求的目标。

　　走往云贵高原，在这种过于磅礴的自然之中，人觉得自己渺小如蝼蚁；天蓝水绿，正是繁花开的季节。仰望着灿烂阳光下的梅里雪山——万山之神，当少数民族同胞用歌声和祝祷将欢乐一直送到天之绝顶，我看见了太阳的金子御辇，飞马乘驾的祥云，举目四极的空阔，无物的天空让我静好。

　　于是，我开始向历史寻觅，叩问历史似乎容易使人们变得感动起来，然而云南民族携手的历史，又有多少激动人心的事例，这无疑是一块滋润团结向前的多民族地区的厚重沃土。

　　中国的周边地带分别是高山、浩海、大漠和戈壁，这种相对封闭的地理环境在阻隔了与区域外交通的同时,又有利于区域内各民族的密切交往。各民族在历经迁徙、贸易、婚嫁,以及碰撞、冲突甚至兵戎相见之后,形成了大杂居、小聚居、交错杂居的分布格局。

同顶一片天,同耕一块田,同饮一河水,共生互补。

对于中国各民族来说,如果没有一个现代的国家体系,将陷入"有一体之名,而无一体之实"的境地;如果没有一个现代的制度支撑,就无法改变落后挨打、被蚕食瓜分的命运;如果没有一个坚强的领导,也就无法形成认同、结成一体,凝聚起亿万人民的力量。

从隔阂走向团结,从混乱走向安定,从黑暗走向光明,从落后走向进步,从贫穷走向富裕,从封闭走向开放。当我们确立了在中国共产党领导下,坚持民族区域自治,坚持各民族共同团结奋斗、共同繁荣发展为核心的民族政策之后,我们拥有了一个经济发展、文化繁荣、社会稳定、民族团结的大家庭。

70多年过去,云南省26个民族和伟大祖国一道,翻越万水千山,共同向民族复兴迈进。世界的关切,昭示着永恒的真理:各民族团结进步是中华民族的生命所在、力量所在、希望所在。

就像歌曲里所唱:

> 五十六个星座五十六枝花
> 五十六族兄弟姐妹是一家
> 五十六种语言汇成一句话
> 爱我中华
> 爱我中华
> 爱我中华。

繁花似锦的岁月,每朵花都为祖国大花园增添了烂漫和芬芳。

一、誓词碑，动人的传奇故事

普洱是茶的故乡，茶马古道的源头。

千百年来，一代又一代的马帮人，承载着"走出大山、走向世界"的梦想，用"一路挥鞭，马蹄把石板洞穿"的坚毅，用"一路吆喝，情歌把群山唱醉"的豪情，演绎了一个个人与茶的生死传奇，在崇山峻岭之间开辟了5条"连内地、接西藏、达京城、通世界"的茶马古道，成为一条民族融合的友谊之道、人文精神的超越之道和包容开放的繁荣之道。

山间铃响马帮来，是20世纪50年代前的真实写照。在车辆如梭的当今，马帮已不再有，山林是听不到清脆的马铃响了。茶马古道显得更加寂静。但回荡动听的马铃声和赶马人的山歌依然记忆犹新：

三月里来，三月三，赶着骡马进茶山，普洱茶好人人爱，驮起茶叶到远方。

我在茶马古道上寻找誓词碑的故事。

誓词碑的发生地是宁洱，宁洱最早称为普洱，这里曾是哈尼族先民居住的地方，称为水边的寨子，哈尼语发音为"普洱"。

普洱是个物产丰富的地方，普洱有着悠久的历史，明洪武十六年，"普耳"定名，万历年间改为"普洱"，雍正七年改设普洱府，从此，这里就成了滇南的经济、政治、文化的重镇。

纵横交错的大山褶皱里的坝子、梁子、寨子里世居着少数民族同胞。一个民族一串故事，在这块土地上狂欢、群舞，如果你不知道幸福在哪里，那么和谐共生就是幸福。

栖居，像海德格尔栖居在乡下。他们有果树、种子、农作物、动物作伴……

然而……

从前，佤族祭谷魂的"祭品"是人头，所以，每到种植季节，每个寨子都要到远方的寨子寻猎人头（一般不砍周边寨子的），这就是历史上阿佤山的"砍人头祭谷"。

祭谷魂是由村里有威望的头人确定一个祭（叫）谷魂的日子，到叫谷魂的那天，村里"魔巴"（巫师）要做"法事"，人们杀鸡杀猪作祭品，全村人围在一起唱歌跳舞（打歌），在整个活动过程中烟、酒（一般为佤族水酒）不断，晚上聚餐，十一二点一起吃鸡肉烂饭，一天的祭谷魂活动宣告结束。

"砍人头"的由来，有三种说法：一是佤族最大的神"木依吉"于大发洪水时，告诉大家杀人头祭鬼，谷子才长得好，有饭吃。二是孔明老爹用熟谷种骗佤族，地里不长苗，说只有砍人头祭谷子才能丰收，然后才给他们好谷种。第三种传说较为普遍，说是要找一个人的灵魂来守护旱谷，谷子才能丰收。当时人们还说络腮胡子的人头最灵。

"人头祭谷"虽有其事，但不是乱砍，有一定的规矩。

"中华人民共和国各民族团结起来！"

这是毛泽东主席1950年5月的亲笔题写。

新中国成立时，边疆群众对共产党的认识还停留在懵懂的阶段，我们把时间推到1931年初。

冬天的佤族寨子北风呼啸，有老人说，这样的情景几十年不遇了，时节刚刚进入冬季，北风就十分刺骨。

早晨，洼地里铺着白茫茫的一层厚霜，直到太阳升得老高才慢慢消散。只有不畏寒冷的野樱花在嗖嗖的山风中抖擞枝条，怒放着耀眼的花朵。

冬日的下午，民间手艺人杨正元来到大麓山下大田村一户彝族老乡家坐下，喝了水，闲聊了几句，从竹篮子里拿出准备好了的画笔和颜料，准备给主人家画祖宗像。这家主人去年就对他讲了画神像的事，只是一时太忙，顾不过来，拖了半年，他感到真有些对不起主人。

一个个先祖们，从他的笔下显露出来，活灵活现，呼之欲出，大家就把杨正元传神了。有人说，这个画师只要看看主人家男主人的面孔，闭上眼睛养会神，就能够把逝去多年的祖宗们一个个召唤回来，在眼前晃动。

杨正元是北京大学农学院的学生，学过遗传学。后辈的子孙们总要带着先祖们的某些痕迹和特征，只要捕捉住他们后代面孔上的某些突出特点加以临摹，人物就不会太变形走样。实际上杨正元并不仅仅是一个怀揣手艺的人，而是一个胸怀伟大理想的共产党员。

因为天气寒冷，寨子里撒下的小秧苗刚冒出水面后不久就被冻死了，人们正为没有钱买新的种子而愁得眉毛打结。杨正元把平时积攒下的部分钱给他们送去，他的善良和同情赢得了穷人的爱戴，和这些穷人的关系就愈来愈贴近了。

杨正元对感谢他的人们说："穷苦人只有手拉手，你有事我帮你，我有事你帮我，才能渡过难关。"

可惜，杨正元在一次暴动中被叛徒出卖，最后死在了国民党监狱。

杨正元是普洱大地上第一个点燃革命和民族团结圣火的人。一个年仅29岁的中国共产党员倒在了养育他的这片土地上。从此，这块土地变得更加彤红和凝重，有了不屈的灵魂跃动。

杨正元之后还有共产党员李时、熊文、陈家麟、秦树声、曾福光、罗有桢、李宝甲、张庭益、杨恒良、李家发、李奎四、李炳柱等等，他们为了新中国成立前边疆民族团结，甘愿献身，九头牛也拉不回来。

二、各民族从了解到理解，再到尊重和欣赏

"中华民族"不是一个种族概念，而是一个文化共同体。

中华民族之所以能形成，依赖各个民族的彼此信赖、保持各自文

化的特色又不断吸收其他民族的优点,当然,有着一个真正为各民族着想的领导集体是至关重要的。

在中华民族的发展史上,新中国的成立是一个里程碑。

1949年10月1日,我们各族人民几百年来流血奋斗所争取的目标,终究实现了……

1949年9月30日,新中国诞生前一天,中国人民政治协商会议上33名少数民族代表的滚烫言辞,表达了各民族对这个国家的认同和期待。历经艰难而形成的伟大命运共同体,因为一个国家的诞生,搭建起"认同的屋顶"。也正是从那一天起,世界注目的"中国神话",开始了新的一篇。

1950年底,普洱专区辖15个县,即今普洱市、西双版纳州及临沧市的沧源县。人口120万左右,面积7万多平方公里,居住着哈尼、彝、拉祜、佤、回、傣、布朗、苗、瑶、壮、基诺、傈僳、汉等民族,分内七县和外八县。外八县直接与越南、老挝、缅甸三国接壤,国境线长达1400公里,是祖国西南边疆国防最前线。

内七县即:景东、镇沅、景谷、墨江、宁洱、思茅、六顺。

外八县即:车里(今景洪)、佛海(今勐海)、南峤(今勐海县勐遮一带)、江城、镇越(今勐腊)、澜沧(包括今澜沧、孟连西盟)、宁江(今澜沧东部和勐海县勐旺区部)、沧源(1953年划归临沧地区)。

1948年以后,中共云南地下党领导的边纵游击武装进入滇南思普地区,建立了革命根据地和地方临时人民政权。

1949年12月9日,国民党云南省主席卢汉将军在昆明通电宣布起义,云南和平解放。随即中国人民解放军第二野战军四兵团进军云南,思普区革命根据地的党政军民总动员,开展了热烈的"阻匪迎军"运动,滇桂黔边区纵队九支队配合野战军,在滇南思普区进行了追歼国民党第八军、二十六军残部和清剿地方土匪武装的艰苦战斗,保卫了根据地,保卫了祖国边防。

这时，边疆已经成为和全国连成一片的解放区，但还有少部分边沿地区，解放军部队还没有进去，政权工作还未达到。

这些地区的佤、独龙、拉祜、傣、哈尼、布朗、傈僳、苗、瑶，等少数民族依境或跨境而居，与境外民族在经济、宗教、婚姻、生产生活关系十分密切，常出入国境，互市、通婚、探亲访友、进行宗教活动。

由于长期封建统治，各民族经济社会发展极不平衡，加之历史上各统治阶级的压迫剥削，各民族特别是少数民族与汉族的隔阂很深，少数民族之间也有隔阂，民族内部相互也有矛盾，有的地方还经常发生仇杀械斗。

各族土司头人，既是地方的统治者，又是民族或部落的领袖人物。在边疆民族地区，土司制度仍然在起作用，即使是建立了人民政权的地区，头人在民族中的影响也还很大。

还有西方传教士利用办教进行文化侵略和奴化教育，传播西化思想。

逃到境外的国民党残部还不断派遣特务和武装残匪内外勾结，窜扰边境。

这些情况，反映了当时普洱专区边疆民族地区的复杂性和特殊性。同时也说明，解放初期的思普地区，民族团结任务是十分艰巨的。

斗争的胜负，很大程度上又取决于各民族人心的向背。要取得对敌斗争的胜利，建立巩固的边防，必须首先做好民族工作，解决民族之间的矛盾。

新中国成立初期边疆工作有三项任务：清匪肃特、巩固边疆、民族工作。

核心是民族工作。民族工作做好了，民族团结加强了，国防才有巩固的基础。因此，当时边疆民族地区党政军的工作重心，始终放在民族工作上。不论在执行军事解放任务时，还是完成军事占领后在巩固边疆、建设边疆的工作中,都坚决贯彻中央在边疆民族地区"慎重稳进"的方针。

1949年5月11日,也就是中华人民共和国宣布成立的前夕,宁洱县临时人民政府县长唐登岷召开了第一次各界人民代表大会,其中一项内容就是决定减租减息。

人民政府刚成立,百废待兴,仓库里已经没有了粮食,如果解决不了粮食问题,人民政权就无法站稳脚跟。于是,在全县范围内开展了一场生产自救的开荒运动。

当时部队政治部抽调了150多名干部分别到各乡镇,凤阳、凤鸣、龙寿、灵礼、德化成立了区政府筹备办事处,在基础较好的普义、勐先、磨通成立了人民政府,任命了区长。

还有一部分干部到了基层后,深入到各民族村寨访贫问苦,帮助群众生产,组织青年秧歌队,唱革命歌曲等,贴近群众、发动群众。

有一天,唐登岷县长带着通讯员来到了离城3公里的八抱树村。寨子里许多人很少出山,能见到县长都觉很稀罕。有好奇人逮着县长了就开始七嘴八舌问话:

"唐县长,现在毛主席、共产党领导真是好了,年轻人都明目张胆下地干活,不再担心保甲长带着人来抓兵了。"

"唐县长,毛主席、朱德的相片在县政府成立大会那一天,我们有的人看见了,只是奇怪没有共产党的照片。我们寨子里的人说,共产党是高个子长手臂,力气很大的人,发起怒来能捅天一个大窟窿;传说红军长征过草地时,有人陷进去了他伸出手来,轻轻一拉就出来了。"

"唐县长,听说蒋介石最怕的人是共产党,他站在山头上喊一声,天摇地动。唐县长,那天你在庆祝大会上说了,你是共产党派来的。这么说来,你一定见过共产党了?到处都在讲,要听共产党的话,跟着共产党走,这个人本事到底有多大?"

跟着下乡的通信员实在是忍不住了,插话说:"我们的县长是共产党派来的,这个没有错,但是,共产党不是一个人。"

"瞎说,共产党怎么不是一个人,不是一个人难道是比孙悟空还大的神?"

通讯员说:"更不是神。"

"不是人,也不是神,那么共产党怎么把县长派来了?"

通讯员一时答不上来了,愣在那里。

唐登岷看着众人和颜悦色说:"老乡们,共产党是一个团结在一起的整体,一个组织,一个能够把人民团结在它的周围,并且带领劳苦大众和反动势力斗的团体。"

"唐县长,你说团结在周围,什么是周围,周围是人还是神?"

唐登岷哈哈大笑说:"周围也不是一个人,它的意思就是身边,就是我们普洱人说的团团转转,就像你们现在一样围着,我在你们中间。"

寨子里的人开始七嘴八舌议论。

唐登岷回到县政府后,对人们讲了这个有趣的故事。唐登岷觉得,除了基层的政权建设、恢复生产、民兵建设外,我们还得开展一场全面的扫盲运动;争取在不长的两三年内,使农民在文化上有一个提高,没有文化上的提高,广大的群众对我党的认识就停留在表面。

于是,在宁洱的广大乡村,一场识字、学习文化的活动展开了。关于这场识字运动,多少年过去了,至今人们依然记忆犹新。

1950年4月撤销思普区临时行政委员会,成立云南省宁洱区人民行政专员公署。1950年10月,成立了普洱区行政督察专员公署和由边纵九支队与解放军三十九师合编组成的云南军区思普边防区。

早在1950年8月,中央就决定了动员组织边疆民族代表赴京参加国庆观礼的想法,走出大山走进祖国内地,一些人还是不能接受。然而,中央的目的是,国庆观礼,第一是为增进边疆与内地的了解和民族团结打下思想基础;第二,为进一步消除民族隔阂,增强民族团结,发展生产,团结对敌,加固国防。

同年5月至9月，普洱专区各所属县相继召开各族各界代表会议。7月15日—21日，在东主召开澜沧县第一届各族各界代表会议，到会代表439人，共有12个民族，其中少数民族代表327人。在这次大会上，组织了全县各族人民政治协商会，民主地分配了各民族代表人数，组成了民族事务委员会，吸收了佤族头人拉勐、拉祜族头人李扎迫等。同时决定了少数民族代表进京参加国庆典礼人数。

　　班箐是佤部落大寨。头人拉勐，曾用弩箭射死前来犯寨的反动少校军官，又带人打退域外土司两次进犯，可谓威震一方，是一位很有代表性的民族头人代表。

　　拉勐说："我们佤族开天辟地是老大，你们汉人是老四，汉人来了，是要来解决我们穿裤子的问题吧。"

　　（佤族传说中，人从岩洞中出来时，佤族先出来，汉人是第四出来，故此说汉人是老四。）

　　这里国境线长，大批的地霸、土匪武装逃亡在外，与国民党军队流窜在外的人员形成了一股强大的敌对势力。他们不断地派人进行武装骚扰，造谣，挑起民族矛盾，妄图把人民政权搞垮。人民政权能不能巩固，从建立的那一天起，就面临着怎样做好民族工作。长期以来，由于统治阶级对少数民族施行歧视和压迫的政策形成了少数民族与汉族、少数民族与少数民族之间的矛盾和隔阂，民族内部及民族之间的械斗经常发生，仅1949年，在澜沧就发生了大小械斗131次，民族间的矛盾日益加深，这就给新生的政权带来了意想不到的困难。

　　拉勐的问话是充满火药味的。其他部落的头人更是对进京产生了疑惑，大都拨浪鼓似的摇着头不答应。

　　时任宁洱地委书记的侯德才参加了这次民族团结的盛会。中心县委书记昌恩泽主持了会议，他在会上很亲切地说："今天，我们各民族兄弟欢聚在一起，开会交流。过去，我们民族之间存在一些矛盾、结了一些疙瘩，通过谈心交流，我们要把这些疙瘩解开。共产党主张各民族一律平等，就像一家人一样，我们一定尊重各民族的风俗习惯。"

拉勐用很不流利的汉话继续问:"听说你们解放阿佤山山寨,就是要来解决我们这些土司头人的命。我们跟着你们出去,身不由己,没有命了怎么办?"

地委书记侯德才笑着说:"告诉各位尊敬的头人、土司官们,澜沧已经有我们的普洱边防区基干12团的解放军驻防,他们并没有抓你们中的任何人;他们不做的,我们也不做。毛主席请你们进京就是要你们去开眼见,看世界,你们有什么不放心的事就按照你们出门的办法来决定好不好?"

拉勐继而提出:"让一个共产党最重要的人来押在我的寨子。进京好说,要是我回不来,按佤族的规矩,就得把这个人杀了。"

也有头人参加了几天的会后,感慨地说:"过去,我们走的是黑路、弯路、山路,走了多少年,也是糊涂的,越走心里越空,担心有一天掉下悬崖。现在有了共产党,听了你们讲的道理,以后就可以走一条光明的大路了,路子会越来越宽。"

有一个叫马朝珍的回族小姑娘参加了这个大会,她激动地说:"参加了大会,知道了共产党、人民政府的主张。回去后,我一定要动员小伙伴们参加民兵,保卫我们的村寨,保卫人民的政府。"就是这个马朝珍,在一年后,参加了在普洱召开的民族团结大会,并在团结碑上签了字。当然这是后话。

还有人说:"过去听说,共产党要打倒土司地主,跟共产党的人都不能活,现在才知道你们是平等对待我们。"

这次大会,在历史上是一次非常重要的大会,它起到了稳定人心、加强民族团结的作用。

1950年8月中旬,省委电催进京事宜。由于正值雨季,地中苞谷也正是收获时节,不是一次会议就可以决定他们自己的命运,会议中对党和人民政府产生好感的人,一回到寨子里又想想,还是不能进京。为了加快和落实动员工作,李晓村(澜沧县民族事务委员会主任）到沧源岩帅做动员工作，动员佤族头人田兴文、田兴武到北京参加国庆盛典；刘远东等到孟连动员刀焕贞等傣族代表；张石庵等到西盟地区动员岩城王子、马善大窝朗、中科酋长岩顶、岩枪、拉勐……车佛南由邹凯夫去动员召存信等傣族代表。

傣族自古就有上京朝贡先例，动员工作比较顺利。

必须说服拉勐进京，一个在当地有影响的头人一旦被说服了，是起带头作用的，而且影响深远。主动接过难担子挑起来的，是竹塘区区长龚国清。龚国清用自己的钱买了棉布、盐巴、大米、猪肉、酒，到了拉勐家。

拉勐坚持："一定要我到北京，得有人一个重要人到我家，押在这里。"

龚国清有充分思想准备，说："你非要这样，我把儿子兆东送来，让他见见你这位这位大爹。"

拉勐眼睛一亮说："那好，别怪我做哥的不讲情面，就把小侄送来吧。"

龚国清态度更坚决，果真把年仅15岁的儿子龚兆东，送到拉勐家做人质。拉勐没想到区长真押人来，更没想到区长押的人竟是亲儿子。他动心了。共产党干部敢作敢当、讲信守义，自己还有什么理由再推辞呢？他放下话：到北京，去！

那天，龚国清分明知道这是一件痛心的事。儿子押在寨子里，或许会受到欺负，要是逃了，半路就会被砍头。儿子还小啊！但不这样做，拉勐不动身。国家考虑的事，重！民族团结的事，大！

龚国清心中掂得很清。龚国清离寨时，儿子拉着父亲的手哭了。他对儿子说："你听话，什么事没有的，千万别到寨子外面去。拉勐大爹会好好回来的，到时我来接你，让你骑马回去。"路上，龚国清抑着的眼泪再也止不住，流下来。

拉勐最终参加了国庆观礼团。在普洱43名土司、头人和代表组成的观礼团中，大有人出于心、发乎情，表现非常积极。傈僳头人李保，66岁了，经世不易使他颇知冷暖炎凉。他愉快答应："毛主席都下帖子了，就是出山的路断了，我也要长翅膀飞出去。"

傣族重要民族首脑召存信，是车里宣慰使司议事庭庭长，他感慨地说："过去，版纳大象贡献朝廷，皇帝没有召见过我们头人；现在刚解放，人民政府就把边疆各民族想到了，不论上北京的路多遥远，我都会唱着歌去的。"

经过反复宣传动员，总算说服了部分少数民族上层人物走出家门，走出深山。但还有少数头人自己不敢去，派了自己的子女。马善大窝朗让侄子岩岛代替自己去，中课头人岩顶派养子岩火龙顶替，沧源佤族头人田兴文派儿子田子富代自己去，赵安民让儿子赵三宝代自己去，田伯长让儿子田子明代自己，赵安国让儿子赵正兴代自己去。佤山十七王子之岩巩，是由我们一工作同志以家小人口作担保才同意出行。

进京工作做好了，报到那天又出了小差错。

要等的人是拉勐。一个带领佤族人抗击英军，还曾带领部落抗击日本侵略者的人。一个多么自负又聪明的的人啊。这个充满傲气的头人，十分坦荡地说对客人说："英国人来了我打英国人，日本人来了我打日本人，国民党我也打；现在解放军来了，我还没看清楚。"

当时全国究竟有多少个民族还没有准确认定，但中央要求"争取一个民族不漏，一个代表性人物不漏"，各民族上层只要不是"人民公敌"就要尽量争取。在云南，能到北京是许多人梦寐难求的事情。但在佤山却不一样。

阿佤山上，十八头人，没有一个要去，离家别乡，他们害怕有人乘虚抄了自己领地的后路。

以往，拉勐只要出门，打出的鸡卦，总是凶卦。

为了进京这件事，拉勐却打出了一个几十年不遇的吉卦。他决定下山。但是，一出门，他却看见头上一只小鸟正往后飞。拉勐立刻止住脚步："小鸟把上天的旨意告诉我了，此行大凶不能出门！"

拉勐又把大门关上了。

这是一次让人为难的送别仪式。神圣的佤山木鼓为拉勐敲响。但是，这一次，木鼓应当敲出什么节奏呢——出征的？报警的？祭祀的？节日喜庆的？这一天，为拉勐送行的木鼓，发出模棱两可的、含义不明的响声。佤山的木鼓从来没有过这样浑融难辨的旋律。

但是拉勐听懂了。

精诚所至，金石为开。拉勐拿着他祖传三代的剽枪一杆，终于答应下山了。

一辈子没有走过这么远的路程，其他头人也一样，出门要迷信看鸡卦，吃咒水，选择日子。他们把担心会伤害他们的念头寄之于神鬼，又怕途中生病，怕从飞机上滚下来，等等。

为时已迟不能赶的，也只好作罢。此次动员出力不少，收获也算是颇大。

当然，各民族代表进京，不光云南省，在全国各地都是经历了一番艰辛的——黎族领袖王国兴是穿越敌军封锁线，潜渡琼州海峡，辗转香港等地，经过一个多月的跋涉才到达北京的。

一过多月的长途跋涉，先是骑马，后坐火车，又坐飞机，一干人终于在1950年10月1日那天参加了国庆观礼阅兵。

可以说，从这天起，他们心中的疑虑全打消了，面对国家领导，面对强大的人民军队，面对平等和友好，他们感到新生的人民政权把少数民族放在眼里，抬在了肩上，举到了头上，给予了很高的地位，跟着共产党走没有错。

三、民族团结誓词千古铁证

拉勐进京是红布裹头，一身行头十分威猛。

一路上大家在友好的气氛中到了北京。

10月1日，举国同庆。穿着民族盛装的普洱各族头人代表们，被安排上了天安门东侧观礼台。拉勐俯仰间，顿感人格备受尊重，心想：共产党真把少数民族放眼里、抬肩上、举头上啊！

上午10点，党和国家领导人登上天安门。毛主席站在城楼中央向人们招手致意。人们海啸般高呼："中国共产党万岁！毛主席万岁！"

天安门广场上，陆海空三军阵容雄伟，工人农民学生一队接着一队，文艺大军载歌载舞，欢呼此起彼伏……全国人民空前大团结的场面，让各族代表热泪盈眶。这才叫伟大与崇高，这才叫磅礴和力量，这才叫平等和友好……拉勐跟一班头人的眼神、表情，有意无意传播着、交流着，用不同族语喊出了心声。

10月3日晚上，怀仁堂内张灯结彩，代表们争相捧出本民族珍贵的礼物。拉勐敬献了三代祖传的梭镖。

毛主席握住拉勐的手，关切地问拉勐和岩坎："听说你们佤族有砍人头祭谷的习惯，可不可以不用人头，改用猴头代替，猴子很像人嘛。"

拉勐回答："毛主席，猴子会爬树抓不到。不过要是砍人头祭谷不好，用猴头不行，用虎头倒可以。"

毛主席就说，"那用老虎吧，老虎威猛啊，老虎还是百兽之王。"

旁边的岩坎也说："不行不行，猴子的魂会吃我们的苞谷，只有老虎才行，可老虎不好捉呀！"

毛主席说："我的话希望你们回去好好和佤族弟兄商量商量，用什么办法把它替代掉。"

拉勐频频点头。

毛主席高兴地说："这个习惯得改啊，人头砍了就长不出来了。"

朱德在第二次接见云南民族代表时，与佤族头人拉勐有几句意味深长的对话。

朱德用同样的问题问过佤族头人拉勐：听说你们有一个习俗，是砍人头祭谷，每一年播种的时候都要砍一个人头来祭谷，有这回事吗？拉勐说，有啊。

朱德说，你们这个习俗能不能改一改呢？

拉勐说不能改不能改，改了庄稼就不好了。

那能不能找一个替代的东西呢？

拉勐摇头说：一下想不出来。

据史学家讲，佤族的猎人头习俗大概起源于血祭。

佤族的猎人头血祭最早是祭木鼓的。他们认为人是从木鼓中走出来。你不用人头来祭，它就不会响。有很多传说要祭祀以后，这个木鼓才会有灵气，才会有声音、才会响。于是，木鼓经过了佤族人最初的感恩，再到具有宗教意味的崇拜，以至成为保护神，最后上升为佤族心目中的通天神器。在佤族人看来，木鼓既是传递信号的工具，更是至高无上的神器。所以，以往制作木鼓是村寨里的大事，也是附近村民的危险时期。

因为木鼓是通天的神器。

在进京期间普洱代表4次见到毛主席，毛主席和中央领导与大家欢聚畅谈。毛主席给每位代表送了呢料衣服、衬衣、皮鞋、袜子、毛巾、牙刷、口杯等物品，给予了代表无微不至的关怀。

夜里，拉勐睡不着了。

出佤山以来，一天比一天好，一处比一处好，一地比一地亲，他的心热了。坐起身，把毛主席送的毛呢衣服反复摸，想着毛主席和他握手、谈话、关心佤族习俗的情景，之后燃着了老草烟，把房间搞得烟雾缭绕。

过去穿土布粗布，谁想到还能穿上毛呢呀。佤山人过去的日子啊，别说毛呢，就是便宜土布都难穿上，小娃光着屁股，女人没有上衣，大姑娘都露着奶子，下身只有一块遮羞布，男人就只有一条兜裆布了。唉，都是爹妈生的人，怎会是这样呢？他想，要是自己会讲汉话，我一定要问问毛主席，可惜汉话说不好，毛主席肯定也听不懂自己的佤腔。拉勐还在兴头上，窗外喜鹊喳喳叫，一道光亮涌进来。

呵！太阳升，东方红……

中央安排观礼团接着赴天津、南京、上海参观，尔后从重庆顺路返回。边疆大山里的头人们果然没被抓、没被杀，带着毛主席、中央人民政府的亲切关怀和温暖回来了。

2月11日，代表团回到了开远，他们将从这里乘火车到石屏，再骑马回普洱。出发时他们一路风雨，一路迷雾，但归来时已是晴天丽日了。正好山野上的野樱花盛开，一团团，一片片，烧在山顶，烧在山腰，烧红了人们蓬蓬勃勃的希望。

拉勐逢人就讲："共产党不开玩笑的，说到做到。这样的党有几个我都信、都跟。"

有人纠正："拉勐，这样的党就一个，那就是中国共产党。"

拉勐一拍脑袋说："好，中国共产党！我拉勐跟定了。"

在外四个月，少数民族头人们融在一处，彼此友好，不再防范，亲如一家。拉勐却突然拍打脑袋："嘎！我想起好兄弟龚区长来了，他儿子还在我家。都怪我那时觉悟不高，才提出带人到我家做人质的要求。"

他低头向龚国清区长认错道歉，以亲礼把龚区长的儿子兆东送回来，并把自己儿子带到区长面前说让任处任罚。龚国清挽起拉勐的手，亲呼一声"我的好大哥"，接着摆开水酒。

"傣族有句话：家有竹楼堆不下的金子、银子，不如有几百个拥护你的寨子。"

国庆观礼，出去一看，对于拉勐这班少数民族头人来说，不啻是一次心灵洗礼——山寨小了，国家大了；自我小了，胸怀大了。祖国解放初，百业待兴时，毛主席、党中央把民族团结作为国家大事特事，悉数将边疆民族代表请到首都，厚礼相待，真情相融，善言相商，真是高瞻远瞩！

回忆北京的寨子那么大，每天出出进进的人又是那么多。

邦箐寨族人们眼睁睁看到，拉勐头人回来客气了、谦逊了、精气神高了。他跟大伙摆说起来:"在北京每天都有几千人在欢迎我们,小鼓打得叮咚响,娃娃看见我们就跳起来,把我们当最尊贵人客人看待。以前,我觉得我们佤山是世界上最大的了,就是最能飞的鹞鹰也要几天才能够飞完,我们佤人最多。到了昆明坐着飞机一看,才知道我们国家有多大啊,寨子多多有,汉人多多有,以后我们不能只晓得眼前的草窠树丛,要学白鹇鸟飞到山外多看看,心里才会多装一些东西。"

有人问:"这么说,你是一点苦头都没有吃了?"

"吃什么苦头?我们又骑马,又坐汽车、火车、飞机、轮船,我们做梦没有想到过的都坐过了。"

"什么是汽车?"

"汽车是会跑的房子。"

"房子不长脚它怎么会跑?"

"不长脚有轮子嘛。"

"那什么是火车?"

"火车就是汽车的大哥,飞机的弟弟,它比汽车快,比飞机慢。"

"你们坐飞机是像骑马一样骑在它的背上吗?"

"你们啊,飞机的背上又没有鬃毛可以抓!"

"在北京看到了我们中国所有的大官?"

"是看到了,不管是北京的还是上海、天津、南京、重庆和我们云南的,大大小小的官我们都看到了。共产党的官都是说话算话的好官。"

"你看到共产党大官了吗?"

"啊呀,你们以为共产党是一个人?不是。"

"不是,又是什么?"

"开始,我也是这么想的,到昆明时我问李晓村,我说这次到了北京,可以看到毛主席和共产党了,回来后我可以把毛主席、共产党的样子告诉大家了。出去后才知道共产不是一个人,它是一个组织。"

什么是组织？

拉勐很认真地说："打个比方吧，就像有两群人，一群相信月亮上住着人，另外一群不相信，他们只相信人是住在大地上的。相信月亮上有人的一群人说，只要造出一把登天的梯子人就以爬上去，从月亮上拿下金子。相信人是住在地上的那一群人，为要过上好日子。得有人在地上开出条路来，朝着这条路走，好好劳动，多打粮食，多种棉花，人们才能过上好日子，这样的两群人想法不同，做法也不一样，这些依照不同想法聚集在一起，组织在一起的人，就是党，他们选出一个带头的人叫领袖。"

"那么共产党是哪群人？"

"还用问吗，肯定就是住在地上，为我们开一条路的那一群人！"

也有人怀疑拉勐一定是叫毛主席收买了，他拿出山一样多的银子收买了拉勐的人心。

拉勐愤怒地说："可是，你们忘了，人心不是能够买到的，要用人心来换；银子买到的不是人心，而是狼心、狗心。"

拉勐多次争执依然招来人们的嘲笑，他认为，既然自己把经历讲出来他们都不信，那就只好让上天告诉他们了。

"剽牛，喝鸡血酒，对天发誓，看我们是不是诚心？"

剽牛可是有规矩的：

所剽的水牛必须是毛色好、角型好的，所宰的公鸡也必须是毛色好、体形大的红公鸡，因为在佤族看来，牛不但是他们的财富象征，牛还是他们与天地对话的唯一祭品，人选定了牛并且念了经以后，这条牛已经不是一般意义上的牛了，它已经是可以和天地通话的神物了。

人有什么要求，天地的意愿是什么就看牛倒下的方向，如果倒向右边剽口朝下则为不吉利，剽口朝上、倒向左边则视为大吉大利。

毛色好的牛和公鸡他并不担心，在附近的农村就可以买到，担心的是牛能否按照人们的意愿倒下？

剽牛没有开始时大家就协商着先把誓言写好。

傣族代表说："我们要团结得像一个糯米粑粑，谁也无法把我们各自分开。"

佤族代表说："中国是一个碗，我们要团结成碗里的香油。"

拉祜族代表说："我们要像盆一样，不裂就不会漏水。"

傈僳族代表说："我们是天上的太阳，日出和日落都是圆的。"

1951年1月1日，数千人从四面八方汇聚到了普洱箐场，这里即将举行盛大的剽牛签字仪式。澜沧的佤族代表说："要是老天让牛倒下的方向好，就永远跟着共产党了。要是倒下的方向不好，只好再说。"

一些代表也应和："牛要向着南方倒，剽口一定要朝上，否则我们不受共产党的领导。"

在关键时候，假如要是剽口不好，接下来怎么办？

倒东倒西，朝上朝下那都是天意，人的手再长也伸不到天上去，要是不吉利只好等待三年后再剽一条牛。

不一定要等待三年。方向不好剽口不好，可以剽三次。总有一次好。

拉勐记得有一年的夏天，寨子的旱谷地里出现了黑黑的小虫子，把正在孕育着谷子的秧苗吃了不少。寨子里的人慌了，立即剽牛祭天，可是他们接连剽了三头牛，没有一头朝着南方倒下。自然，这一年的谷子都被这种小黑虫子吃光了，要不是每家的竹桶里还有点上一年的陈粮，寨子里就得饿死人。

拉勐认为三次更容易出问题，不严肃不神圣出笑话，坚持只能一次来决定。

何去何从，神会裁定。

早上起来，拉勐包上了代表头人和喜庆的红布裹头，用政府送给代表们的口缸漱了口，刷了牙，依他的想法，过去剽牛念经，只含酒漱口，现在能够用口缸接水刷牙，念出的经文一定是香的，牛爱听、神更爱听。

拉勐站起来，扶了扶包头，手持镖枪，腰间挂着酒葫芦，踏着铓锣声，昂着头，向着场子中央走去。四周人山人海，没有一点声音，所有的目光都聚焦在拉勐身上，所有的呼吸都期待着最后的结果。

拴在木桩上的牛看到拉勐，对着他叫了一声，这一叫，高出人群直冲天宇，这一叫声音洪亮而悠长，如同一条道路拉长到天神的圣殿门口。拉勐按习惯，目测了一下，他离牛大概有6步左右的样子，这是一个最好施展镖枪的距离。拉勐把左手放到了额头上，面向西面的天空用佤族话祈祷：

"最大的天神啊，你在天上看着我们，几千人集中到了这块宽宽的广场上，我们在这里进行盛大的剽牛仪式，将把大地上最好的礼物敬献给您。生活在这个地方的各民族都是出自一个司岗里，都是亲人、兄弟，更是像一串芭蕉一样，不分你和我，团结一条心。河水改道，地方换主……就看天神给我们的明示了。"

他停了片刻，对牛轻声念道："最漂亮的牛啊，你的角是天神给你安下的一对月亮，你从生下那天起，就是为给天神带话而成长。今天你就要带着我们的话上天了，你要告诉天神，我拉勐用毛主席给的牙膏漱过嘴的，说的都是团结的话。以后我们各族人民团结在一起，汉人的头不砍，拉祜人、哈尼人的头也不砍，相互的头都不砍。拉起手，抱成团，一直跟着毛主席、共产党走，白天头上有太阳照着，晚上有月亮和星星照着，我们就不会走到大箐里、悬崖下。天神啊，你听到我拉勐的话，就让牛顺利倒向南方吧！"

接着他看着牦牛慢慢举起镖枪来，瞄准牛肋的右侧举起镖枪猛然刺进去。这一刺，一尺长的镖尖全部陷了进去，牦牛摇晃着身子，一只前脚跪了下去。

拉勐用力拔出镖枪来，一股汹涌的血喷了出来，显然这一镖刺中了心脏，他高举起镖枪来，牛强撑着身子，站了起来。拉勐围绕着牛转了一圈，感觉告诉他，牛马上就要倒下，在佤族中，最好的剽牛手就是一镖能使牛倒下，所以，他也不愿意再来一次。

坐在场中的几千人，此时更是屏声静气，他们一个个的身子往前倾斜，想看清楚每一个细节。台上的地委和专署领导、主席团成员，他们所有的目光都集中到了牛和拉勐身上。在人们的目光中，大牯牛摇晃着身子，两只前脚往前一跪，朝着左边倒了下去，拉勐一看，正是理想的位置——牛倒左方，剽口正好朝上，牛头正好朝南。拉勐把梭镖一丢，扑地打了几个滚，站起来高举起手，朝着台上台下的人群用佤族话大声喊叫着：

"大吉，大吉，天神同意我们民族团结了！天神同意政府的主张了！"

会场上的佤族代表应声而起开始欢呼："共产党猛、猛、猛！""毛主席猛、猛、猛！"傣族代表欢呼："共产党水、水、水！""毛主席水、水、水！"其他民族的代表和解放军也跟着喊起来了：水！水！水！猛！猛！猛！

"猛"和"水"，正是佤语和傣语中"好"的意思。

剽牛结束后开始喝咒水。掺和了鸡血的酒碗传递着，谁接过它，就是接过了一个不变的誓言。

汉族干部开始拟写誓言，誓词不到100字，大家举手喊出的却是伟大时代各族人民的最强音：

"我们廿六种民族的代表，代表全普洱区各族同胞，慎重地于此举行了剽牛，喝了咒水，从此我们一心一德，团结到底，在中国共产党的领导下，誓为建设平等自由幸福的大家庭而奋斗！此誓。"

誓毕，48人郑重签上自己的名字。

这些签字代表及他们的籍贯身份是：

召景哈，即召存信，傣族，原车里宣慰司仪事庭庭长。

喃巴独玛,即赴京代表刀卉芳,原勐海傣族土司刀宗汉之女。

叭浩,即赴京代表刀承宗,原勐海傣族土司总叭。

召贯,傣族,即刀一德,原南峤县勐满土司代理召勐,议事庭庭长。

独弄浩,即嘟弄稿,傣族,车里宣慰司总管。

李扎丕,拉祜族,澜沧木嘎区拉巴村人,曾任保长、村长。

左朝兴,彝族,自报族称蒙化子,澜沧代表。

张翰臣,基诺族,当时自报族称老本人,原思茅县勐旺区补远山基诺族火头。

方有富,哈尼族,自称布孔人,原景谷县正兴区第七村民兵代表。

李老大,景颇族,自称老克族,澜沧县代表。

李光保,拉祜族,赴京代表,澜沧木嘎头人,勐糯村长。

马朝珍,回族,澜沧佛房妇女代表。

李保,傈僳族,自称尼梭族,澜沧县西盟土司代办,西盟乡长。

拉勐,佤族,澜沧西盟中课部落邦箐头人。

陶小生,布朗族,当时自称浦满族,原六顺县(今属思茅区六顺乡)布朗族头人。

张石庵,汉族,赴京观礼代表,原澜沧县国民党省参议员,开明人士。

李扎迫,拉祜族,澜沧县南岭区芒弄山拉祜头人,五村村长。

麻哈允,佤族,赴京代表,澜沧县阿佤山莫列王召糯相的傣文秘书。

魏文成,汉族,赴京代表,沧源县佤族头人田兴武、田兴文的代表。

肖子生,佤族,赴京代表,沧源县岩帅区联合乡中队队副。

赵布金,佤族,沧源岩帅区岩丙保长。

高寿康,佤族,自称孟获族,沧源班洪人。

白开福，哈尼族，自称卡别人，江城县嘉禾乡南旺村人。

朱正福，哈尼族，自称卡堕人，镇沅县新抚区花椒树村卡堕头人。

何德，哈尼族，自称阿卡（僾尼）人，宁江县哈尼族代表。

龙云良，彝族，江城县彝族代表。

阿街，布朗族，自称空格人，车里代表。

李世祥，哈尼族，自称麻黑（哈尼族支系）人，宁洱金鸡村人。

罗恒富，彝族，自称香堂（彝族支系）人，景谷钟山代表。

李学智，汉族，宁江县新营盘世袭土司官的粮目。

王开林，哈尼族，自称西莫洛（哈尼族支系）人，江城县曲水大绿满代表。

陶世文，哈尼族，自称碧约（哈尼族支系）人，江城县代表。

张玉保，哈尼族，自称切地（哈尼族支系）人，江城县代表。

李万学，瑶族，江城县代表。

张绍兴，白族，本人是元江县因远坝人，澜沧县孟连区代表。

杜阿尼，彝族，自称三达人，车里三达山头人。

黄阿独，哈尼族，自称阿卡（僾尼）人，澜沧酒井大卡龙的妇女代表。

的金，傣族，镇越县代表。

叭弄浩，即刀应达，傣族，车里橄榄坝头人。

召根海，即主席团成员刀焕贞，傣族，澜沧孟连宣抚司内务总管。

曾从信，彝族，即郑崇信，镇越县人。

昌恩泽，汉族，建水人，中共宁洱地委委员，统战部长。

雷同，即雷溅波，汉族，思茅县人，著名诗人，普洱专署民政科长。

唐登岷，汉族，保山人，普洱地委第二书记。

张钧，汉族，山东人，中国人民解放军13军39师政委，普洱地委书记。

方仲伯，汉族，四川人，普洱专员公署专员。

谢芳草，汉族，江西人，普洱专署副专员。

李吉泰，汉族，中国人民解放军13军39师政治部主任，中共宁洱地委委员。

当时的主席团成员地委代表史捷和宁洱的哈尼族代表李世珍，因为有事在外没有能够在团结碑上签名，方仲伯是后来补签的，碑文上的26种民族实际只有13种，因为当时民族还没有认定。

一种盟约，意味着永远不能反悔。说实话，新中国刚成立，面对当时境外敌对势力的蠢蠢欲动，敢站出来签字公开站在共产党一边，就当时对党的民族政策了解还不多的民族头人、首领来说，是需要胆量和勇气的。

四、宁可放弃生命也不背叛誓言

1951年3月10日，国民党部队来到了缅甸东部的勐萨总部，宣告成立"云南反共救国军"，并且组成了西北、西南两个集团，这两个集团的成员主要是26军、8军和那些地方恶霸武装流散在外的人员，一共6000多人。

他们计划在攻下沧源、耿马后东进昆明。他们很自信地认为，在边境一带共产党仅仅靠那些地方武装改编过来的部队，还有一些只能够打游击战的民兵，根本就不是他们的对手。

听说共产党在边境一带到处在搞什么民族团结，又立什么誓词碑等小打小闹的事情，他们觉得利用隐藏下来的力量，抓紧工作，趁共产党还没有在广大的山区边寨站稳脚跟的大好时机，能够拉的就拉，能够收买的就收买，他们把民族头人送到北京，我们就把他们送到台湾，有些头人想做官，我们就封他们一个官号，无非就是县长、团长、司令的虚名。对那些在誓词碑上签字的人尽量拉拢，不听话的，一律杀头。总之，要为将要发起的反攻扫清障碍，把人心搅乱。

边境一带一时谣言四起，到处一片乌烟瘴气。什么石头要过刀了，鸡蛋要过刀了，跟着共产党的人一个不留的要杀头了。

澜沧大黑山一带的土匪的活动又猖狂起来。边境一带发生了抢劫政府马队的事件，有些立场本来就不坚定的头人开始动摇了，有的悄悄地和外来的特务接上了头。

1951年5月13日傍晚，盘踞在允恩的国民党"反共救国军支队司令"屈鸿斋带着200多人，偷偷出发，趁着夜色包围了西盟区政府。第二天中午，副区长唐煌等9人进行了顽强的抵抗，最后终因弹尽粮绝，全部英勇牺牲。

有关屈鸿斋带兵火烧区政府的详细情况，《西盟县志》在大事记中做了这样的记载：

> 5月13日，盘踞境外的国民党军残部屈鸿斋由营盘街长途偷袭围攻西盟区人民政府，副区长唐煌等9名干部坚决抵抗到次日，敌人纵火毁屋，全部壮烈牺牲，另有2名出差途中被害，区政府失守，国民党残部成立"西盟乡公所"。

此时，在宁洱地委的一间会议室里，召开了一个有部队和地方领导参加的会议。地委书记张钧神情严肃地对大家说："目前的形势大家都清楚了，国民党蒋军残部在缅甸重新集结朝我边境压来，西盟山被占，沧源部分被占，现在佛海也在告急，我们西盟区政府的唐煌和其他11个同志壮烈牺牲了，我们的土地在流血，我们的人民受遭殃。尤其是几个月前，在我们的民族团结碑上签字的代表，赴北京观礼的头人们，他们都面临着极大的考验。我们相信，他们中的大多数人跟党走的决心是任何人也动摇不了的……我们要把群众发动起来，配合我们的部队尽快把敌人赶出去。"

李保住在离西盟区政府有十几公里的傈僳寨，隔着几条山梁。这天，李保起了个早，他准备到中课去说服一个叫岩顶的头人不要做对不起共产党的事情。他从木柱上取下了一只葫芦，往里灌了些凉开水，本来他一向是喝凉水的，只是这些天有的寨子发生了痢疾，他就多了些提防，总是60多岁的老人了，经不住折腾了，要做的事情还那么多。

他站在院子里，习惯地看看远处的大山，看样子这年的雨水来得早，离家不远的几蓬大龙竹已经在发新叶了。这时候，从小路上传来了一阵马蹄声，李保收回目光看去，骑马的是朝他家奔来的，来人骑在马上说："李保大爹，唐区长叫你赶快去开会。要不他不会把他的马交给我的。"

李保一看，马是他熟悉的那匹青马，他说："本来我是要出门的，还算你来得快。"

来人说着就掉头走了，走出了几步，又转过头来说："区长要你赶快去。"

李保不敢耽搁，刚要走，他家的那条小黄狗突然从楼上冲下来，咬着了他的裤脚，死死不放。他以为小狗又要像个小娃一样撵路了，就弯下腰，抚摸着它的头。小黄狗依然不松口，紧紧扯着不放。

这可是从来没有遇上的事情啊，上次到北京，走出家门有人听到小鸟的叫声不同以往，就不敢出门。他还帮着做工作，后来一个个不是好好地回来了。

在整个阿佤山区，人数最少的就是傈僳族，长期以来，这里的傈僳族一直和当地的佤族、拉祜族、哈尼族和睦相处，保持了良好关系，这就离不开傈僳族头人的善良和智慧。20世纪50年代中期，阿佤山风云变幻，国民党与共产党的斗争在这里日愈凸现，剧烈。此前，李保已经和"红汉人"有过密切的交往，亲身经历中他体会到共产党是为各族人民办事的，是一个为百姓带来好处的党，特别是从北京观礼回来以后，他的这种认识更加清晰了，只有跟着共产党少数民族才有出路。

李保在普洱参加了民族团结代表大会，他毫不犹豫地在团结碑上签上了自己的名字,回到山里,他和人们说:"山门开,天门开,我们的心门开,各民族团结起来,不打冤家、不搞械斗,这不是谁要我们这样做,而是我们需要这样。共产党要我们搞好民族团结,是为了我们民族的利益;打个比方,要是我们傈僳族不和佤族、拉祜族拉起手来,而是打打杀杀,我们不就完了吗?"

李保打开小黄狗,策马而去,狗叫声剧烈地在他的身后响起。当李保走到西盟老寨边时,事先埋伏的匪兵将李保抓住。敌人把李保绑在十字架上,用电触他的四肢,逼他投降为他们服务。

这位同毛泽东同志握过手的头人的意志和信念,一点也不像他病弱的身体那样。他铿锵有力地回答说:"我只知道听毛主席的话,跟共产党走。"

"我骄傲能活到新中国民族平等的时代,我还看到我们国家的工厂已经能造飞机、大炮和各种武器,我李保就是死也不会背叛自己的誓言。"

敌人见威逼不成,到营盘山挖了一个大坑,要活埋他。土埋到腰杆,敌人放言:"只要你说一句今后不跟共产党了,还来得及。"

李保声音洪亮:"天干河旱,会给我们带来颗粒无收的恐惧,但是信义、良心的歉收,才是人间忧患的事情。我告诉你们,我跟定了共产党。"

土埋到脖子,他依旧不改口。李保不吃不喝,以超人毅力坚持了七天七夜,临死前两眼还在怒视着。1951年6月5日,李保看了一眼人世间最后景色然后微笑着合上了眼睛。

一个民族头人,用凛然热血践诺自己的誓言,以不倒身躯捍卫心中的丰碑!

    普洱坝子平洋洋,
    一对秧鸡来躲凉;
    秧鸡找着荫凉处,

穷人找到共产党。

李保的遗体在边民的帮助下，迁回了西盟，埋在佛顶山上，他的忠魂和唐煌等11位烈士永远坚守在了一起，他们的身前身后，是连绵起伏的阿佤山。

岩火龙从北京观礼回来以后彻底变了个人似的，他家里的木板上、柱子上被他用火炭、白土写上了"岩火龙，拥护共产党，拥护民族团结"这些字。

有人问："岩火龙，你从北京回来以后，寨子里的人都说，你和邦箐的拉勐，都被共产党把脑子给换了，连你爹也这么说，这是真的吗？"

"是不是共产党在你们睡着了的时候，叫人来把你们的脑仁子挖走了，整天说共产党的好话就不对。"

岩火龙说："总有一天你们会知道共产党好，团结好。"

为了把岩火龙培养成少数民族干部，澜沧县政府把他送到了普洱，参加了普洱专区民族干部班培训学习。主办这个培训班的民政科长雷同很喜欢勤奋好学的岩火龙，在培训班结束后，他向地委推荐，让岩火龙到西南民族学院学习，上级表示同意。

可是，这时候，西盟的形势已经很紧张了，岩顶背叛了儿子的选择，岩火龙决定先回到西盟做岩顶的工作，再到民族学院上学。

岩顶要岩火龙到允恩。开始岩火龙说什么也不干。他想，到了允恩和那些与共产党作对的人搅到一起，不是件丢人的事吗？

岩顶说："你就去看看吧，他们又不会把你吃了。要是你不去，我在佤山也站不稳，你就替我去听听，回来传个话。"

岩火龙硬着头皮到了允恩。敌方司令拍着他的肩膀说："小伙子，你爹是个聪明人，整个阿佤山就数他懂事，他以后的前途大着呢。你要听他的，共产党叫你到北京，我们要你到台湾，让你坐飞机坐大船。"

岩火龙说："飞机我坐过，大船我也坐过。共产党我是跟定了。"

他们看做不下岩火龙工作，就让他回去叫岩顶做儿子工作，因为，此时岩顶已经倒向了敌人。岩顶把儿子岩火龙关在家里，严加看守。他指使人在猛梭抢劫了政府从慕乃往西盟驮粮食的牛帮，抢走了18头驮牛和全部粮食。

敌人想模仿誓词碑重新在佤族中来一剽牛，让岩顶充当剽牛手。岩顶决定让岩火龙在反革命同盟的文件上签字，结果岩火龙再一次一口拒绝。

岩顶说："现在的佤山分明是人家国民党的天下了嘛，你还整天嚷嚷共产党好，家族的财产就要被你毁了。你看看西盟区政府被烧了，李保被抓了，你们一起赴北京的代表接下来会一个一个被索走命，你要明白爹是为了你好。"

岩火龙十分痛苦，他像一只被关在笼子里的豹子，不能在寨子里自由走动，只要他一动脚，就有人跟着他。想到自己从北京回来连父亲的工作都没有做好，自己有什么脸见人？岩火龙特意把自己打扮了一番，穿上了毛主席送给的毛呢衣服，穿上皮鞋、戴好帽子，将各地送给他的纪念章别在胸前。

和母亲道别时只是说："孩儿不孝，母亲保重。"

看守他的家丁看到岩火龙打扮成这样子，都觉得威风。

岩火龙又把毛主席和其他领导送给的所有的东西摆放在显眼的位置，一切准备好了，他把看守他的人喊进屋子说："假如有一天你们见到了共产党，就告诉共产党，说我岩火龙不能够到外面学习了，不能够上西南民族学院了，我没有做好我爹的工作。我是宣誓过，喝过咒水的，我只有一颗心，跟定共产党的心不能变质。"

说完，他要看守的人出去，说自己要睡了。看守出去后，他拿出事先准备好了的毛毯、被子，这被子和毛毯也是在北京时，接待处送的。

岩火龙在毛毯上躺了下来，盖上被子，拿出枪来对准了自己的胸膛。

听到枪声，看守的人马上悟了过来，迅速推开门跑进来，发现岩火龙已经躺在了血泊中。

1951年9月2日，岩火龙结束了自己的生命，这一年，他19岁。

李光保，生于1884年，从小在家干农活，长大以后做起了酿酒和贩卖盐巴的小生意，在地处闭塞、经济落后的澜沧山区，李光保已经算得上是个有钱人了，但他肯帮助穷人，为大家做事，所以成了整个木嘎地区最有威望的头人。

他和李扎丕一道管理的辖区有16个拉祜族、佤族寨子，2000多人。1944年他当了木嘎乡副乡长。1949年澜沧解放的时候，李光保已经是65岁的老人了，因为他拥护共产党和人民政府，被任命为勐糯村村长。

李光保说："民族团结碑上我是签上了自己的名字，代表我自己，也代表我们木嘎所有愿意跟着共产党走的拉祜人、阿佤人，正因为现在的边疆不稳定，敌人经常进来捣乱，我们各民族才要坚决表明自己的态度，团结起来，拉起手，跟着共产党走。"

"过去，有的拉祜寨和佤族寨常闹不团结，拉祜寨人常被佤族寨人掠去砍头，现在佤族寨子也不砍头祭谷了，我们也该不计前嫌团结在一起。要说在普洱篝场，我看到思普地区的各民族发出团结的声音感动了上苍，让我们剽牛，喝鸡血酒，对天发誓得到了老天的认可，当时我眼泪都淌出来了。只要我们团结一起，国民党敢来欺负我们吗？"

通过他的说服，木嘎的佤族寨和拉祜寨的人们终于可以坐在了一起，后来又一起联合起来与国民党残部的进犯者展开了斗争。

1951年5月13日以后，木嘎的形势也变得紧张起来，寨子里的狗一到深夜点捻子似的狂叫不停。6月20日，上允区政府被占的消息传来了，逃亡到缅甸的恶霸、土匪武装也窜回了文东，组织起了300

多人的"勇敢大队",发动了叛乱。一时澜沧大地风云滚滚,硝烟又起。

6月12日,有人给李光保家送来了一封信,信是逃到境外的范臣良写的。信中说:想来你已经知道了沧源、西盟已经被我们占领,上允、文东、南卡、孟连已经被我们拿下,雪林、木嘎我们就要进来,你是个读过书的人,应该明白覆巢之下,岂有完卵的道理。你看这封信时就是我和你的一个约定,你不得再到处宣扬共产党的主张,你要是站到我们一边,积极向我靠拢,到时木嘎乡长还是你的,否则,西盟李保的下场,就是你榜样。

李光保把信丢进了火塘,对送信的人说:"回去告诉你们的范大队长,他到木嘎来,我们会以牙还牙!要我李光保投降,除非太阳从西边出!"

第三天,上次来的人又送来了一封信,这一次的信很是直截了当:"李光保,要是你念及百姓的生命,就立即投降。我部队开来的时候,组织百姓夹道欢迎。要不,大军开来玉石俱焚,木嘎将变成一片火海,人芽难保。"

李光保看了哈哈大笑,拿出毛笔来,写了一封义正辞严的信:新政府相信我,让我上北京观礼,受到党和国家领导人的亲切接见。共产党要我们搞好团结,上对天理,下合民意。我举手拥护。走村串寨宣传这一主张,是我的职责。我李光保是木嘎地上长出来的一块石头,就是把我炸了,身子也要倒在这片土地上!

当时,澜沧的16个行政区中,有14个遭匪患。李光保带着民兵给解放军送粮,带路,一次次打退了敌人的进攻。在敌人进攻最为猖狂时候,李光保对手持刀枪、梭镖站在村公所门前集中的百姓们说:"只要我们团结起来,敌人就打不进木嘎来!老话都说,山洪再大,冲走的只是小沟沟里的石头,动不了河中的大石头。你们敢不敢和我一起,来对付范臣良的残兵败将?"

"村长,你不是说过吗?只要我们抱成团,敌人再多,我们也能够把他打败。"

李光保说:"好,一根筷子容易折,十根筷子坚如铁。不怕巨浪高,只怕桨不齐。我们木嘎人要像一块砖砌在大礼堂的墙里,是谁也动不得的;但是丢在路上,一盘散沙要被人一脚踢开的。记住,团结就是力量!"

敌人在木嘎发起了9次大规模的进攻,都被解放军和民兵打了回去,敌人始终没有在木嘎站稳脚跟。为了给解放军组织征粮,李光保带头交了8石公粮。在他带动下佤族、拉祜族群众积极交粮,在短短的两天内全村就交了1万多公斤。

李光保,一个66岁的老人,凭着一身正气和豪气,在抗击敌人的战斗中赢得了人们的敬重,他在群众中的威望又一次得到了提升,成了木嘎拉祜族、佤族百姓们实实在在的精神领袖。人们都相信他,听从他的指挥。

面对敌人的进攻,6月下旬,中国人民解放军第14军的41师等部队在保山集结完毕,13军的39师115团、117团和普洱边防放区基干2团,配合14军开始反攻。木嘎是一个进出边境的要道,歼敌的任务就显得十分繁重,李光保带着民兵不停歇地进行战斗,直到斗争全胜。1952年,李光保任木嘎区长;1953年4月澜沧拉祜族自治区成立时,被选为自治区人民政府副主席;1954年和1963年两次当选为云南省人民代表大会代表,1967年7月去世,终年83岁。

团结就是力量!

哈尼族说:"我们生活在大山上,知道起房盖屋,要把柱子和大梁挑选好——虫吃蛆咬的不能要、弯弯曲曲的不能要,我们选共产党就是要选能够做梁做柱的人。"

布朗族说:"我们相信共产党是一个一肩挑两个篮筐,轻重能够摆平,团结能够搞好的大头人。"

基诺族说:"我们基诺族人少,过去受人欺负,坝子都不敢下,在外人面前说话就像躲在草棵里的小谷雀，小声小气的。现在解放了，来了共产党，带领大家往前走，山高遮不住太阳，土帮土成墙，人帮人成城。我们支持团结就是力量。"

升平日，普洱行，获益触心；一座碑，几多情，壮烈难靖。是的，正因为很多"头人"——少数民族先进分子坚定不移、舍生忘死地捍卫民族团结，恪守立下的铮铮誓言，使各族群众逐步相信了党的民族平等团结政策。也正因多民族团结起来，使境内外敌人捣乱破坏无乘之机。

1950年至1952年剿匪斗争，各族群众支持普洱边防区人民解放军英勇作战，为西南边陲国防稳定作出了重大贡献。环绕普洱民族团结誓言碑，新中国民族团结进步的"根"不就在这里吗，新中国边疆稳固发展的"魂"不也在这里吗！

五、深藏在心底的高贵信仰不能变

普洱民族团结誓词碑制作于1950年12月召开普洱专区第一届兄弟民族代表会议最后一天，1951年元旦在普洱城东门城墙内的篝场剽牛喝咒水盟誓而立于篝场西南角参观台左侧。1955年，当时的专员公署和地委会搬迁至思茅，普洱县政府和县委会从磨黑搬迁回普洱原地委大院，加之社会经济的发展，在原篝场建盖普洱邮电局邮车站，客运站等单位，民族团结誓词碑被迁至县政府门内东南角墙边。政府大院内多次建盖房屋，民族团结碑随之也多次被挪动位置。

1985年，普洱哈尼族彝族自治县成立时，碑石被移立于县政府院内，现属国家级文物。

碑的质地为石灰石，高142厘米，宽66厘米，厚12厘米，基座为双手拱托造型。碑首为仿宋楷书"民族团结誓词"，下为誓词及参誓人签名，共18行。碑文包含汉、傣、拉祜文，全阴刻。

立下此碑的先人们虽已走远，但誓碑依在、勒石犹存，其精神始终鼓舞着西南边疆各族同胞齐心奋斗、共同繁荣。他们的名字放射着不灭的光彩……

外国学者曾经把云南边疆这"令人吃惊的统一"看作是"中国的神话"。

毫无疑问,新中国的诞生,是中华民族史上的伟大事件,是20世纪人类史上的伟大事件。备受欺凌奴役的中华民族结束了自己的悲惨命运,中国的民族关系迎来了平等、团结、互助、和谐的新时代。

马克思指出:"要使各民族真正团结起来,他们就必须有共同的利益"。国家认同,并不是认同一个虚幻的国家概念,只有建立在实在利益、切身感受和共同未来之上,认同才真诚、持久,才有打破阻隔、穿越风雨的力量。在中国少数民族和民族地区的沧桑巨变背后,正是一个国家走向富裕、走向文明的现代化进程,它使各族人民的"国家认同"不断深化,让各民族对中华民族的归属感、对中华文化的认同感、对伟大祖国的自豪感极大增强。

最主要的是,如果没有一个坚强的领导,也就无法形成认同、结成一体,凝聚起亿万人民的力量。

在中国历史上,中国共产党第一次真正高举起民族团结的大旗,提出了各民族在平等的基础上团结起来反帝反封建、共求解放幸福的革命纲领,并在引导各民族共同走上社会主义道路之后,团结带领各族人民致力于建设现代化祖国。近70年来,新中国秉承的团结起来、共建国家的精神内核,始终如一。

习近平总书记指出:"人民有信仰,民族有希望,国家有力量。"

党的十八大强调,对马克思主义的信仰,对共产主义的信仰,是共产党人的政治灵魂,是共产党人经受住任何考验的精神支柱。"一个民族可以贫穷、可以暂时落后,但是它绝对不能失去信仰,正是有了千千万万胸怀坚定信仰的中国人,我们的祖国才有了今天的富强,我们才能实现中华民族伟大复兴的中国梦。"

中国这样一种和谐安宁、蕴藏着无穷潜力的民族关系,来之不易呀！民族间的团结这样难得、宝贵，不仅需要全会精心呵护，而且需要越来越多的人们从理性上深刻把握其中的道理和规律。

正如歌声所唱的：家是一个家，国是大中国，都是一家人，不分你和我。

"我们有一个共同的名字就是中华民族，我们生活在一个大家庭。"

把少数民族群体放在社会发展历史巨变的大潮中，在中华民族命运共同体的主题下，观察和呈现人的精神升华、促进各民族之间的文化认同，提升对中华民族共同体的认识，具有积极的社会价值。

从寨子里熏陶出来的，是在自然中养成的，也是在木楼里养成的。任何人、任何时候都不能丢弃家乡和家庭，这是人类万年以上的经验，是中华56个民族的共同箴言。因此，民族团结之永固也离不开家庭伦理的维护，甚至可以说，事情本来就应该从这里开始。

普洱各族乡亲有着忠于家庭、家族和寨子的古老而优秀的传统。这将是堵截一切不适合中国各族人民伦理和理想的另类价值观和社会风气的坚固堤坝。

现在，普洱市正以"弘扬民族精神，凝聚民族感情，推动民族发展"这样三道紧密关联的课题，作为全市继续前进的文化支柱，用"各民族都是一家人，一家人都要过上好日子"这样两句人人懂得、家家企盼，并且经常说的话语，把习主席交待的三项任务和普洱市科学、绿色、跨越发展的目标，平易地化解、表达出来了，必然在二百多万各族男女老少乡亲中引发共振，从而逐渐释放出巨大的、难以估量的动力。

落实在社会层面，普洱能够向全国、全世界"示范"的，最重要的就是两点：一是民族间团结的自觉和谐的愈益坚实；二是乡亲们的日子越过越好，这"好"字中也包括了民族文化生活。普洱各族乡亲一定能够把家乡建设成为绿色、团结质朴、和睦、幸福的乐园。

因此说，"中华民族"不是一个种族的概念，而是一个文化实体。

中华民族之所以能形成，依赖各个民族的彼此信赖、保持各自文化的特色又不断吸收其他民族的优点，当然，有着一个真正为少数民族着想的领导集体是至关重要的。

六、为寻找民族誓词碑作过贡献的今人

（一）黄桂枢：当代上邮票的茶文化学者

2005年9月9日，国家邮政局发行"首届全球普洱茶十大杰出人云南四杰"邮票，其中一枚是（云南）普洱茶文化研究会常务会长黄桂枢，以彰显他为云南普洱茶复兴作出的卓绝贡献。

我在普洱的一个下午由普洱文联小董陪同前去采访。季节的脚步停留在盛夏，普洱的盛夏是立体的。视野中尽是无尽的丰富色彩，粉红色的三角梅开得烂漫。黄贵枢老师的家就掩映在绿植和花朵从中。

80多岁的老人，面色红润，精神矍铄。洁净利落的客厅挂着远去亲人的照片，一些获奖奖杯和证书摆放在醒目的位置上。满屋书香中，他用话语打开历史，良好的记忆让人吃惊；他用思维改写现实，坚强的毅力让人敬佩。

2007年入选普洱市和云南省档案馆"档案名人"之列的他，如今已完成国家、省、地科研22项，在海内外发表论文51篇，出席全国学术会9次、国际学术会10次……原省社会科学院院长何耀华研究员就曾在黄先生的《思茅文物考古历史研究》一书序中评价黄桂枢是一位勤奋扎实的学者，并评价他的文物考古历史研究文章"是以调查考证看到的实物和第一手资料为依据，结合查阅许多142文献史料，加以综合分析考证研究，提出自己的论点来的，其论点、论据、论证有理、有力、有据，自成一家之言，引人注目"。

他在半生的文物考古事业中也正如上所说，是一位名副其实的

勤奋研学、严谨治学的考古文化大家。这位鹤发童颜的老者，仍旧拥有敏捷的思维逻辑，博览群书使他养成博学多思的习惯，一直延续至今。

谈话间，他带我走进书房，三面由众多书籍垒砌的高大书墙给人留下深刻印象，书很多但却有着清晰完整的分类：哲学、宗教、考古、诗集、辞书等等。"书越来越多，越放越高，我只得做了它。"黄桂枢指着他花钱制作的简易木台阶说。

谈起近五十载的文物考古经历，最令人印象深刻的是他对云南省普洱民族团结誓词碑的研究历程。

"8年，我的工作就像泥土里的'蚯蚓'一样。"

他生动比喻着自己当时艰辛的基础研究工作，并陷入回忆中。

当知道有这么一块碑时，在当时就已查清这块誓词碑上留名有48位党、政、军、佤、傣、拉祜、哈尼、彝、回、汉、白族等代表，但绝大多数不知身世和事迹。

"1990年我多次向地区民委、统战部提请开展建碑40周年的纪念活动，可他们都委婉拒绝了。"

他笑着回忆起当年四面碰壁的经历：坚持不懈地提请，最终获得当时思茅地委书记张宝三同志的重视，"我亲自到张书记家中为他讲解民族团结誓词碑的故事，这一去就从晚上8点讲到了半夜12点。"他有些激动地说，"张书记送我到地委大门前，在白天的政协座谈会上他对我的建议评价说'很及时、很重要、很有意义'，当时我心中才松了一口气。"

谈话中，黄桂枢老师有时哈哈大笑起来，显露出孩童般的天真表情，有时又倒一杯普洱茶提示着话语的轻重缓急。他端起茶杯，小啜一口自己刚泡制的普洱茶深情地回忆道：少年时期，在家中喝过普洱茶，但只知道用其止渴解腻。参加工作后，为了体验茶人的辛苦，步行走过茶马古道；下乡到过茶乡景谷黄草坝困庄，看见过农村妇女揉茶，对所饮之茶有了一点感性认识。

20世纪80年代初，因写作爱好，曾在同好陪同下，下乡考察过纪家村种茶人墓碑，上山调查探访过苦竹山古茶树及其主人。那之后，被调到思茅地区文化局搞文物管理所工作，从此与普洱茶文物接触更多了。与其说是热爱普洱茶，不如说普洱茶成为了挥之不去的生命符号。1991年底，经过多年的实地采访、调查、考证、研究、消化、梳理，撰写出论文《云南普洱茶史与茶文化略考》，最早提出了"普洱茶文化"这一概念。

黄桂枢老师因此成为当代茶文化学者上邮票第一人。对于思茅改名叫普洱的事他说得最多。

2007年4月8日，思茅市更名为普洱市，这是257万思茅人民的节日更是黄桂枢一个人的节日。诚然，他是普洱市得以正名的最大功臣；无疑，他是普洱茶文化的开创者之一。

思茅市是历史和政治演变的结果，普洱市也是历史和政治演变的结果。黄桂枢说，今天普洱市的成功更名其中包着意义深远的三个认同，即："历史认同、民族认同、社会认同。"

早在2001年4月8日至12日召开的第三届中国普洱茶国际学术研讨会上交流的论文《与茶有关的普洱、思茅地名新考实及其建议》，其中的建议就是思茅改市的话应当改名普洱市，但是没有被采纳。黄桂枢并没有泄气，坚持继续上书。半年后他又给思茅地区人大工委上书《关于思茅市改名时改为普洱市的建议》。2002年2月9日又再次上书，不仅报人大而且报了市委、市政府等，这一次与上次不同的是，建议书上多了国内20多个知名专家学者的签名，因此当时的地委组织了一个民意测验。直到这一届的市委市政府上任，2005年在梅子湖大酒店召开专家论证会，黄桂枢把六年前的那些东西都拿出来了。

用他的话来说，这些东西也成了文物了。黄桂枢说，三个认同早就存在，但是领导认同特别是政治的认同还需要有一个过程。一个市级行政区的改名不是小事，必须有充分的理由并得国家民政部的许可才能报批。报批不可缺少的就是专家论证会。2006年的8月28日思茅市召开了人大紧急会议，要对更名一事"加快速度，加大力度"，为了能够顺利审批，就搞了人大提案和政协议案，加上专家论证会的材料，最后得到了国家民政部的认同。

2007年1月21日国务院的批复下来后，思茅市委市政府在研究关于召开第八届普洱茶节会议的时候把黄桂枢请去了，市长向黄桂枢通报了这一消息，后说了一句话："黄先生，现在思茅市改名为普洱市你高兴了啊！"黄桂枢说："当然高兴了，这是众望所归啊！"

黄桂枢出生于1936年，云南墨江人。说起自己的身家，黄桂枢笑着说："我家就在太阳转身的地方，北回归线就从我的家穿过。"

因为1993年筹办召开中国普洱茶国际学术研讨会的功劳和研究成果，他获得享受国务院特殊津贴殊荣，所以超期工作两年，到62岁才退休。到文物管理所以后，黄桂枢对茶文物接触就更广了。一件件文物让他惊喜，每考证一件文物都让他有新的收获新的进步。民族誓词碑是文物，古茶树是文物，茶马古道是文物。这个外号叫"茅塞愚人"的老者，曾荣获首届"全球普洱茶十大杰出人物"称号并获茶马奖。他本人肖像还曾登上"首届全球普洱茶十大杰出人物——云南四杰"茶人邮票。

走出黄桂枢老师的家已是傍晚，空气中弥漫着一种草香的味道，干爽的天空，季节和气候对于精神的影响，面对这样的好天气，我的感官是朝着自然敞开的，我突然觉得普洱是一个适合宜居的城市。回头时我看到站在门口目送我们的黄桂枢老师，他家的门脸上挂着一副墨江祖结家联：

瑞起春风绵世泽，

祥开江夏振家风。

横批：书香世第。

（二）磨黑，马铃儿响来哟玉鸟儿唱

磨黑是一座古镇，位于云南省宁洱县中部，以"滇南盐都、茶马古镇、革命老区、丽人故里"而闻名。磨黑为傣语，"磨"为井，"黑"为盐，因产盐而得名。

磨黑镇，也因此被中国茶马古道研究中心命名为"中国茶马古道第一镇"。每当百花盛开春茶放香的阳春三月，总有西藏人沿着西北方向的茶马大道来到普洱府购买普洱茶的盛况。藏族人和当地的哈尼族、彝族、白族长年交往成为了朋友。

藏族汉子头绕辫子戴着宽边毡帽，耳戴大银耳环，身穿只穿一只袖子的长袍。佛教中传说，佛陀释迦牟尼是从腋下诞生的，藏族人为了纪念这点，在一般情况下只穿一个袖子。他们腰扎宽皮带斜插着一把纯银长刀，脚踏半筒牛皮靴，肩上斜挂一支猎枪，个个威武雄壮，好像古代的武士。

藏族同胞与人为善，彬彬有礼。成群结队赶着几百匹骡马，驮着西藏产的货物，如毛毡、牦牛毛、麝香、冬虫草、红花、苏木、铜锁、铜马铃、雪莲、苍蒲、木碗、木梳……从西藏高原爬雪山、穿峡谷、过金沙江，越过千山万水沿着茶马大道来卖货物（包括一部分骡马），走时又购买他们喜爱的普洱茶。

他们从德安方向进入磨黑老街大河边沙坝上，安营扎寨。半里长的河滩上摆满帐篷、货物，人喊马嘶，真像古战场上露营的军队营地。马队有严明的纪律和严密的分工，到了黄昏，他们对着骡马打呼哨，在山上的骡马闻声即自动跑回各自的火塘。

藏族同胞把它们一匹匹拴在一棵棵铁桩上，让骡马吃草料他们也开始晚餐了。他们围坐在各自的火塘周围，一手端着大碗酥油茶，一手在另一大木碗中捏着糌粑，边吃边喝酥油茶。他们吃得香甜，喝得津津有味。围观的磨黑小朋友们口干舌燥，一股股口水下咽，十二分想尝尝酥油茶和糌粑的滋味。

藏族人就让磨黑娃娃吃他们的口粮。场面十分亲切。

藏族同胞对茶叶的需求量比产茶区的哈尼族、彝族、拉祜族、布朗族要大得多，所以，才不远千里跋涉至普洱府驮普洱茶。

拂晓前，人声、骡马嘶鸣声、狗吠声中迎接了黎明，西藏赶马人起程了。他们的皮靴与骡马的铁蹄踏在石镶路上发出咔嗒、咔嗒的响声，催醒了村中的男女老幼。

这样盛大的场面一年只能看到一次，所以，大家不约而同地走出家门，站在路边观看西藏马帮走过的风采。

马帮中有满头白发的老喇嘛，他骑在骡马上，喇嘛一般穿紫红僧袍，长齐脚面；上身穿一件背心（坎肩），外披一张有身长两倍半的紫红色的披单，称为"袈裟"喇嘛。喇嘛的胸前挂着一串佛珠，肩上斜挂一个镶玻璃的银盒子，里面装着一尊金色的佛像，口里念着佛经，手里数着念珠，有的手里还摇着转经筒。

走过磨黑石板路，双手合十向观看的人群点头致意。有的骡马驮子上还插着头天路上采来的迎春柳和樱桃花，与他们骡马头上戴着的红缨、腿旁挂着的牦牛毛相辉映。

到了四五月间，藏族人又从普洱方向驮着清一色竹篮包装的普洱茶往回赶路。这些竹篮上插着杜鹃、山茶花。从磨黑二台坡到宿营的河沙坝的路上，骡马驮着笋叶封的茶竹篮，像一朵朵白云摇摇晃晃地由高往低处飘动。

清香的春茶味儿一路散发，经久不去。

磨黑人吸收了大量的中原及邻国优秀文化和先进思想，练就与一般人不同的闯荡江湖的勇气与商家气魄，这种优势被完整地体现在盐井人风格独特的建筑之中。

磨黑古镇临街的建筑多为二层或者三层的"骑楼"式红木小楼，一楼为商铺，二楼有一长溜连在一起背向街道的靠椅，它们是小镇非常别致的一大景致，有着一个美艳又浪漫的名字——美人靠。也是古建筑中走廊、凉亭的护栏，一般多为内地中原文化兴盛的地方采用的建筑形式。

彝族女子杨丽坤就在这样一个充满浪漫情怀的古镇上出生并成长。

她出身于磨黑老街一个家道中落的熬盐灶家,在家排行第九,家里人称她为"小九儿"。母亲早逝后,10岁的杨丽坤到昆明随二姐一起生活。12岁时,从小喜欢唱歌跳舞的杨丽坤被云南省歌舞团的胡宗林老师发现,进入了省歌舞团。在省歌舞团,杨丽坤凭着扎实的舞蹈功底开始崭露头角。

1958年,到云南挑选电影《五朵金花》演员的导演王家乙偶然发现了正在擦玻璃的杨丽坤,选中她扮演社长金花,那时,杨丽坤16岁。

社长金花这一角色是白族,彝族女子演白族社长,这是杨丽坤的第一个银幕形象。为演好这个角色,她潜心钻研剧本,并到大理白族聚居的地方深入生活。

直到今天,提到大理人们就会想起《五朵金花》,提起石林就会想起《阿诗玛》。

是杨丽坤演活了云南的风土人情,演红了大理白族自治州,演火了神秘的石林,成就了云南的民族文化品牌。

但对磨黑人民来说,她永远还是那个暖在心窝里的彝族小九妹,靠在美人靠上梳妆的小九妹,让磨黑人爱着、挂着、念着、心疼着的小九妹。

"马铃儿响来哟玉鸟儿唱,我陪阿诗玛回家乡……"

作为一代人的记忆,"阿诗玛"让活在那个特殊年代的中国人能坚守对美好爱情的憧憬。也因此,"阿诗玛"的扮演者杨丽坤成为20世纪60年代的大众情人。

事实上,杨丽坤一生只演过《阿诗玛》和《五朵金花》两部电影,然而却在中国亿万观众心中留下不可磨灭的印象。

令人惋惜的是,只演过两部电影却蜚声国际影坛的女演员、云南彝族同胞的"小九妹",一生坎坷,于2000年7月在上海自己的家中离开了人世,将无尽的遗憾和回忆留给了喜爱她、关切她的人们。

杨丽坤的丈夫唐凤楼说:

"你阳光般走来,但凄苦地离去,带走世人无限的怀念,只留下一个揪心的故事。"

然而,人们喜爱的"小九妹"、人们敬仰爱戴的电影艺术家杨丽坤却把她那宝石般的美丽、圣洁无瑕的灵魂留在了人间,装在人们的心里。

大理"金花组合"姑娘:"我们大理有今天这样的旅游发展离不开《五朵金花》这部影片,杨丽坤永远是我们大理的金花。"

石林县"阿黑组合"小伙子:"杨丽坤老师永远是我们的'阿诗玛',我们撒尼人的'阿诗玛'"。

一个彝族女子在中国电影史上虽然只塑造了两个美丽形象,但却为人们留下了两张最响亮的"名片"——"金花""阿诗玛"。

返程的路上,我贪婪地听宁洱县宣传部傅礌部长给我讲杨丽坤的故事,讲宁洱的民族团结,敞开的车门有新鲜的空气携带着道路两边丰盈的绿色和舒爽的湿度挤进来,上苍为宁洱大地上轻轻敷设了一层光。

磨黑是革命老区,是解放思普地区的革命根据地。皖南事变后,国民党反动派掀起了反共高潮,大肆搜捕共产党员和进步人士,为适应新的斗争形势需要,云南省工委利用磨黑创办私立中学到昆明应聘教师之机,把部分党员和进步教师派到磨黑中学教书。

在抗日战争和解放战争时期,磨黑中学被誉为滇南地区的"小延安",为解放思普区乃至建设新中国培养了大批栋梁之才。

磨黑有曾、蒋二烈士殉难处,有李春辉墓、水晶宫等文物古迹,有竜山公园、新寨古茶园、大叠水坎瀑布、龙洞箐、孔雀屏驿站、孔雀屏茶马古道、老街子驿站等风景名胜,有磨黑中学爱国主义教育基地、磨黑走马转角楼、磨黑镇新政街15号民居、磨黑镇新政街312号民居等特色民居建筑,有磨黑烧烤、茶叶、甘蔗、槟榔芋、苦瓜、豆汤米干等名吃特产。

磨黑,再一次让我想起杨丽坤。

太阳是哺育生命的,月亮是抒情爱情的,美丽的杨丽坤对我是一个永远遥不可及的梦。

(三)布朗族文化学者苏国文

景迈山的绿铺张恣肆,高高低低的林木把大地罩得严严实实,人走进去,仿佛一滴雨点溅落入池塘,隐约中会有一种世外桃源的样子。往高处走,便看到了茶树,茶树成林,摘一片老茶树叶子放入口中,青涩,有点苦,下咽时满嘴回甘。

景迈山整个地形西北高、东南低,最高海拔1662米,最低海拔1100米。景迈山糯岗、景迈等10个自然村共有16173亩古茶园。

据当地布朗族史料记载,其茶树的栽种历史至少有1800年,由于气候、海拔、土壤等因素,那里的茶备受茶人追捧,喝过景迈茶的人都称"茶气足、口感好"。

布朗族文化学者苏国文和他的族人就建议修改世代居住在景迈山上。

云南南部的原始森林中,冰川纪,青藏高原阻挡了致命的寒流,它的东南边缘成为地球上古老物种的天堂,最早的茶树就生长在这片原始森林中,人类与野生茶树之间的亲和故事,在千百年的口口相传中,渐渐被演绎为神话,凝聚成这片森林中众多民族的共同记忆。

茶是布朗人祖先整个族群在危难中偶然发现的救命药,因此,茶在布朗人的生活中具有很高的地位和作用。

"茶叶随身带,妖魔鬼怪不敢来伤害",此句谚语是布朗人对茶叶在他们生活中的地位与作用的真实写照。

布朗人建完新房,首先要带进新房的物品,一是茶,二是粮,三是水,四是火,五是盐。在各种宗教仪式活动中,无论红白喜事,茶是不可缺少的。

这种在宗教仪式中用的茶,布朗人称为"勉"(酸茶)。

走进布朗人的家里,坐下来往火塘边一看,出现在你眼前的是茶壶或茶罐，主人迎接你的第一件礼品就是碗香喷喷的茶水。如果你在布朗同胞家里住上一段时间，建立了感情，你要走时，主人会送你一包用黄竹叶包制的茶叶。这包茶叶虽然量不多，但情意深重。

芒景布朗族有歌谣：

> 茶祖帕（叭）艾冷！我们的祖先，
> 您是我们的根，
> 您是我们的源，
> 您是布朗社会的开创者。
> "农当农写"是我们的发源地，
> 在那浩如烟海的古代，
> 为了布朗人的生存与希望，
> 您率领我们进行了惊心动魄的迁徙，
> 爬过了千座山，
> 跨过了千条江河，
> 冲破了数不清的猛兽追击阻拦的关口，
> 最终找到了"汪弄翁发"大好河山。
> "汪弄翁发"高得好比要顶着蓝天，
> 山势好比一头肥胖的大象，
> 土地肥沃得像一块玉石，
> 汇聚了世间的动植物，
> 好比人间梦幻般的天堂。
> 啊！帕艾冷，
> 您的脸比天宽您的胸怀比地大，
> 是您让我们在这里停止了游猎的步伐，
> 开始了定居的新纪元。

布朗人的茶祖叫帕艾冷，传说一千八百多年前是他在面对族人大规模遭受瘟疫的危难时刻，发现了茶可以治病，从而拯救了自己的族人。

布朗族每年的茶祭日，小祭高潮在4月16日，大祭高潮在17日，人们会上到山顶祭牛，用牛来祭祀祖先。布朗族称这一活动为"好国龙、书扎大腊、书扎在大勒、书扎大罕"（意为山康茶祖节）。

祭祖节的日子里，整个景迈山的布朗人都汇集到帕艾冷寺，用山泉水泡茶，洗浴神像，以自家最好的新茶供奉茶祖。茶祭时，人们会到山顶呼唤茶神。

"帕艾冷啊帕艾冷，你是我们的英雄，你是我们的创始人，你给我们留下金山银山，你给我们留下了用之不尽的财富。"

已经流传千年的布朗族典籍《奔闷》，详细记载着布朗族英雄艾冷与茶的传说。

艾冷是一个传奇人物，可以与希腊神话中的那些神媲美，但更具人性。他带领一支布朗人最先到这里定居，他才能超群，景洪傣王把第七个公主南发来嫁给了他，封他为"帕艾冷"，"帕"就是部落长的意思。

布朗人英勇善战是史有所载的："勇悍好斗轻身，兵不离身"，这在纷争不断、环境险恶的岁月，是求生存的必备气质。艾冷武艺不凡，得到人们的尊敬。艾冷最后死于一次族人相争的阴谋，他临死前说："我要给你们留下牛马，怕遇到灾难死掉；要给你们留下金银财宝，也怕你们吃光用光；只给你们留下茶树，让子孙后代取不完用不尽。"

在芒景布朗族的《叫魂经》等典籍中，不仅记载着祖先迁徙的历史，也留下了这样的话："帕艾冷是我们的祖先、我们的英雄，他给我们留下的竹棚和茶树，是我们生存的拐棍。"

任何一个布朗族人都不能忘记祖先。

景迈山的茶树成林，呈现了祖先命名之初的面貌。

老茶树上生长着一种寄生植物——螃蟹脚。

螃蟹脚属灌木植物，多年生长，叶已经退化呈鳞片状。

由于螃蟹脚是属于寄生植物以及种群的不同，因此其果实形状和颜色亦有差别。比如，寄生于枫香树上的螃蟹脚，其果呈椭圆状，成熟时橙红色；寄生于油桐树上的螃蟹脚，幼果呈椭圆状，成熟时呈卵球形，黄色。

在普洱茶行业中走俏茶市的螃蟹脚，既不是寄生于枫香树上的螃蟹脚，也不是寄生于油桐树上的螃蟹脚，而是寄生于树龄较大古茶树上的螃蟹脚。

走入古树茶林，仔细寻找，果然看见了似扁杆灯芯草样，长3至4寸，节短而中实的螃蟹脚。

轻轻摘下时，闻之有浓烈的菌藻味和茶香味，这便是古书《本草纲目》中所言的"形如蚱蜢脚者佳"的螃蟹脚了。

走出古树茶林，透过林木的缝隙，便看到了莽莽茶林里布朗族、傣族、哈尼族、拉祜族的山寨。

古茶树的树龄似乎就是山寨的历史。

随便一株古茶树，都有几百年；随便一个山寨，都是几十代人。这里的民族真正算得上是原住民了，他们世世代代采摘古茶食用。摘下的茶叶，晒了制了，又通过茶马古道带去遥远的地方，有多少古树茶被带往了远方？远得让布朗族的头人和祭师都讲不明白。

布朗人的茶地，每一块都设有一棵不可侵犯的神茶树，布朗族把这种神茶树称为"的瓦那腊"，任何人进入茶园看见神茶树都不敢随便乱动。

芒景、景迈很难看到种粮食的田地。因为古茶园设有防护线。村民要种粮食和其他农作物，只能到防护线以外很远的地方去种。

芒景村的苏国文老师，是一个讲得清往事的人。

1950年，苏国文的父亲苏里亚（布朗族名为岩洒），作为这一带最后一个布朗族头人，去北京参加国庆观礼。他背着一袋景迈山5公斤重的古树茶，那是只有当地头人才喝得上的"小雀嘴尖茶"。

在中南海，苏国文的父亲苏里亚亲手把"小雀嘴尖茶"送给毛主席。现在，古茶林里的碑上，还写着苏国文的父亲苏里亚送茶叶到北京的事情。

从布朗族典籍《奔闷》中记载的艾冷到苏里亚；从苏里亚到他的儿子苏国文，已是沧海桑田，但这根绿色的"拐棍"却生生不息，支撑着布朗人子子孙孙的生活。

我从《茶，一片树叶的故事》镜头里看见过苏国文，山康茶祖节上，他身穿布朗族服装，有如一个祭师，虽然活动现场锣鼓喧天、人声鼎沸，但是他三呼茶魂的声音震颤心扉。这部宣传布朗族古树茶的纪录片，让更多的人开始关注这个名字——景迈山。

苏国文的住处就在帕艾冷寺内。

他站在院子中央，黑衣黑裤，微笑着看着来访的我。他坐在屋檐下的长廊上泡茶，他似乎很喜欢抽烟，边喝茶边抽烟边说话。当轻烟从他的指间飘起时，我们谈起了景迈山的古树茶。我发现，他是一位对茶渗透着生命忧患意识的叙述者，与眼前的他恰成印证。

历史上，布朗山的茶叶通过茶马古道，输送到缅甸、泰国、马来西亚等东南亚国家，是这里布朗、傣、哈尼等族百姓世世代代赖以生存的主要经济来源。茶叶也是他们平日里的菜，生活中的保健饮品。布朗话里，茶称为"腊"，最初只是一种佐料"得则"。至今，还有人在野外劳作时，摘一把鲜叶，用盐巴辣子一蘸就是菜。

"上山不带饭可以，不带腊不行"，这句话仍在布朗山讲着。

云南人说的"吃茶"，在这里有了真切的含意。因为此种"得则"与生活是那样的密不可分又有利于身体，渐渐有了人工种植。于是，艾冷给这种佐料取名为"腊"，原是绿叶之意，从此用来专指茶。

1000多年的种茶史，布朗人掌握了多种茶叶品种的制作："腊告"（干绿茶）、"腊拉"（大粗叶茶）、"腊贺"（糯米香茶）、"腊各信"（小雀嘴尖茶，当年送给毛主席的就是这种茶）、"腊广"（圆形的紧压茶），也就是后来誉满天下的普洱茶。

苏国文告诉我，景迈山上世居少数民族主要是傣族和布朗族，还有少量的拉祜族、哈尼族和佤族等。傣族主要分布在景迈村，布朗族主要分布在芒景村，两个村相隔不过几公里。在外界看来，他们是一体，虽然他们有自己的区分。景迈山上的傣族和布朗族用着同样的语言和文字，有着相似的生活习性和耕作方式，住着相同风格的干栏式民居。

无须深思就能明白，山上的这两个民族必然有着千丝万缕的历史渊源。他们的渊源当然要从布朗族的茶祖帕艾冷和他的妻子——傣王的女儿七公主说起，他们高大的铜像正供奉在现在芒景村的帕艾冷寺里。关于帕艾冷与七公主的故事，苏国文自然是如数家珍了。

民族与民族通婚从祖先开始。

茶与布朗族人迁徙有关。布朗先民原本居住在"农当农写"（今昆明滇池周边一带），后来由于北方民族大量往南方迁徙，布朗人先民由于势力弱小，被迫不断往更偏僻的南方迁徙。在漫长的迁徙过程中，布朗人不仅经受了战争的创伤，而且还经常遇到自然灾难。

犹如神农尝百草，布朗人发现了茶叶。

在以后的迁徙途中，布朗人把寻找发现新的茶树作为族人的一种历史使命来对待。但是茶树很稀少，不容易见到，因此，他们每当发现一棵，都要在树上打上一个特别的记号，并记住其地理位置。为了把茶树与其他植物区分开来，艾冷将其命名为"腊"。

经过漫长的迁徙，最后布朗人在"来干发"大山上定居下来，因为这里森林茂盛、野兽繁多，而且远离其他族群，并且山上有很多布朗人到处寻找的茶树（腊）。

谈话期间我发现苏国文老师的烟不离手，而且很频繁，有几次很想提醒他烟要少抽，他似乎看了出来。

他笑着说，我17岁时去一个拉祜族寨子里教书，不懂拉祜语言，无法交流，见面烟是中介。当时教学很困难，我教孩子一加一等于二，他们听不明白。

我说可以用棒棒来示范？

苏国文老师说，棒棒没有用，一个棒棒加一个棒棒，加号怎么来说，等于号怎么来说？

"我用一年时间学会了拉祜族语言。"

"做布朗族古树茶，我只做七棵树。因为布朗族每一户人每一块地都有一棵茶魂树，这棵树也是第一棵种下去的茶树，然后围绕一棵树有六棵树，我只做这七棵树。"

我问："为什么只做七棵树茶？"

苏老师说："茶魂树大都是200龄古树，布朗族人敬茶树，一般茶魂树是不动，其他茶树可能更换。8斤鲜叶干茶一斤，明前采摘，一公斤一千八，和班章高档茶不差多少。只是土壤不一样，森林覆盖问题，老班章茶气要足一些，回甘味要足，也叫霸气。压饼一般到勐海同庆号压茶。我每年做一吨多一点茶。也不好说，还是要看每年的气候。雨水丰富了也不行。"

"我不相信商业炒作的茶，好茶很安静。2009年去北京在梅地亚宾馆各地茶人众目之下泡茶，景迈山普洱茶泡19泡。所以说，任何商业炒作都没有用。"

我想起了傣族的贝叶经，另一种茶经的书写方式：唐代刘贞亮在《饮茶十德》中也明确提出："以茶可行道，以茶可雅志。"这个词从唐代至今已使用了一千多年。陆羽《茶经》提出："茶之为用，味至寒，为饮。最宜精行俭德之人。"之后，"精行俭德"便成了中国茶文化精神的第一次概括、并且带有很强的"比德"色彩，第一次把茶的品性与人的修养对应联系在一起。

苏老师说："茶是通过饮茶的方式，对人民进行礼法教育、道德修养的一种仪式。庄晚芳先生还归纳出中国茶道的基本精神为：'廉、美、和、敬'。廉俭育德、美真廉乐、和诚处世、敬爱为人。清、敬、怡、真是中国茶道的终极追求。茶是寂寞的不喜热闹，太闹会伤害茶心。"

来自同一片叶子的茶，可以调出好几种香型。

在《茶，一片树叶的故事》中，苏国文穿着盛装、身背象脚鼓在景迈山的千年古茶园中打鼓跳舞，这个场景深深震撼人心，一丝不苟的舞步中透出了人与自然千百年来共守的和谐契约。

在看当下讲述布朗族先祖故事的苏国文，显得那么瘦小，平实，可他讲起祖先时，他的语调把他照亮了许多。

"茶始终是茶，只是一片叶子。茶不是大米，中国人缺粮了，吃不饱肚子的人会乱，没有茶大家可以喝白水。现在的茶卖得那么贵，假如拿我的茶，你赚一倍两倍我可以理解，赚十倍二十倍，我就不和你做生意了。茶成为两个世界了。"

"你是来写民族团结的，茶太贵是不利于团结的。"

我笑起来。

景迈山茶人苏国文，他的世界是平静的，土地与炊烟般的质朴让他懂得尊重，祖先和茶树对他来说是一个世界，在他的想象中，祖先一直陪伴着他们布朗人，那些生长茂盛的茶树林里有祖先的絮语，那些闪动的遥远的星星，那些灿烂的光亮的太阳，确有着我们无法感知的空间，他守候着人间的秩序，神秘地在人们心中无尽地盘桓，已有千年。

七、歌声化解矛盾的拉祜族村寨

酒井乡勐根村老达保村民小组位于普洱市澜沧县东南部，是个典型的拉祜族村寨。全寨有118户485人，主要是拉祜族，其余汉族有6人，哈尼族有1人。

"拉"为虎，"祜"为将肉烤香的意思，在历史上拉祜族被称为"猎虎的民族"。

澜沧拉祜族自治县《县志》上写：拉祜族，源于甘肃、青海和西藏一带的古羌人，早期过着游牧生活。大约在公元750年至850年后来逐渐南迁，曾在丽江、大理、楚雄、普洱一带居住，南宋大理国时期迁入澜沧和西双版纳。其服饰也很好地反映了这种历史和文化的变迁，既具有早期北方游牧文化的特征，也体现了近现代南方农耕文化的风格和特点。

拉祜族是为数不多的几个从原始社会直接进入社会主义社会的"直过民族"之一，原生村社、母系大家庭、双系大家庭等社会特征在20世纪末仍有遗存。

1953年4月7日，成立澜沧拉祜族自治县，1954年6月16日成立孟连傣族拉祜族佤族自治县，至1990年又先后成立了孟连、双江、镇沅三个拉祜族等多民族自治县。

拉祜族也常自称"朋雅佩雅"，意为"葫芦的儿女"，他们以葫芦为图腾。来到拉祜族的村寨，寨门、服饰、农具、乐器、用品处处可见葫芦的印记，拉祜族传唱至今的创世史诗《牡帕密帕》记载，至高无上的厄莎神，创造了天地日月，创造了孕育人类的葫芦籽，始祖扎迪和娜迪从葫芦里出来繁衍了人类，从此才有了拉祜族。

澜沧县是全国唯一的单一拉祜族自治县，这里是美丽的拉祜山乡，寨子自然风光秀丽，生态良好，寨内拉祜族传统杆栏式建筑保存完好，具有浓郁的拉祜族特色，拉祜文化底蕴深厚，是拉祜族传统文化保存最完好的地方。

"会说话就会唱歌，会走路就会跳舞"的特性在老达保这个拉祜族聚居村寨得到了充分展示。

寨子里无论男女老少都能歌善舞，他们擅长芦笙舞、摆舞、无伴奏和声演唱，但最为突出的是吉他弹唱，80%村民都会弹奏吉他，最老的有八十多岁，最小的还是求学幼子。

连乐谱都不认识的拉祜族人，凭着对音乐的热爱，他们以自己的体验和感受，自创的拉祜民歌已达到了300余首。

拉祜族同胞说："我们化解矛盾用的就是歌声。"

老达保是国家级非物质文化遗产《牡帕密帕》的保护传承基地

之一。

拉祜族的《牡帕密帕》创世史诗又被称为"神话史诗",它具有很强烈的历史性,形成了一定的完整体系;以开天辟地、日用形成造万物、造人类、族种起源、迁徙定居、农耕劳作、社会生活、文化等为一个创世演化的完整过程,反映了少数民族先民在特定历史时期所特有的历史观和世界观,是个民族文化创造和文明进程的重要体现。

《牡帕密帕》也是一部拉祜族文化的"百科全书",更是拉祜族传统诗歌的总根和民间文学的珍品。

"牡帕密帕"是拉祜语的译音,意为"造天造地",全诗共计有2042行,1200多字。从内容上看,第一部分是"造天地";第二部分是"造万物",其中包括了"求水""种树""种葫芦"三个内容;第三部分是"人怎样生活下来",这部分包括12个小节:"札笛和娜笛""兄妹配婚""第一代人""取火""狩猎、分民族""扎倮和娜依""找铁矿""农业活动""种谷了""订年节""发文字""种棉花"。

《牡帕密帕》主要流传在云南澜沧县、双江县、孟连县及西双版纳拉祜族地区。

走进酒井乡勐根村老达保村民小组,正是孩子们放学时节,孩子们蹦蹦跳跳,弯腰低头从花朵丛中跑远。

安逸宁静的寨子里,三位民间艺术传承人李扎戈、李扎倮、李石开站在寨子广场上,他们的笑容感染了我。我看见不远处一位阿婆赤着脚走在路上,她婀娜多姿的身影让我想到年轻时她是一个美人。

听朋友说,拉祜寨子里自发组建了"老达保雅厄艺术团"、"达保五兄弟"组合、"达保姐妹"组合,甚至多次受邀到北京、上海、广州、广西、湖南等地演出,还漂洋过海到日本演唱。

村寨内共有芦笙坊、青竹坊、陀螺坊、艺织坊、农耕坊、根雕坊、茶吟坊、春香坊8个展示区供游客观赏和体验。

拉祜原生态歌舞《快乐拉祜》充分发挥老达保寨擅长多声部合唱

优势,在保留民族民间原生态表现形式前提下,把拉祜族各地、各类优秀的原生态歌舞节目和拉祜族独特的风情巧妙结合。

2006年该村被列为第一批国家级非物质文化遗产传承基地,2007年,该村的李扎戈、李扎倮进入国家级非物质文化遗产传承人名录。

2011年,老达保成为澜沧县新建的第一批国家级非物质文化遗产保护名录《牡帕密帕》保护传承基地之一。

特殊的区位和民族使这一地方的文化显现出鲜明的边疆特色和淳朴的民族风情,唱歌、跳舞、快乐日常,化解仇恨。

有些节日甚至和周边的村寨一起娱乐,能歌善舞的傣族跳起优美的"孔雀舞""象脚鼓舞";拉祜人善歌咏,且娴于舞蹈,传统乐器有"芦笙""三弦",舞蹈主要以"芦笙舞""摆舞""三脚歌"为主;哈尼族也喜爱音乐舞蹈。大家聚在一起吹拉弹唱,热闹非凡。

他们打出的口号是:拉祜文化兴县。

李扎戈,生于1940年。他是国家级《牡帕密帕》传承人,在当地也有"芦笙王子"的美称,老人能完整细致地演唱《牡帕密帕》,能跳100多套拉祜族芦笙舞。从昆明到北京,老人带着芦笙、拉祜族古歌一起走了许多地方。

老人不喝茶、不抽烟、不喝酒。

在见到我们时,老人换上了自己心爱的拉祜族服装。

老人说在他十五六岁的时候,因为没有体面的衣服,虽然唱得好,但是前辈都不让他唱。在模糊的记忆里,他清楚记得自己在1959年和心爱的姑娘结了婚,1973年加入了中国共产党。

李扎戈28岁时,基本能将《牡帕密帕》唱完,35岁左右能熟练唱完整部《牡帕密帕》。他还能完整唱完拉祜族迁徙史诗《根古》《生产劳动调》《喜调》《丧调》等。

李扎倮,李扎戈的弟弟,也是《牡帕密帕》传承人。他说自从被列为国家级民间艺人后,每年都能领到政府发给的生活补助。

李扎倮用赞许的眼光看着自己的哥哥说:他演唱的整部《牡帕密

帕》没有文本，每一次演唱，只要打开记忆的闸门，史诗的词章就会像河水那样从他的口中奔涌而出。

多年以前，老达保只是澜沧县大山深处一个拉祜族聚居的村民小组，村子与外界的联系，就是条晴天一身灰、雨天一身泥的山道，交通工具有二：比牛还慢的拖拉机和双腿。

寨子里的山民认识世界的途径很少，与世界交流的方式则更少。在田埂边，在篝火前，传统音乐与舞蹈是他们表达自己的少数几种行之有效的方式。

另一方面，很早以前，现代文明的脚步在此驻足，村民们学会了唱诗、多声部合唱，现代声乐又拓展了山民们的表现形式。

澜沧县一位领导的经历在当地颇具代表性：一年夏天，他来到老达保寨，看见一名妇女背着猪草往家赶，便问道："老乡，听说你们会弹吉他？"背猪草的妇女爽快地说："会啊！"言毕放下背箩，回到屋里抱来了吉他，坐在屋前就唱了起来。接着，归家的拉祜群众不断加入进来，歌声在田野上飘荡，在山谷间回响。

在众多的媒体表述中，李娜倮被书写为：受父辈熏陶，13岁时学会了吉他弹唱，16岁便会作词作曲。娜倮的付出让寨子里的100多人学会了吉他弹唱，艺术团的名气也传播开来。2008年，她被评为普洱市"十大杰出青年"，2010年获全国青年歌手普洱市片区原生态唱法一等奖，2011年参加央视梦想合唱团并获得一等奖。2012年李娜倮当选十八大代表。

她喜欢音乐的天性来源于她那个把吉他引进老达保的父亲李石开。

1984年，李石开卖掉一头猪，买了一把吉他。

当时寨子里轰动了，觉得李石开实在是糊涂了。

买吉他的初衷是因为一个教会的牧师，看那牧师弹吉他时的样子很让他心动。

多民族融汇和外来文化融入，使拉祜族的宗教出现了多元化的特点，如老达保村的基督教。

老达保有村民信仰基督，并建有教堂。村民使用拉祜语翻译过来的西方的圣经和赞美诗，并设有严格的牧师和教堂制度。

现在，全村有200多把吉他。

黑瘦的李石开裤腰上挽着他的芦笙，随时随地要跳芦笙舞的样子。讲起他买吉他的事情手舞足蹈。

李石开说："猪价不高，只卖了60块钱，拿着这些钱，我坐车到澜沧买了一把吉他，花去50块，来回路费4块，到家后，身上只有6块钱了。"

妻子看着他，妻子没有想到吉他贵成一头猪的价钱。

李石开说，"虽然吃不上肉，但是能弹吉他，比吃肉更开心。"

这个12岁学会芦笙、15岁学会拉祜史诗《牡帕密帕》的年轻人，拿着新式玩意儿站到寨子广场上，立刻吸引了山里乡亲的目光。没过多久，一个寨子里就有了8把吉他，全是跟着李石开弹唱的。

李石开最大的成就就是用吉他教会了拉祜寨子现代音乐，20世纪90年代初期，寨子里找他学吉他的学生已经有了40个；而今，村里400多人，有200多把吉他。

19世纪末20世纪初，随着基督教传入云南澜沧地区，传教士也带去了吉他等西洋乐器及西方音乐理论。那时，在简陋的教堂里，唱赞美诗的主要伴奏乐器就是吉他。在当时没有更多外来文化涌入的情况下，很多拉祜族人是伴着吉他声长大的。

正是由于历史原因，拉祜族人对吉他有天然的亲近之感，并且乐于学习这种乐器。

李石开是村子里最早见过世面的一批人，2005年第一次进京，他甚至不知道飞机是啥样，"只觉得坐进了一个休息室里，紧接着动了起来，我吓得不行，生怕出什么事"。

到了北京，因为不认识汉字，不熟悉汉话，李开石想上厕所时，只好站在厕所外面看，见到有男人出来，才敢跑进去。

一个非常乡土的山民，一个偶然的瞬间，促成了中西方音乐在山村的融合与发展。

芦笙舞则是老达保延续历史的另一个重要工具。

李石开解下腰间的芦笙开始吹奏,《老鹰舞》《马鹿舞》《蜜蜂舞》《青蛙舞》,一边跳一边定格一个造型叫我猜。形象生动活泼的他热情饱满,每猜中一个他便高兴得继续跳下一个。

李石开说:"可惜老师来的不是时候,要是周末就好哩。"

每个周末,一场拉祜风情的歌舞剧都会在老达保上演。

200多人共同演绎独树一帜的多声部合唱《打猎歌》,曲调优美动听,歌词丰富多彩,合唱音乐朴实纯真、气势磅礴。

《芦笙舞》更是必不可少的节目。舞者如痴如醉,情感尽在"笙笙不息"的乐曲中得到升华。

摆舞表演时,妇女们随着鼓声的节奏,100多人围成一个圆圆的圈,一步一跳地翩翩起舞,表达了拉祜人民对美好生活的希望;约有36套之多的铿锵有力的《神鼓舞》,舞蹈以脚上动作为主,踮、跃、划、踢、跳、摆、转向等等,形成摆舞中的另一种风格。

"阿哥阿妹情意长,好像那流水日夜响,流水也会有时尽,阿哥永远在我身旁……"

这首以澜沧拉祜族生活为题材的电影《芦笙恋歌》主题曲《婚誓》,以强烈的感染力,唱响了全中国。半个世纪过去了,天下拉祜人唱着《婚誓》,循着祖先的足迹寻根而来。

我离开老达保拉祜村时,他们站在屋门口用歌声欢送我,唱的是拉祜民歌《实在舍不得》,这是一首关于离别的歌,歌词写下:

> 我会唱的调子像花儿一样多,
> 就是没有离别的歌,
> 我想说的话像茶叶满山坡,
> 就是不把离别说。
> 最怕的就是要分开,

要多难过有多难过，
舍不得呦舍不得，
我实在舍不得。

你没看那风景像山花一样多，
还有多少思念的河，
你留下那情像火塘燃烧着，
还有好多酒没喝。
最怕么就是要分开，
要多难过有多难过，
舍不得呦舍不得
我实在舍不得
最想么就是你再来，
要多快乐有多快乐，
舍不得呦舍不得，
我实在舍不得。

  他们用汉语和拉祜语交替着唱，一个熟悉而新奇的世界，想不到在这样一个边远山村，音乐竟是如此大张旗鼓。

八、西盟，阿佤人民唱新歌

村村寨寨哎——
打起鼓，敲起锣
阿佤唱新歌
共产党光辉照边疆
山笑水笑人欢乐
社会主义好哎

架起幸福桥哎
道路越走越宽阔，越宽阔
哎——江三木罗
山山岭岭哎——
歌声起，红旗飘
闪闪银锄落
毛主席让咱夺丰收
清清河水上山坡
茶园绿油油哎
梯田翻金波哎
胜利花开千万朵，千万朵
哎——江三木罗
各族人民哎——
团结紧，向前进
壮志震山河
阿佤人民一条心
建设祖国报祖国
跟着毛主席哎——
跟着共产党哎——
阿佤人民唱新歌，唱新歌
哎——江三木罗
各族人民哎——
团结紧，向前进
壮志震山河
阿佤人民一条心
建设祖国报祖国
……

很小的时候，有一段时间放学后，我们几个娃娃敲着搪瓷缸唱这首歌，唱到最后那句"江三木罗"嗓子用足了劲往下沉，那个"罗"字几乎要跌在地上。

对我们来说"阿佤"是一个十分陌生的词，在遥远的地方居住。从来没有想过阿佤是一个民族。

出了普洱城，一路向西，山高水长，林海莽莽，跨过澜沧江，越过澜沧与西盟的分水岭，那群山环抱、魅力四射的边陲袖珍小城便尽收眼底了。

现在，走进西盟的佤族部落，四围青山环绕的西盟有说不出的感觉。阳光下，这个被佤山环抱的县城行人寥寥。仅有的一条主街道非常干净，两旁清一色的崭新建筑，带有浓郁的佤族特色。古老的佤族文化元素在县城的建筑上得到了淋漓尽致的表现和提升。

主街道上的楼堂馆宇、商场、住宅的外墙，全用佤族人喜爱的赭色瓷砖或涂料装饰，每幢建筑的顶部都装有佤族人崇拜的"牛头角"和"小米雀"，整个建筑呈现出了佤族特有的民族风格。走进西盟县城就像走进一个庞大的佤族民俗文化博物馆，走进佤民族的灵魂深处。勐卡路、木鼓路、龙潭路、云海路、兴盟路……一条条独具民族特色的街道，就是阿佤人民社会历史发展的见证。行走在西盟新县城，仿佛回到人类童年时代的感觉，怪不得最近西盟能荣获"中国最美风景县云南十佳"称号。

来西盟是寻找岩火龙的后人。找了几处，对自己的前辈是做什么又怎么死亡的，他们不知。

死者长逝，我站在某一个不被人看见的角落深深鞠一躬，那些远去的先烈，远去的榜样，一个辉煌绚丽的高潮迭起的时代，你们点燃了希望，照亮了黑暗。

西盟佤族自治县成立于1965年3月5日，是典型的原始社会及奴隶社会残余直接过渡到社会主义社会的直过地区。

境内居住着佤族、拉祜族、傣族、彝族、哈尼族、白族、汉族等

25种民族,少数民族人口占总人口的94%,其中佤族人口占总人口的72%,是一个以佤族为主的多民族县。

努力进行现代化建设的同时,西盟人也没有忘记传承本民族的文化,当地的建筑独具佤族特色,街边民居里不时传出悠扬的佤族民歌,地壳陷落形成的天然淡水湖泊勐梭龙潭和湖畔的佤族"龙摩爷"也赋予了西盟新城一层原始的神秘感。

西盟新县城坐落在一个蜿蜒起伏的大山坡下,海拔约1200米。县城四周都是原始森林,山林绿翠,古木参天,景色古朴、幽静、神秘,像一颗璀璨的明珠镶嵌在祖国的西南边陲。

在司岗里佤族村庄背后,与小城相依相偎的勐梭龙潭,是一个雨林湖泊,旖旎的风光远近闻名,四季常清的湖水,盛满了当地民族古老动人的传说。其实,勐梭龙潭为地壳陷落形成的天然淡水湖泊,南岸和西岸悬崖峭壁,东岸和北岸地势平缓,湖水主要来源于山涧小溪和湖泊底部的地下水。沿着龙潭边弯弯曲曲的观湖路漫步,茂密的森林、潺潺的流水,诗情画意,令人心旷神怡。

龙潭周围有多股泉水注入龙潭,其中有一股清冽的泉水从石缝中流出,人称"圣水"。

龙潭边有一著名景点曰"龙摩爷"。龙摩爷是佤语发音,意为祭拜神灵的圣地,它在佤族人心目中是神圣不可侵犯的地方。部落举办重大活动或者解决纷争,都会把牛头作为最好的吉祥物,因为牛头是佤族传统财富的象征。他们举办盛大的剽牛活动,把神圣的牛头保存在"龙摩爷",久而久之,挂入龙摩爷的牛头越来越多,便有了我们看到的震撼人心的景观。

西盟多山,西盟山、拉斯龙山、盘龙山……有客自远方来,西盟方面的欢迎词,通常这样开头:欢迎来到,西盟山。

勐梭龙潭绵延数十里,西盟山像一道翠绿的屏障拱卫西盟县城。山色翠如碧玉,老树枯藤,奇花异草,溪泉瀑流,处处是景。若在湖上荡舟,眼看山穷水尽,转眼又是柳暗花明的惊喜。黛青色的湖水像一面镜子,夺尽了千峰翠色,远远望去湖山浑然一体,走近了,又觉得人便如山一般融化在湖水中。重峦叠嶂,山后面是峡谷,峡谷后面还是山,无边无际的山,流浪在视线之外聆听之外。

该是天造地设的造化了。

夜幕降临,县城从阳光下的美,正式进入星空下的另一种美,宏大与渺小交互,神秘和自然混合。站在小镇西面山高处、松涛深处一一鸟瞰这一切后,内心涌起的波澜,我无法表达,我大吼一声:"江三木罗。"

九、风雨过后见彩虹,民族工作结硕果

结出民族团结的累累硕果历史证明,民族团结是普洱发展的生命线。

任何时候、任何情况下,都要像珍惜生命一样珍惜民族团结,像爱护眼睛一样爱护民族团结。在发展战略上,做出了"生态立市、绿色发展"的战略选择,坚持发展是第一要务、保护是第一政绩、稳定是第一责任、党建是第一保证不动摇。

早在1887年,法国的一支国家探险队溯湄公河而上,历经一年多时间,千辛万苦到达普洱,他们目光所及之,处,尽是巨树、林海、飞瀑,开满白花的荞麦地,干草垛,林间隐约透出的庙宇、牌坊,山谷里围院式的城邦,他们惊叹,仿佛回到了法国南部的乡村,称这里是"东方的普罗旺斯"。

也许是长期封闭和落后的被动保护,也可能是这块土地的个性倔强,或许是这里人们的灵魂在大山和绿叶中生长得太深,普洱的许多地方至今还留存着百年前生态和民风的原貌。

守住了一方疆土,使之成为功不可没的绿色长城。

在发展目标和措施上,以建设国家绿色经济试验示范区为总平台,以建设民族团结进步、边疆繁荣稳定示范区为抓手,着力打造

"天赐普洱、世界茶源"城市品牌，全力打赢脱贫攻坚战，与全国全省同步建成小康社会。在发展的重点上，牢牢抓住基础设施、产业发展、对外开放、民生保障、社会稳定和党的建设六大重点，以重点突破带动全局联动。我们在弘扬民族文化中增进团结。

文化是民族团结之根、社会和谐之魂。打好文化牌、生态牌、区位牌、特色牌，深入推进农村小文艺队、小广场、大喇叭"两小一大"工程和民族文化传承示范村建设，大力发展民族文化产业和文化事业，精心打造民族文化精品力作，人文纪录片《天赐普洱》登录中央电视台并将在美国等22个国家播出，原生态歌舞《佤部落》走进国家大剧院并在全国大中城市巡演，《阿佤人民唱新歌》《快乐拉祜》和《想那个地方》等民族歌曲传唱大江南北，普洱民族文化已经走出云南、走向全国、走向世界。

民生是人民幸福之基、社会和谐之本。坚持把实现好、维护好、发展好各族人民的根本利益作为工作的出发点，着力解决各族群众反映强烈的热点、难点问题，大力推进民生建设，不断夯实民族团结进步的群众基础。

习近平总书记考察云南，做出"把云南建设成为我国民族团结进步示范区"的重要指示，为边疆民族地区加快经济社会发展、增进民族团结指明了方向。

"在普洱，不谋民族工作就不足以谋全局"。牢固树立"各民族都是一家人，一家人都要过上好日子"的信念，坚持创新发展、协调发展、开放发展、绿色发展、共享发展，绝不让一个民族地区落伍，绝不让一个兄弟民族掉队。

"尊重差异，包容多样。"是民族文化大发展大繁荣的前提，使各族群众人心归聚、精神相依。发挥民族干部在增进民族团结、推动经济社会发展、维护边疆稳定中的积极作用。

民族团结是发展进步的基石，是边疆民族地区永恒的主题。

民族团结誓词碑，是让民族团结的血脉和基因世代薪火相传的有力证据,也是成为推动普洱发展永不枯竭的动力源泉!

"和睦团结刻誓碑,同心共筑中国梦。"普洱走过的民族团结历程充分证明,只有坚定不移地坚持中国共产党的领导,走社会主义道路,才有各族人民的幸福生活;只有坚定不移地坚持以经济建设为中心,不断深化改革、扩大开放、大力发展社会生产力,才能促进宁洱社会经济蓬勃发展;只有坚持和完善民族区域自治制度,才能巩固和发展平等、团结、互助、和谐的社会主义民族关系,促进各民族共同繁荣进步。

在新的历史起点上,民族团结边疆稳定的伟大事业更加需要一代又一代人薪火相传、生生不息。

第二章

楚雄，彝族火把照亮岁月

楚雄州地处滇中，滇中地区是中国大陆旅游圈、东南亚旅游圈和南亚旅游圈的交汇地带。

楚雄州自然景观和人文景观丰富多彩，有哀牢山、雕翎山、化佛山、紫溪山、西山、三峰山、方山、昙华山、狮子山、白竹山、樟木箐、土林、恐龙河、白马山、花椒园、大尖山、五台山等。

走在高山之巅，独对茫茫云海，仰望浩淼天穹，突然感到，人间像一本深邃的巨著，而巨著的折页里深藏着自然无法读懂的那份情韵，和隐藏于群山之中的那份激情。在那洪荒的远古，勤劳、善良的少数民族同胞们就在这莽莽大山之中繁衍生息，用他们的睿智创造出了光彩夺目的本民族文化，大山，是他们子孙绵延成长的福祉。

在楚雄，彝族同胞和其他少数民族同胞，多居住于海拔两千多米的高寒山区，自然资源丰富但生产生活不便。

为了实现各民族政治上的一律平等，经济上的共同发展，加强民族团结，巩固边疆和谐稳定，早在解放初期，在党的民族政策的指引感召下，中共楚雄地区委员会和楚雄专员公署就着手推进建立民族区域自治的工作。先后从少数民族聚居的边远山区选拔少数民族干部进行培训，分配到县乡两级联合政府工作。从建州开始，始终把民族同胞放在最前也是楚雄选拔干部的优良传统。

1957年4月，中共楚雄地委和楚雄专员公署组织了民族工作组，开展区内民族状况的深入调查，收集汇总有关材料，研究建立自治州问题。同年5月，将商定拟订的关于建立彝族自治州的意见草案，报请云南省人委转呈国务院。

1957年10月18日，国务院第五十八次全体会议讨论审议，决定批准筹建云南省楚雄彝族自治州。

1958年1月13日至17日，楚雄专区隆重召开全区各族各界人民代表会议。出席会议的有彝族、苗族、傣族、回族、白族、哈尼族、傈僳族、壮族、瑶族、汉族等共10个民族的代表351人。

与会代表，少数民族委员占委员总数的65%以上，充分体现了民族联合、区域自治的精神，为民族自治州的成立，从政治上、思想上奠定了坚实可靠的基础，从组织上提供了干部队伍保障。大会举行期间，还在全区城乡掀起一个声势浩大的、以水利和积肥为中心的冬季生产运动。

"搞好生产，迎接建州"不仅成了与会各族各界代表的共同誓言，也成为全区各族人民的共同心愿，全区掀起"各族人民万众一心，用实际行动迎接自治州胜利诞生"的生产高潮。

当时的水利工地、田间地头，时时听到众人高歌《拿出革命干劲来》：

拿出革命干劲来，
拿出革命干劲来！
我们快马加鞭跑得飞快，
赶上快咽气的英国老王牌。
踢开困难，排山倒海。
要叫工业农业大跃进，
要让社会主义鲜花处处开！

这首歌虽然带着当时的时代色彩，但是，可以看出当时楚雄人对未来生活的希望和梦想。

楚雄之所以叫"彝族自治州"，正是因为彝族同胞约335589人，占全州总人口的23.04%，约占少数民族总人口的90%，是本区少数民族中人口最多、占比例最大的个民族。

彝族不仅拥有自己的语言还拥有独立完整的文字系统。中国古彝文与中国甲骨文、苏美尔文、埃及文、玛雅文、哈拉般文具有同源性，发展源流均表现出"图画—符号—文字"的过程，是世界六大古文字之一，代表着世界古文字一个重要起源。彝文，在历史上曾被称为"爨文""韪书"和"罗罗文"。据初步统计，现存的彝文大约有1万余单字，常用字有1000至3000多个。

长时期的多民族通婚，甚至从长相上分不清楚彝族和其他民族。在楚雄大街上，我留意那些行走的人群，试图对每一位从我面前走过的人进行猜测，发现当我觉得对方是彝族同胞时，等问来的结果却是汉族。

其实，彝州的很多很多家庭都可能是多民族组合。

彝族跳虎节、赛装节、插花节、三月会、杨梅节、打跳节等带有集会性的节日，不仅是彝族人的节日，也是其他民族的节日，就像汉族的端午节、中秋节等等，只要是节日，都能照亮各族同胞的日常。

一、左脚舞，彝绣，四弦琴，那一口酸腌菜

前往牟定，一路春光明媚，车窗外姹紫嫣红的景色夺人眼球，但牟定"世界左脚舞之乡""中国腐乳之乡""云南匠人之乡"的称誉更让人遐想联翩。

都说楚雄民族团结进步故事多，多到什么程度？多的说不清楚。

数百年来每到农历正月十六和三月二十七、二十八、二十九三天或有人家娶妻嫁女，夕阳西下之时，远远近近的彝族和其他民族群众

不邀而到，弹起龙头弦子，男女和声或齐声唱起左脚调，手牵手、肩并肩，围成一个个几十乃至上百人的大圆圈，欢跳左脚舞。伴着铮铮作响的弦音，和着高亢清脆的歌调，他们时而蹉脚闪腰，时而折步跌脚，时而甩腿对脚，时而摆手转身，舞步整齐统一，舞姿轻盈健美。

曾经有个美国女孩因为上传了一首左脚舞调子，红了优酷。

2016年，一个美国女孩在自媒体上介绍了一首中国山歌《老司机带带我》：

> 三月会，
> 三月会，
> 好是好玩的；
> 老司机，
> 带带我，
> 我要克（去）昆明……

同时还展示了她听这首山歌时的惊讶、害羞以及"不可思议"的种种表情，在美国的YouTube上竟获得19万的点击量。

这个调子一时间也红遍网络，甚至引申出了以不同艺术风格和不同款型车辆演义的"老司机带带我"作品。还引来各路人对歌词的追踪，情节颇似印度电影《神秘巨星》。

其实，这首山歌的调子完全出自彝族左脚舞调，而牟定县的蟠猫乡被公认为是左脚舞的发源地。已有一千多年历史的左脚舞调古老而时尚，还滋养着今天的彝族流行文化，且流行范围已经超出了彝族音乐边界。

在爱酷、优酷、爱奇艺上，只要搜索，都能看到左脚舞，都能听到左脚舞曲调，让人感受到"千年跳一脚，百年赶一会。让你看得过瘾，跳得开心，跳三天不累，看三天不烦"的激情魅力。

牟定是率先列入云南省实施新一轮民族团结进步边疆繁荣稳定

示范区"十县百乡千村万户示范点创建工程"（2016年至2018年）中的10个省级民族团结进步示范县之一，也是云南省第二轮（2016年至2018年）民族团结进步示范区建设中开展"精准脱贫、跨越发展型"示范点创建的8个示范县之一，近两年发展势头迅猛。

民族团结进步创建对牟定的发展起到了杠杆作用，它解决了不同产业之间的连接机制，在精准脱贫和发展过程中，形成了1+1大于2的局面。

为什么说1+1大于2呢？

因为这其中的每个1都是充满团结友爱的1，如一个集体、一个机关、一个小组，我们中的每一个分子都充满友情，那么，这个集体、这个机关、这个小组就一定是和谐的。和谐能够取得事半功倍的成果。共同承担集体责任，齐心协力，汇聚在一起，形成一股强大的力量，成为一个强有力的集体。犹如"拔河"运动，它是一种最能体现团队精神的运动，每个人都必须付出100%的努力，心朝一处想、劲朝一处使，紧密配合、互相支撑，才能形成一股强力量，势不可挡，战胜对方。

古典小说《三国演义》中有一段说到信任的故事：刘备打了大败仗，正在哭泣，他的小舅子又来报告说："反了常山赵子龙也，投曹去了！"刘备说："子龙是吾故人，安肯反也？"不相信小舅子的话。

猛张飞在旁边说，可能赵子龙贪图富贵，去投降曹操。刘备说："子龙与吾相从患难之时，他心如铁石，岂以富贵能摇动乎？"他小舅子又说："我亲见他引军投曹操去了。"刘备说："子龙必有原因。再说子龙反者，斩之！"

这里刘备对赵子龙是何等的信任啊！正是这种信任，赵子龙七次杀入敌阵，杀敌无数，救出了刘备的儿子，让敌人闻风丧胆，让刘备转危为安。这就是信任的力量！民族之间能有这样的信任力度，1+1大于二极有可能。

这让民族文化产业为牟定发展带来的推动作用尤为突出。以2008

年列入第二批国家级非物质文化遗产名录的彝族左脚舞为例，目前已经形成了一个文化产业。

自2004年举办左脚舞文化艺术节后，牟定的民间左脚舞舞蹈队已经发展到了43支，除经常在周边州县表演外，还通过演艺公司组织外出商演。左脚舞虽来自乡野，但也登上了大雅之堂。

几年前，"万人左脚舞"在上海大剧院演出15场，场场爆满。不仅在国内，左脚舞还远赴日本、美国演出。

2009年4月22日，牟定县城中园东路，"万人左脚舞"申报吉尼斯世界纪录活动启动，在长1200米、宽20米、面积2.4万平方米的大街上，近1.8万人随着音乐《高山头上茶花开》同跳左脚舞，舞蹈时长两个多小时，创造了吉尼斯世界纪录。

2010年6月，"最大型的原生态舞蹈——万人左脚舞"申报吉尼斯世界纪录获得成功。

左脚舞不仅是彝族人跳，其他民族也加入在里面，是种民族融汇的集体舞蹈。左脚舞又带动了彝族传统乐器四弦琴产业的兴盛，还促进了旅游业、商业的发展，并成功突破地域疆界，先是成为云南的音乐名片，继而变成跨民族的文化共享——正如那个美国女孩分享的左脚舞调。

旅游小镇彝和园位于县城东南，创建于2013年，被称为近年来牟定县民族文化产业发展的"硅谷"。彝和园的口号是"今天的中国彝产，明天的世界遗产"。这里聚集了牟定的民族文化资源，云集了大批民间艺人如云南省民族民间美术艺人王光金、彝绣新生代人物90后杰鲁依玛等。他们将彝族的手工艺带入市场，走向世界。

在彝和园，看到正在自家店里忙碌的王光金夫妇。看到我们进来，王光金放下手里的活儿，热情地招呼大家参观他制作的四弦琴。这些琴有大有小，造型多样，琳琅满目，挂满了店铺的墙面。

王光金是蟠猫乡老梅树村人，15岁就跟着父亲做琴，做四弦琴是他家传的绝活，当地彝族人称他是"琴王"。这些年来，随着左脚舞文化的传播发展，四弦琴产业也兴盛起来。王光金的老乡、国家级左脚舞传承人普清荣粗算过一笔账：牟定20万人，至少三分之一的人拥有四弦琴，其中有不少人家不止一把，这些都为王光金这样的四弦琴制作人提供了市场。

生活对彝族同胞来说是活泼生动的，王光金牢牢抓住了这一点，他不仅囊括了左脚舞文化消费的产业链——乐器、演奏、歌唱、舞蹈、民族服装制作，还提供录影录像和视频输出等服务。除了民间艺人的身份，他已然成为民间文化产品经营者。

王光金开心地说："我们家祖祖辈辈都是农民加木匠，我从没有想过自己会变成一个城里人，也不敢来城里发展，我担心到城里挣不到吃饭钱。当年进城来做四弦琴，还是县委书记亲自到家里做的动员。现在我们生活收入稳定，城里乡下都有家啦。"

左脚舞文化不仅给王光金一家带来全然一新的生活，也为彝族妇女"指尖上的梦"——古老的彝绣提供了发展空间。

离王光金家乐器店不远处，是杰鲁依玛和母亲鲁翠芹开设的杰鲁彝绣文化传播有限公司的服饰商店，这个商店可以说是牟定彝绣产业发展的一个缩影。

杰鲁依玛是牟定县传统手工艺刺绣项目代表传承人，也是全县"十大绣女"之一。这天，杰鲁依玛忙于公司的外联，鲁翠芹便把父母都叫来"坐镇"。老母亲坐在门口安静地绣花，老父亲则在一旁帮忙。两位老人让热闹的店里有了一种温馨安详的气氛。

杰鲁依玛出生于1989年，大学毕业后毅然回到老家和母亲一起传承彝绣手工艺，是牟定县青年彝族刺绣创新协会的会长，获得过各种荣誉，能熟练运用网络营销销售产品——"探索彝绣风华韵，绣出文化中华梦"是她的追求。

2016年7月，杰鲁依玛不再满足于用传统的方式发展民族文化，成立了雅韵艺术培训中心，设置民族舞、爵士舞、古筝、葫芦丝、吉他等课程，并亲自教授……她所做的这一切，为彝绣进一步发展寻找到了新的可能性。

杰鲁依玛在彝语中的意思是"走出去，别害怕"。

这个名字不仅蕴含着鲁翠芹对女儿的期待，也包含了她对彝绣发展的美好希望。

如果说彝和园将左脚舞的风采、彝绣的美丽带给了人们，那么成立于2012年的牟定太极食品有限公司则是将浓浓的乡愁留在人们的舌尖上。正是这个坐落在村里、看似不起眼的食品公司，生产的"云滇""彝乐""胡老舅"牌等35个彝族风味的酸腌菜产品销到了全国。公司创办人胡招昌是对家乡有着深厚感情的人。他返乡创业，立志将家乡的味道创成品牌，并让这一包包酸腌菜担起大使命——带动周边7个乡镇41个村4200户各族农户共同实现小康梦。

酸腌菜生产，采取的是以彝族民间发酵土法和现代科技相结合的工艺。公司成立6年来，坚持走公司+协会+基地—联农户"四位一体"的发展路子，带动周边农民增收。

2017年销售收入达5015万元，带动农村劳动力就近就业达5000多人，带动农民增收3000万元，带动400多户建档立卡贫困户脱贫，深受各族群众的好评。公司先后被评为云南省级重点农业龙头企业，楚雄州、牟定县民族团结进步示范企业；2018年4月，被州委统战部、州工商联合会确定为全国"万企帮万村"精准扶贫行动楚雄州示范企业。

一包小腌菜，也能做成大产业。

外来的路人或者旅客，能够在牟定逗留驻足，是因为牟定有那么几个彝族带头人。天遂人愿，大伙儿齐心，心善能恤人，努力能成事，牟定人把牟定这个民族团结大家庭经营得妥帖温暖。

二、姚安的魅力不仅是《梅葛》和花灯

云朵中一抹阳光射下，阳光强烈，远处整个林子一片橙光。

车行路行，道路两边的树木，高矮参差着，形成许多浓密的阴影，走在这样的路途中，才能清晰地感觉到光和影的差别。

从姚安县城一路向西约25公里来到马游村，海拔瞬间从1800米上升至2400米，受大理苍山雪峰的影响，马游的气温比姚安县城低了3至5摄氏度，因此当地人看天气，参考的是大理祥云的天气预报。

沐浴着上午十点钟的太阳，却依然能感受马游的冷风拂面。

当姚安人口中"山高皇帝远"的马游村出现在眼前时，我还是着实吃了一惊，简直是世外桃源，完全像以前的一首童谣唱的："抬头见麂，低头见獐，过河踩着小鱼秧，犁头山顶飘白雪，渔江两岸稻花香……"

姚安县以悠久的历史和丰富的文化著称。这里山川秀美，名胜古迹众多，蜻蛉河由南向北流过。因与大理相邻，白、彝、汉族文化特色在这片土地上交相辉映，使姚安成为名副其实的"文献名邦""花灯之乡""梅葛故地"。

姚安也是"滇中粮仓"的大坝子，有"迤西文化名邦""花灯之乡"光禄古镇；还有被复旦大学蔡尚思教授认为可与《诗经》相媲美："久藏深山人未识，一朝面世天下惊"的国家级非物质文化遗产彝族《梅葛》。

"梅葛"一词是彝语音译，"梅"意为"嘴、唱、说"；"葛"意为"过去""历史""回转"，"梅葛"就是"唱说过去""唱说历史""唱说古今"的意思。

以"梅葛"命名的，不仅有一种流传久远的说唱艺术形式（梅葛调），还有一部彝族神话创世史诗。史诗《梅葛》的内容包罗万象，反映了彝族人民生活历史的全貌，被视为彝家的"根谱"。

如果从传唱人群和曲调分类，梅葛分为娃娃梅葛、青年梅葛、中年梅葛和老年梅葛；而狭义上的"梅葛"是指毕摩（彝族宗教仪式祭司）吟唱的创世史诗，内容包括开天辟地、人类起源、婚丧嫁娶等。

姚安县马游村是梅葛发源地，经过对2005年在马游出土的青铜器的考证，早在战国时期，彝族先民已经在马游繁衍生息，并创造了辉煌的彝族文化。

"马游"彝族话发音是"梅拜乍"。

除了马游，楚雄州内的大姚、武定、南华、永仁等县也有梅葛。但一个有趣的现象是，由于彝族支系逾百，马游彝族与这些县区的彝族不能直接对话，但所唱的梅葛却几乎一样，而且这些县区的梅葛无一例外都提到了梅葛发源地"梅拜乍"，即马游。

唱娃娃梅葛时，声线很细，如果你不用眼睛去看对面人，就声音而言，感觉像个孩子。

"小蜜蜂真辛苦，太阳没出忙采蜜，太阳落山没回家，忙里忙外采蜜忙，做出蜂蜜甜蜜蜜……"

吸引人的梅葛是"摇篮曲"，演唱者用哼鸣唱法，尽量减少"实声"，就像缓缓流淌的清泉将人带入一段恍惚的柔软时光。

中年梅葛的"思念"，表现的是女儿出嫁后，母亲盼其归来。中年梅葛曲调清澈，带有淡淡忧伤。

我听"离别调"，歌词也表达得情意绵绵：

"朵衣开单花，杏子开双花，说了一夜，山里的野鸡，它不懂时间，怎么就叫了……"

梅葛就像恋爱的敲门砖，就算男方长得貌似潘安，不会梅葛就找不到媳妇。

沿马游村的鸡肠小道，来到梅葛文化国家级非遗传承人郭有珍的宅子，屋内摆放着州级、省级、国家级的各项荣誉证书。今年75岁的郭有珍特意穿了一身彝族传统服装，在现场演唱了一段老年梅葛。

郭有珍说："老年梅葛旧时主要是毕摩唱，记录着开天辟地、万事万物的起源，以及彝族先民是怎样面对恶劣环境，顽强生活下来的过程。已有千余年历史的梅葛，是老祖宗留下的东西，我们一定要将它传承下去。"

谈到马游梅葛的传承，老人显得有些"自责"，她说："主要是我不识字也不识谱,不然我是想把梅葛都记录下来。"

除了彝族,马游村还有汉族、白族和苗族。

要说最大的变化,党的十八大以来最为明显。农民收入翻了两番,家家户户都通水泥路,网络信号畅通无阻。

马游的秀美山水不仅滋养了这里的各族群众,也培育出他们坚强的性格和抗争精神。姚安县城和马游坪战役,都曾在村里设过指挥部,当年彝家子弟踊跃参加。

溪水流过门前,院子内外花团锦簇,热烈绽放的三角梅探出门墙,为老屋平添了无限春光。坐在石板铺成的院子里,郭有珍换上崭新的彝族服装,口齿清晰地讲述了他大半辈子见证的马游村变迁。

"没有共产党,就没有今天我们老百姓的幸福生活。没有政府的帮助和支持,就没有今天这样大的变化,这是实实在在的,是我亲身经历过来后得出的结论。"

据民间传说,在古老的年代,生活在马游坪的彝族先祖们日出而作,日落而息,过着平淡的生活。一天晚上,一个叫朵觋的小伙子收工回家,头被树上挂着的葫芦碰了一下,很疼。朵觋开口就骂,并把葫芦扯下来丢下山箐,却不知道这个葫芦乃天神所变。天神见世间凡人如此对待葫芦,非常想不通,晚上就托梦责问朵觋,问他知道不知道人都是从葫芦里来的。朵觋说不知道,这里的任何人都不知道。

天神很失望,说:"你们不知道自己从哪里来,也不知道世上万物从哪里来,难怪你们不知道祭祀神灵。"

于是天神决定开启人的灵智,每晚用托梦的办法给朵觋传授"梅葛",并传授祭祀礼仪。

但传了八个晚上,朵觋记住了后面又忘记了前面,效果非常不好。天神很着急,因为天神只能在人间逗留九天。如果用文字来传授,效果会好,但离开天庭下凡时忘了带文字,所以没有文字来传授。

情急之下,天神创造了梅葛调,用唱的形式才把梅葛完整地传授给朵觋。临走时,天神告诉朵觋说,你从此以后就是通天人之际的

"朵觋",一半是神,一半是人。还说,每年旧历的十月八日是山神、树神、水神等诸神聚会的日子,在那一天祭山并吟唱梅葛,会得到各路神灵的护佑。从那时起,人间有了朵觋(毕摩),不仅主持各种各样的祭祀,还负责传唱梅葛。人们也知道了敬畏神灵,让无助的心灵找到了慰藉的依托,还学会了唱梅葛,让愚钝的脑海中拥有了一个诗意的世界。

2005年,马游坪彝族传统文化保护区被列为楚雄彝族自治州第一批民族民间文化保护名录。2006年5月,彝族梅葛、马游坪彝族传统文化保护区被云南省人民政府列入云南省第一批非物质文化遗产保护名录。2008年6月,彝族梅葛被国务院列入国家第二批非物质文化遗产保护名录。为了保护梅葛演唱艺人,确定了具有一定影响力的当地民族民间艺人6人,其中,罗有珍(梅葛演唱艺人)、郭自林(芦笙制作艺人)、罗玉芳(刺绣艺人)被列入省级民间艺人。

2009年,梅葛演唱艺人郭有珍被命名为国家级非物质文化遗产传承人。

经过对2005年在马游出土的青铜器的考证,早在战国时期,彝族先民已经在马游繁衍生息,并创造了辉煌的彝族文化。

姚安县非遗传承保护展演中心副主任郭晓炜毕业于云南艺术学院,是土生土长的马游人。"马游"彝族话发音是"梅拜乍",就是他向我介绍的。

梅葛是个庞大体系,仅老年梅葛的《本源》就有36章,连续不停地唱,每章就要唱三天三夜。目前村子虽然有50多人会唱梅葛,但能完整吟唱的屈指可数,而且大部分梅葛传唱者都在50岁以上,对于梅葛这项国家级非遗来说,其传承依旧任重道远。

三、彝、汉、回族组成的和谐家庭

每个民族都有自己代代相传的文化,民族之间的文化不是狭隘的竞争，也不是一种无止境的野心，而是一种共享其乐的宽厚、满足和理解，外加一些人间烟火似的浪漫。

在楚雄，听当地文联同志讲起苍岭镇李家村委会马石铺村小组李凤祥的故事，当即打车前往。车行路上，视野开阔可以无遮无拦地投到很远的地方，午后的阳光炽烈，在我走神的瞬间，突然看见了安静的李家村委会马石铺村就在眼前。

车停下时我安顿出租车司机等我，他说，正好他也想去看看胡锦涛总书记进过的院子。走进胡同拐进了一座小院，皮肤稍黑的李凤祥正在农家小院里等待我们，他的妻子郎秋仙提着暖瓶准备倒水，李凤祥乐呵呵地说："你们站着打量我院子的位置正是当年胡锦涛总书记站着的位置。"

我看见他的门两边贴着一副喜结连理的对联：蝶趁好花欣结伴，人逢盛世喜成亲。

卧室的门上也有对联：往事不须回首，新人就在我心。

一问果然是小儿子结婚留下的喜联。

客厅的墙上挂着楚雄州委、楚雄州人民政府2014年11月颁发的"十星级文明示范户"奖牌，和奖牌并列的有"平安和谐户""平安和谐家庭""云南省五好文明家庭"的玻璃镜框，而下方的长条桌子上摆放着他们一家人和胡锦涛总书记来他院子看望时的照片。

李凤祥的妻子郎秋仙快人快语，指着另一间屋子的对联说："自从总书记来了我这院子，我们家是'喜气降临全家喜，春光辉映满堂春'。"

出租车司机师傅指着门头上的横批说："你们家是'堂华溢喜'啊。"

我笑着回转了一下头，看见就连厨房的门上也是红彤彤的喜联："喜将良缘堂上结，乐把美味厨中调。"

这是一个溢满了喜气的农家小院。午后的天空突然来了雨，雨落在院子里的花草上，我们坐在屋檐下拉话，听李凤祥讲他的大家庭。

今年60多岁的户主李凤祥是彝族，妻子郎秋仙是汉族，大儿媳谢友琼是汉族，小儿媳姚永媛是回族。生活在一起的还有两个孙女——一家8口人汇集了彝、回、汉3个民族。

李凤祥和郎秋仙端详着当年和总书记的合影照片，欢喜地说："总书记如果有机会再次来到马石铺，一定会为村子的发展、村民生活的变化感到高兴。"

3年来，马石铺发生了很大变化，村里的道路全部铺成了水泥路。在经济建设方面，村里建起了100多亩的蔬菜大棚；由村民入股，投资600多万元开办了一家砖厂。村民们除了在村里开展种植业养殖业外，家家户户都有人出去打工、开厂、做生意，只要你到楚雄城的清真餐馆吃饭，十有八九会碰到马石铺老乡。

曾有人统计过，楚雄城里的清真餐馆有一大半是来自马石铺的村民开办的，现在全村有39户人家在楚雄城里开清真餐馆，一些人家则买来大货车搞运输。村里的富裕户越来越多，村民的小日子越过越甜美，小洋楼越来越多，今年又有16户人家建盖了新房，有的人家还买了私家车。

村里除了回族外，还有汉族和彝族。虽然民族风俗各异，生活习惯不同，但大家都能相互包容、互相帮助、和谐相处。不论哪家办红白喜事，或是哪家有困难，大家都会伸出援手，亲热得像一家人。

李凤祥说，家里其他人平时都出去工作了，不过周末可就热闹了，他们都会回家吃饭，大人小孩聚在一起有说有笑，其乐融融。

一个家庭的组合，不仅仅是个体生命的结合，还是一个薪火传承的时间流程，每一个个体生命，都属于更为宽泛的承续环节的连接点，都是一个时间段里的担当，无数的关爱最终才能构成生命的连线。

李凤祥告诉我们，马石铺村共有村民400多人，其中回族79户，彝族11户，是一个民族杂居的小村子。全村每户彝族群众都自觉尊重回族的宗教信仰和生活习俗，相互尊重、亲如一家；在日常生产生活中，不管彝族还是回族，只要哪家遇到大小难事，不用村干部组织，村民都会主动上门帮助解决；农忙时节，回民群众主动上门无偿帮助劳力不足的彝族同胞犁田耙地；彝家婚丧嫁娶，回民群众主动帮忙操办；回民开斋等重大节日，或办红白喜事时，家家都主动邀请彝族同胞去做客，彝族村民也积极参与乐此不疲；村民生病住院，回、彝同胞都会相互看望，经济困难时还互相捐钱帮助渡过难关。

自古，村子里的老人就告诉年轻人，打理生活，最主要的就是邻里和睦相处。

他们不但教导后代要互敬互爱，和睦相处，更教导全村回族彝族同胞要互相尊重。

在李凤祥的带动下，全村11户彝族群众都自觉尊重回族的生活习俗，亲如一家。在日常生产生活中，不管彝族还是回族，只要哪家遇到大小难事，村民都会主动上门帮助。

如今的马石铺村不但修了水泥路，还建了民族和谐广场，道路两旁还种了2000多株经济林果。村里的砖厂和蔬菜大棚都是村集体所有，每年至少有近百万元的集体经济收入。

郎秋仙说，和当年她嫁给李凤祥时一无所有相比，现在的日子越来越好了。

2009年7月26日，时任中共中央总书记的胡锦涛同志在楚雄考察工作时，亲临李凤祥家与其家人亲切交谈，仔细询问了他家生产生活中的困难以及对国家政策的落实情况的意见，并对李凤祥在维护民族团结稳定工作中所做出努力给予了充分肯定。

在胡总书记指示精神的鼓舞下，李凤祥更加珍视民族团结稳定，他身体力行、以身作则，积极参与各级党委、政府领导在马石铺村组织的学习培训，进一步提高了"三个离不开"思想认识，增强了谋发展、建标杆的信心和决心。

在村集体新型墙材厂建设工作中，李凤祥响应村小组号召，积极动员家人筹资投劳；在该村新农村建设工作中，他也踊跃参与做好前期各项准备工作，积极为新农村特色民居建设工作建言献策；在规划发展大棚蔬菜时，他及时动员家人和村民腾出土地，保障100亩大棚蔬菜基地建设如期开工。

"我们做梦都没想到，胡锦涛总书记会来做客。"说起总书记的到访，李凤祥至今还十分激动。

李凤柱是楚雄市苍岭镇李家村委会马石铺村的村支书，之前接到楚雄市委通知，说是有重要接待，到了26日中午他们才知道是总书记要来；小山村顿时一片欢腾，村里能回来的人基本都回来了，大家都着忙张灯结彩，欢迎总书记。

总书记一行于2009年7月26日下午5点多来到马石铺村，"按我们彝家的习惯，贵客到了要送上一杯拦门酒。"李凤祥用自家酿制的小灶酒迎接总书记，大儿子端酒，大儿媳敬酒，总书记在进彝家小院前把拦门酒一饮而尽。

"我们家里也没什么好东西，只是让儿子儿媳去自家果园里摘了些新鲜的无花果、梨子招待总书记。"李凤祥说起自己的待客"菜谱"，仍觉得太简单了。

在李凤祥家的小院里，总书记和村里的乡亲拉家常，总书记说："我这次从北京来到楚雄，就是来看望大家，看看你们经济社会发展得怎么样，日子过得怎么样，能不能吃得饱、穿得暖，孩子是不是有学上，生病能不能看上医生，听听你们还有什么困难……"

李凤祥当时很激动，连向总书记问好都忘了，后来等总书记走了才想起来还有很多话没和总书记说。

村里的回族老艺人樊俊能还特地为总书记表演了笛子独奏。

总书记还对聚集在李家小院里的各族群众说："大家知道，中央对少数民族地区发展十分关心，制定了一系列政策措施。对这些政策措施，大家希望不变并且有更好的政策。我们不仅要把现有的政策措施落实好，今后还要继续加大对少数民族地区的扶持力度。我相信，有党和政府的帮助支持，有大家的共同努力，你们村会发展得更快更好,乡亲们的日子会越过越红火。"

在听到李凤祥家一家八口来自3个民族时,总书记说:"你们家就是一个民族大家庭。"李凤祥家的确是附近闻名的"民族大家庭"。

据说,李家兄弟的父亲早年就在该村做帮工,为人勤快、耿直,解放后在村里人的挽留下,李家在马石铺村定居,几十年来李家和村里的回族兄弟和睦相处,邻里关系极为融洽。

胡锦涛总书记临走时,还去看了看李凤祥家养的肉牛。

总书记走后,李凤祥更加珍视民族团结稳定,他身体力行、以身作则,积极参与各级党委、政府领导在马石铺村组织的学习培训,进一步提高了"三个离不开"思想认识,增强了谋发展、建标杆的信心和决心。

在村集体新型墙材厂建设工作中,李凤祥响应村小组号召,积极动员家人筹资投劳;在该村新农村建设工作中,他也踊跃参与做好前期各项准备工作,积极为新农村特色民居建设工作建言献策;在规划发展大棚蔬菜时,他及时动员家人和村民腾出土地,保障100亩大棚蔬菜基地建设如期开工。在李凤祥及村民关心帮助下,马石铺村采取有效措施加强新农村建设和民族团结稳定工作,马石铺村面貌发生了很大的变化:一是积极参与村内农田水利、道路交通、文化娱乐等基础设施建设,参与建设民族和谐广场,硬化了村庄道路,在道路两旁新种植经济林果2000多株,有效整治和改善了村庄环境;二是积极开展各类学习和培训,进一步提高自身素质,增强发展经济本领。

目前,马石铺村全体村民以李凤祥为样板,在维护民族团结稳定和示范村建设工作中,积极贡献自己的每一分力量,为马石铺民族团结村建设稳步推进提供了坚强保障。

生活中的普通人是一些知足者,在平凡简朴的事物中获得幸福。能够领受时节赠予的人的确有福气,同时也懂得生活的真谛。那些看似悠长细碎的东西,需要的是更具智慧的眼力。知道在时间里守候那些恒常规律,便懂得由此而形成变化是受之不尽的。最少的耗费,便是最实在的安宁。

简朴善良的生活,应验了厚道为人才是自己福报的硬道理。

四、小小四弦一块柴,酸的弹出甜的来

双柏县内无一平方公里完整的平坝,山区面积占国土面积的99.7%。境内最高海拔2946米,最低海拔556米,相对高差2390米。

双柏的民间深藏着被称为彝族"根谱"的彝族创世史诗《查姆》、叙事长诗《赛玻嫫》;彝族民间说唱《阿佐分家》被称为彝剧"始祖";彝文医药书《齐苏书》比李时珍的《本草纲目》还早12年;彝族传统舞蹈老虎笙、大锣笙、小豹子笙被称为彝族古傩仪的"珍存"和中国彝族虎文化的"活化石"。

生命的快乐得用音乐之旋律唱出,这是信仰土地者的仪式。

土地不仅给我们粮食,还给我们最终的住所和传承的渠道,当我们走在山路上,过往的生命之上必定是新的生命,而与我们隐秘联系的是正是这些深藏在民间的传统文化,它维系了多民族之间的友情,音乐的仪式感,也是多民族团结友爱的连心桥。

我在双柏县的夜晚已经领略了当地市民和外地客人在县城广场,和着清脆悦耳的四弦、三弦慢步起舞、拍手跌脚的自在祥和。

歌声和舞蹈是能够化解仇恨的,少数民族更是懂得人间的苦难是需要歌声和舞蹈来融洽。日子过得太仓促了,没有必要将大把的日子飞快地从未来拽到今天,快乐都来不及就统统扔给历史,似乎不是他们的活法。看着他们欢乐的场面,想象他们用几百年上千年,拿着日常生活,一代一代人,像咀嚼一根甘蔗一样甜蜜,他们比大城市人更懂得日常生活的价值。

一早,我们从双柏县城出发去大麦地找四弦王子李富强。

四弦舞是彝族阿车支系的又一个舞种。它主要在双柏的少数民

族聚居乡安龙堡和大麦地两个乡镇的一些村寨流行。拥有省级民间艺人、高级舞蹈师头衔及"四弦王子"美称的李富祥本身就是安龙堡人,他一生孜孜以求的是让四弦舞在彝山永远传留。

听介绍说,李富强教跳四弦舞从不要一分报酬,跟他学的人,有五六岁孩童,也有六七十岁的老者。四弦舞曲可跳又可唱,它既是乐曲又是舞曲,节奏紧凑,曲风优美,富于变化,四弦舞以弹弦者为领舞。其余舞者围成圆圈拍手跟跳,舞蹈变化主要在脚上,舞蹈者可多可少,十分灵活。随着双柏虎文化节的连续在县城妥甸举办,以彝族四弦舞、三弦舞为代表的一些民族笙舞也逐渐在县城妥甸普及开来。

大麦地镇距双柏县城70公里,盘山路蜿蜒曲折,由高处走往低处,明显感觉到了两个气候的变化。大麦地属典型的热带河谷气候,日照充足,全年无霜,年平均气温28℃左右,在寒冷的冬季大麦地镇依然可以享受到温暖的阳光。

大麦地镇居住着彝族、白族、汉族等9个民族,历史文化悠久、民族底蕴深厚、民俗元素丰富,镇内的小豹子笙、老虎笙、阿色调、"查姆"、大四弦等民族歌舞在村村寨寨广为流传。

如今的四弦舞已是大麦地的民族风韵,在元旦期间,大麦地镇将组织原生态笙舞表演、陀螺比赛、新年文艺演出、篝火晚会等节目,一场场精美的民族文化盛宴,让外来者感受彝家的文化风采。

> 小小四弦一块柴,哥从山里背回来,
> 弦子弹在花场上,一个一声唱起来。
> 小小四弦一块柴,劈陡石岩砍下来。
> 用材用的木瓜树,酸的弹出甜的来。
> 小小四弦四音阶,四股弦弹四音乖,
> 不知妹要那个音?抛过山歌对弦来。
> 小小四弦一块柴,花树上把四弦挂,
> 曲子弹得青山应,青山已为妹抒怀。

小小四弦一块柴，甜词好句连曲来。
衣裳挪烂三五件，生死不丢这块柴。

歌由心生，听起来活泼明媚，由不得要起身跳舞，开怀大笑。

双柏彝族主要分为阿车、俚俚、罗粜、车苏、山苏等五个支系，他们各有语言，但有共同的历史渊源，共同的心理、习俗和彝文。

而人数较多的纳苏（阿车）、车苏、山苏都基本上集中于安龙堡和大麦地的石碑山下，绿汁江畔。这两个乡的彝族占总人口的95%以上。这些地区，由于山大，交通闭塞，因此受外地文化的影响不太大，民族文化和民歌还保留着有较古老的传统原形。

传统佳节，起房盖屋讨亲嫁女，男女老幼都要聚在一起，跳起轻松愉快、优美的"四弦舞"，跳热烈奔放的"花鼓舞"，唱婉转抒情的"阿噻调""阿力则"等山歌小调。

四弦王子李富强住在安龙堡迷此母村，今年86岁了。传说他年轻时能边弹边唱，在30秒内跳3种步法。见到他时，他不多说话，拿起心爱的系了红花的四弦琴站起来就跳，灵活的舞步依旧在30秒内可跳三种步法。

20个世纪50年代，李富强就弹着他的四弦琴，把四弦舞从山旮旯跳到了北京。如今，86岁高龄的他只要弹起四弦琴，就不会停下依然矫健潇洒的舞步。

"你们看着时间，30秒内我可以连续跳3个曲的跳法。"

在自家的院子里在大儿子眼睛的呵护下，他边弹边跳，"抬脚、踮脚、别脚"，他边跳边讲解着，跳完了还不忘问，"怎么样，是不是没超过30秒哇？"

李富强七八岁时就开始跟着父亲跳四弦舞，他天资聪颖，不但很快把原有的舞调（步）学得娴熟，还自己创新了很多新调（步）。年轻时，他被当地人称作四弦王子。1951年，他参加建设昆洛公路时，当上了文艺小组长，教大家跳四弦舞、五弦舞，随后在全国公路系统的比赛中，他的四弦舞一路过五关斩六将，在最后的决赛中取得了第二名的成绩。

1956年，这位从大山深处来的四弦王子，来到了北京参加全国少数民族文艺汇演。如今，60年过去了，他讲起当年的北京经历仍是津津乐道：

"我给毛主席和周总理都表演了四弦舞……后来毛主席接见我们时，我们激动地使劲拍手……"

现在李富强已是桃李遍地，双柏、新平、易门等地不断有人把他请到家里教授四弦舞。他的学生是多民族组合，没有一个民族不热爱音乐，或者说不热爱音乐的民族是最愚笨的民族。

李富强喊来了自己的小儿子，子女们只有小儿子继承了他的手艺。小儿子拿着自己的四弦琴弹拨时，李富强突然叫他停下来，他认为儿子弹错了音，主要是常为广场舞伴乐坏了节奏。他坚持叫小儿子弹对刚才的那个少了半音的曲子，他说："艺术是神圣不可侵犯的。"

之后他给我们唱了一首情歌：

> 心肝妹，心肝妹，
> 心肝阿妹，噻罗噻。
> 大红的四弦为情人，
> 小阿妹你转过来，
> 初一回头初一来，
> 十五回头十五来。

简单的歌词和弦乐中饱含着深情的等待。

每年三月的虎乡双柏，弥漫着喜庆的气氛。老虎笙、大锣笙、小豹子笙村村上演，阿乖佬、四句长腔、阿噻调山山传情；三弦舞、四弦舞、花鼓舞翩翩生姿，每位表演者都是民间艺术家，他们原汁原味的歌舞累积着世代相传的文化习俗，祖先的印迹体现在他们身上。

多民族欢聚在一起，歌声是爱的纽带，民族之间的互相通婚，有汉族小伙子来彝族家庭落户，也有彝族女儿嫁给汉族家庭，多少年的生活习性已经有了共同的和谐，尤其是三弦、四弦一响，已经分不清他们都是哪个民族了，欢快的脚步，缤纷的身姿，手拉手，由左脚开始，跳啊，唱啊，幸福就在当下，没有过不去的沟沟坎坎，只要有歌声响起。

和着李富强的四弦琴，他身旁一位穿着漂亮彝族服饰的妇女放声高唱，她是李富强的徒弟方会香。她的"阿噻调"张口即来，虽然都是用彝语演唱，需要经过翻译，周边人才知其中意思，但清亮悠扬的歌声，自然流露的情感，让听着即使不懂歌词也会醉在歌意中。

方会香是李富强的徒弟，双柏县大麦地乡人，自小在马缨花盛开的石碑山下长大，她的歌声就如山中的小鸟般婉转。

双柏的民歌调分布在不同的地域，主要有阿噻调、四弦调、阿乖老、阿力则、阿唢喳、仁意调、山歌小调等7个歌种，每一种歌种有不同的唱腔和唱调，单四弦调的曲调就有80调之多，而方会香能演唱其中的5个调，赢得了歌王的美誉。

每次演唱，歌词都是方会香自己应景即兴创作的，"每次要唱的时候，歌词就自然而然地从脑子里冒出来了。"当问到她喜欢在什么时候唱歌，她笑得很开心："想唱就唱。干活的时候唱，姐妹们聚在一起时也唱，高兴时唱，节庆时唱……"说着，李富强的四弦琴响起，方会香不及再答，又应声唱和起来。

五、毕摩，彝族文化的守护者和传播者

彝族文学在历史上曾经盛行一世，出现了大量的"毕摩""朵西"等（彝族知识分子），他们的存在让大量的古彝书史诗得以保存下来。流传在双拍大麦地的《查姆》是一部彝族的流传在民间人民口头上的唱天地、日月、人类、种子、风雨、树等万物起源的长篇叙事

史诗，主要用当地民歌"阿噻调"和一些小调演唱。

民族民间文学的繁荣，使民歌不断得到发展，并一代一代传承下来。彝族阿车支系，自称为纳苏颇，聚居在安龙堡、大麦地两个乡，人口有一万六千多人，本族语言属滇南彝语方言群的纳苏语，与易门、峨山等地相通，居住在绿汁江畔，石碑山麓。阿车有悠久的民族文化历史，有彝族共有的风俗习惯，有完整的语言，文字，有大量古彝书，有完整的历史、文字、天文、医学等文化。

彝族信奉原始宗教，万物有灵、自然崇拜、祖先崇拜是彝族宗教信仰的核心。

彝族先民认为，人死有三个灵魂：一个灵魂赴阴曹地府；一个灵魂回归祖先发祥地；一个灵魂守坟头，保佑子孙后代。

彝文典籍《指路经》是彝族举行丧葬祭祀活动必须念诵的重要经卷，念诵《指路经》的目的是，给赴阴曹地府的灵魂引路和回归祖先发祥地的灵魂指示回归路径。

《指路经》中涉及彝族先民繁衍生息和迁徙名山大川、江河湖泊、城镇村庄等古代彝语地名，是考证先祖阿普笃慕及其部族繁衍生息活动地域的重要典籍资料。关于阿普笃慕及部族繁衍生息活动地域，根据对云南省罗平、宣威、峨山、禄劝、武定、双柏等六县彝族《指路经》所指示路径的综合分析研究，彝族人文祖先阿普笃慕及部族最早繁衍生息活动在以滇池为中心的周围地域。

一个民族产生，必然有与之并行的文化形态。毕摩和虎节，不仅成为彝族自身的灵魂与精神支柱，而且对中华文明乃至亚洲文明都作出了重大贡献。

毕摩，也被彝族人称为智者，能司通神鬼，掌管神权；不仅为族人主持祭祀、编制典籍、医治疾病，还传播文化，在彝族人的生育、婚丧、疾病、节日、出猎、播种等生活中起着主要作用。彝族人的节日中"毕摩"起到了很大的作用。彝族民间流传着大量的神话和传说，好多故事既是独立的，又是相互联系的，它以磅礴的气势，生动的形象，朴素的语言，反映了彝族人日常劳作中的一些背景。

走在大麦地，如同走进了一片美丽而富有神奇传说的彝人世界，可以感受浸淫在毕摩文化里的乡愁。

毕摩作为彝族社会特殊的阶层，是彝族文化的缔造者和传承人，他们发明创造了彝族语言、文字、文化，记录了彝族产生发展的历史，从某种意义上说，毕摩是彝族人民的精神支柱。毕摩文化也是世界民族宗教文化的一朵奇葩，是中国彝族传统文化的核心文化，是由彝族社会中特殊的神职群体——毕摩们所创造和传承的文化，以经书和仪式为载体，以鬼神信仰与巫术祭仪为核心，同时涉及和包容了彝族的哲学思想，社会历史，教育伦理，天文历法，文学艺术，风俗礼制，医药卫生等丰富内容的一种保存完整的活态原始宗教文化。

有彝族的地方就有毕摩，有居住彝族人民的地方就有毕摩的作毕活动。

我在大麦地拜访的第一个毕摩是途径的一个叫很本楷的小山村中年轻的毕摩罗永先，他从小跟着大爹学习毕摩。他住在离村庄很远的一个小山凹里，日常生活十分简陋，就为了远离热闹，他想安静地想一些他不明白的事，如同佛教的修行。

他告诉我，毕摩是彝语音译，毕为念经之意，摩为有知识的长者，合起来，就是一种专门替人礼赞、祈祷、祭祀的祭师。

斗转星移，岁月瞬逝，不少历史已为尘封，某些历史却犹如拨云见日，渐渐明朗起来，彝族的历史就是这样。

这时候，他的电话响了，接完电话他说，有人死了，叫他明天去做法事。送灵仪式，有时候是多个毕摩一同作毕，他说，那才有意思。

毕摩不在乎获取经济利益多少，更不会主动索取报酬。尽管作毕可能只有一只鸡、一张羊皮、一个羊头的报酬，但他不能拒绝主人的邀约。

罗永先的儿子在外打工，不喜欢学毕，现在学毕的年轻人已经很少了。

罗永先穿好他的毕摩服装，戴上雄鹰帽子，一下子人就显得神秘了。他告诉我，送灵是最隆重、最复杂、规格最高的毕摩仪式。彝谚说："汉人有钱买田土，彝人有钱做尼姆（即送灵仪式）。"

在彝族的传统意识中，死亡并不是生命的结束，而是以另一种形式的继续，送灵正是将亡灵送归祖地的仪式。如果不送祖灵，"阿妈的灵魂不能附在灵竹上，还在高山深箐中游荡，找不到归祖的路。"

他说："灵魂是一团气，白森森的。灵魂不会拐弯。遇树入树，遇山入山。"

送灵仪式多在冬天举行，因为一年的劳作之后，有足够的时间和财力。

他取出大爹留给他的彝书经文让我看，如同彩色的画作，有些像岩画，即便不懂彝文也能看出大体意思。

有一本是彝族十月太阳历法。现在我们通用的历法（公历）是在400年前确定的，而彝族十月太阳历是彝族先民在5000年前创立的科学历法。它根据太阳系天体运动的周期规律，准确计算和换算出地球绕太阳运转一周的时日是365.25天。它以观测太阳定冬夏，以观测北斗星座的斗柄指向定寒暑，将全年分为五季十个月，每月36天，每两个月为一季，合计360天，余下的5天为过年日。

彝族十月太阳历与中国儒、道、阴阳学说之间深厚的渊源关系凸显出的神秘感，使人着迷。

一种文化，一种哲学，一个学科，彝族同胞与汉族一样崇拜伏羲，彝族同胞远无焚书坑儒之乱，近无科玄之争，他们原汁原味地保留了自己的文化。源头的彝族文化中，应该有异常珍贵的文化基因。要想解开汉族文化之谜，无论如何也不能忽略彝族文化。

灰暗的屋子里一缕光线照在罗永先的脸上，往事移到面前来，说起从前，遗失了许多经文，那里记录着彝族人的古代文明。

他常在夜幕降临的夜晚和心灵对话，与肉体交谈，他说他不想用迷信来解释一切，人不能遇到世上最美的善良不懂回报。

无论什么民族，一旦你善良，陌生人也是最好的朋友。

告别罗永先出来，一路上我在想，今天，当人们以科学的眼光，来重新审视这种古老的历法时，它与中国儒、道、阴阳学说之间深厚的渊源关系凸显出的神秘感，仍然使人着迷，至今也仍有许多"密码"有待后人破译和研究。但我们不得不惊叹，在古代彝族社会中，没有专门从事天文研究的人员，也没有任何观测的仪器，仅凭一双肉眼长期、反复地观测，就能有如此精确的历法，是多么不简单！

千万年前，在茫茫的夜空下，在满天星辉的映照下，是一双什么样的眼睛，在什么样的一片山峦中，发现了宇宙的奥秘？1983年前后，考古工作者在贵州、云南、四川等多个彝族地区先后发现了众多大小不等、规模不一的土堆、石堆。从外形和结构来看，大致分为圆环状、单圆台状和三圆台堆垒金字塔状三种。经过实地考证，确定为彝族墓葬群。这些考古发现一经报道，就在世界各地引起了巨大的轰动。因为外形如同金字塔，这些墓葬被国内外专家称为"东方金字塔"。

这些被称为"东方金字塔"的墓葬群，分布在彝族居住区的山梁间、坝子中，多的上百座，少的一两座。虽然这些独特的墓葬方式仍有许多未解之谜，但可以肯定的是，"东方金字塔"的修建，与彝族地区的火葬习俗有关。

目前发现的"向天坟"中，三圆台堆垒金字塔状的"向天坟"，规模最大，由大、中、小三个圆台堆垒而成。第三台顶用石头砌成凹口朝向天。这些彝族先民的墓葬无一例外地在墓葬顶端砌成凹口用来摆放装有骨灰的陶罐，并将凹口都朝向天空，这又是为了什么呢？彝族先民对天的崇拜，使得他们在死后仍将骨灰葬于朝向天空的向天坟中，以期达到天人合一的境界，一个民族对茫茫宇宙的这种不停追问令人叹服。

我们沿着省道晋云线盘山路前行，走入白竹山风景区，约一小时后，看见在最后的山峰下面有一片山间缓丘形成的坝子，彝族村寨子法脿镇出现在眼前。

法脿镇辖法脿、雨龙、石头、烂泥、双坝、者柯哨、麦地、红栗、六街、铺司、折苴、古木、法甸13个村民委员会，185个自然村，235个村民小组，环状分布于州级自然保护区白竹山。全镇共有农户6211户24846人，其中农业人口23934人，占全镇总人才口的96.3%，非农业人口1082人，女性11739人，占总人口的47.2%居住着汉、彝、哈尼、回等10个民族，少数民族人口13916人，占56%。境内最高海拔2554米，最低海拔900米，森林覆盖率58.7%。镇人民政府所在地法脿海拔2050米，距县城53公里，是一个发展中的小集镇，历史悠久，经济发展，民族和睦，可谓"笙歌拌茶香，盛世农家乐"，素有"民族民间艺术之乡"的美誉，是全镇的政治、经济、文化中心。

中国彝族虎文化活化石——老虎笙双柏县法脿镇麦地村委会小麦地冲一代的彝族，每年农历正月初八至十五日过虎节，彝语称为"罗麻"。全村成年男人于村后祭拜土主后，经巫师占卜从村中挑选出的优秀男性青年中择出8人。8人披上画有老虎斑纹的披毡，脸、脚、手绘上虎纹，装扮为虎，在黑虎（虎头）率领下跳各种摹拟生产、生活、繁衍等动作的舞蹈，到全村为各家各户驱鬼除祟，彝族语称为"罗麻乃轰"。

居住在双柏县小麦地冲一代的彝族属罗罗颇支系，自称"阿罗"。据说阿罗人的祖先居住在深山密林中，常被豺豹蟒蛇惊扰，阿罗人防不胜防。后来阿罗人把猎到的虎皮剥下，套在身上跳起"虎舞"，以守卫寨子，并表示阿罗人都像虎一样勇猛，不惧怕邪恶，由于阿罗人得到"动物之王"的守护，寨子安宁了，庄稼有了好收成，牛羊也平安了，寨子中出现一片吉祥景象。从此他们就把跳虎作为节日固定下来，并代代相传，沿袭至今。

为进一步继承和弘扬民族民间文化，法脿镇人民政府决定，将每年农历正月初十定为本镇民族节日——虎笙节。

虎笙节,是双柏县法脿镇小麦地冲彝族罗罗颇支系一年一度的"虎节",又称"老虎笙"。

彝族崇拜虎,以虎为图腾,自古有是虎的民族、虎的后代的说法。老虎笙舞蹈形式,仪式由接虎神、跳虎舞、虎驱鬼扫邪和送虎四部分组成;其舞蹈形式有表现老虎生活习性的12套虎舞和表现生产劳动的一系列舞蹈。

彝族为祈求丰年,村寨平安,祭祀天地、祖先、亡灵而舞。祭祀舞还有体现彝族生产生活习俗和寄托美好心愿的"十二兽舞""羊皮鼓舞""老虎笙"等。

每年农历正月初八至十五,是双柏县法镇小麦地冲彝族一年一度的"虎节",又称"老虎笙",其舞蹈形式有表现老虎生活习性的12套虎舞和表现生产劳动的一系列舞姿。

彝族人认为,世间的万物,都是虎死了以后化成的。虎头化天头,虎尾化地尾,虎皮化地皮,虎血化奔腾的江河湖海,左眼化太阳,右眼化月亮,硬毛化森林,软毛化青草,肌肉化肥沃的土地,骨头化连绵起伏的山梁。虎神是万物之神,是彝人共同的祖先。

"虎节"就是接虎祖的魂回来和彝族人一起过年。

音乐舞蹈被包裹在浓郁的宗教色彩中,成为人们研究艺术与宗教的"活化石"。每年农历正月初一至十五日,山里的马缨花开得火红时,绿汁镇白沙坡一带的彝族群众都要欢度一个奇特的节日——虎神节,当地群众称为"罗麻"。

我们走入法脿雨乡村委会李方村,因李方村有一位叫张成兴的毕摩。

传统的青瓦绿瓦的安居房有序排列,家家户户古色古香的木质窗栏,门前的花红草绿,屋檐下高挂起的红灯笼,给人一种身在景中走,似在画中游的感觉。

李方村李大妈感慨地说:"五年前我们这里的路是泥巴路,雨天一身泥、晴天一身灰，现今铺成石板路，政府把每家每户的房子修得很漂亮。生活比以前好多了，我们感到很幸福。"

从杂乱无章的旧村庄，到错落有致的新村庄；从尘土飞扬的泥石路，到宽阔平坦的大马路。陪同我的双柏民宗局长马开宝说：过去这里水、路不通，大家过着肩背马驮的日子。而眼前的这些变化，都是在近几年发生的。党和政府时刻关注着我们，实施了很多好政策，如精准扶贫、医疗保障、易地扶贫搬迁等。

张成兴的院子让我惊艳，花草鱼鸟，奇石古木，觉得乡间的女主人真是品味不俗。

客厅的墙上挂着张成兴的祭祀服装：披风式的黑色察尔瓦，神扇，鹰头黑色神笠，显得神秘威严，颇引人注目。

张成兴说，每到节日首先是以毕摩打卦开始的。整个仪式首先要在村子里选出8名身强力壮的年轻人作为8只虎，外加两个人扮"山神"、两人扮"猫"、4人扮"朵基"（鬼魂）组成跳虎的队伍，从正月初八一直跳到正月十五，在一系列祭祀活动中不断重复老虎开门、老虎出山、老虎找伴、老虎找食、老虎搓脚、老虎勾脚、老虎穿花、老虎摆尾等反映彝族原始先民生产生活，繁殖后代的一系列舞蹈。

从完整地保留在双柏县法脿镇小麦地冲村、大庄镇木久郎村的原始"虎舞"来看，那里的彝族支系崇虎，视老虎为至尊，并不仅仅是因为虎具有王者风范。

远古的时候没有天，也没有地，公虎生下天，母虎生下地，天和地成亲生下了日月星辰，山川河流，花草树木、飞禽走兽，还生下了人仙鬼怪，公虎生下来的是圆的，母虎生下来的是方的，天和地无手又无脚，万事万物都不会动。于是公虎推着天公转，母虎推着地母转……人什么也不会，虎教会了人打猎、教会了人生儿育女，教会了人生产生活，虎和人成了一家，彝族人自认为自己是虎人。

在彝族古老的传统文化中，这种图腾崇拜极为普遍，有牛、蛇、獐、梨木、葫芦、马缨花、青松、石头等，其图腾崇拜现象十分丰富。事实上，"图腾"一词最早并不是"国货"，它原系印第安人的方言，为"他的亲族"之意，在我国众多彝族支系中，他们的原始先人都相信每个氏族都与某种物类（动植物或非生物）有着亲族关系，并且都有自己的图腾作标志，并世代相传。这种原始人类对自然界物类的超自然观念，大都产生于人类征服自然的狩猎和采集等生产劳动之中。

人和其他动物都是一样的，甚至把某种物类看成是自己的祖先，这样就产生了崇拜。

阳光拉长了我们的影子，张成兴在阳光下给我们念了一段经文，抑扬顿挫，苍凉有韵，音乐般动听，让我想起著名的"山鹰""彝人制造"等乐队。这些彝人组合，有的成员就出生于毕摩世家，他们的音乐才华一定和环境的熏陶有关。

我们想看他的祭天仪式，张成兴穿好祭祀服装站在院子里，他口念："法笠黑压压，法扇摇晃晃，签筒如林立，神铃似雷震。"相传在原始母系氏族时期，毕摩因不置金银水鼓，不佩杉签筒，不持缨神扇，不戴神笠，不摇神铜铃，不念神传经，因而驱鬼鬼不走，遣敌敌不散，祈福福不至，治病病不愈，直到维勒邛部时代，邛部才用了种种法具，毕摩的法力于是才大增，祛病驱鬼招魂纳福得心应手无所不至。

毕摩所用的各种法具，在各种仪式中有各自的特殊功能和用途。

张成兴一边颂唱一边舞蹈，突然他手里两块打卦的鸡骨迅疾扔在了地上，那上面刻着八卦图。他看了图像说：你们的出行很平安。

从张成兴毕摩口授心传的家支谱系来推算，已经有四代了。

南诏国时，佛教曾经由"蜀身毒道"传入彝区，在与美姑相邻的昭觉留下神秘的博什瓦黑岩画，但彝族并不接受，将岩画之地视为鬼魂出没的不祥山谷，并打鸡、狗来祭献给它们以祈求平安；解放前曾有西方传教士来昭觉传教，他们在中国很多地方播下了基督教或天主教的种子，但在昭觉却遭到彝族驱逐。

"文化大革命"中毕摩文化被视为封建迷信，经书被毁、作毕被禁。直到80年代末期，毕摩文化才被确认为彝族传统文化的主体。

张成兴说：我们十分感谢习主席。

翻阅彝族经文，和我现场所见画面一脉相承，仪式依然散发着古老纯正的气息。彝族毕摩世代家传，传男不传女，对老年毕摩来说，作毕、传承是他们一生中最重要的事情，如果断代，那罪过不亚于汉族的"不孝有三，无后为大"。

张成兴是彝族人，没有儿子，女儿招婿汉族小伙子，也是多民族家庭。汉族的小伙子不可能成为毕摩，他十分担心没有传人。

彝族人崇拜飞鹰，张成兴有一双飞鹰般锐利的眼睛以及鹰钩般的鼻子，是远近闻名的大毕摩。

讲到虎节祭祀舞蹈，从资料上知道，这些舞蹈中可以明显地看出耕田种地、薅秧打谷、上山狩猎的动作。跳完古朴的舞蹈以后，"老虎"们逐家逐户除鬼驱祟。每到一家，"老虎"们一边念着"金银财宝要进来，伤风感冒要出去"等祝福性的话语，一边舞蹈，每家则拿出猪肉、红糖、香用作酬谢。

而到正月十五的晚上，全村男女老少一齐参与，从月亮出来一直跳到午夜，把"老虎"送出村外，然后一起在村外煮饭吃，共同祈祷来年风调雨顺、五谷丰登、幸福安康。专家们认为，"老虎笙"是彝族先民虎图腾崇拜的遗迹，也是傩戏的一个重要源头。

毕摩是彝族社会中智慧的集大成者，他们的职能也是丰富多彩、各种各样，按照内容大致可分为以下几种：

主持祭祀：在以祖先崇拜为核心的彝族文化发展史中，毕摩的祭祀主要以家支和宗族为单位来进行。祭祀的对象包括图腾物、神圣自然物和各种神灵。毕摩所做祭祀仪式可分为送灵、作祭、节期、祭祀、喊魂、送魂等。

除灾祛祸：鬼神信仰直接产生了各种以除灾祛祸为目的的仪式。

凡彝族人遇到疫病或灾祸时，如：时运不顺、疾病缠身、庄家歉收、妻儿死亡、牲畜瘟疫、身体欠佳等，往往认为这是神灵不佑、鬼怪邪魔作祟，因此必先请毕摩诵经占卜后并行各种禳祓仪式。

治病疗疾：在没有专门的医疗人员的彝族社会，毕摩不仅是宗教仪式的主持者，也是天然的医生。由于巫化的因素，毕摩的药方更多用在为祖先的亡灵献药治病。在现实的仪式中，毕摩的蒸疗、针刺、沸油洗身以及熏疗术、敷疗、吹伤口、喷酒等，都是以专门治疗疫病为目的的，只不过彝族把疾病归因为神灵不佑的观念，决定了其治疗方式充满浓浓的巫术色彩。

主持盟誓：历史上，彝族民间盛行盟誓之术，且重要的事项须由毕摩主持。彝族盟誓是在毕摩主持下，当事的双方或多方订立誓约的一种巫术形式。彝族生活中无论是分宗联姻、联合对敌、宗族合盟，还是个人间的重大事项，都必须由双方或多方订立誓约，以结同心。盟誓分为两种，一种是人与人之间的盟誓，另一种是人与祖先神灵之间的盟誓。

传播知识：从形式上看，毕摩传播其文化主要通过其仪式，而这种仪式通常主要表现为与鬼怪神灵沟通。然而，就毕摩文化丰富的内涵来看，却包罗万象，涵盖着彝族文化的方方面面。正所谓，毕摩的知识无数计。

六、携起手，小康社会一起奔

（一）咪依鲁，马缨花盛开的彝村

七月，楚雄深处，阳光似繁花。在南华有个小村落，叫咪依鲁，安详于阳光的俯瞰下。

咪依噜，位于楚雄州南华县城以北10公里处的龙川镇岔河村，地处南华与姚安、牟定三县交界处，隶属南化县龙川镇岔河村委会，全长6.5千米，涉及马鞍山、新房子、三家、大岔河、小岔河、新村6个村民小组。

首先投入眼帘的是那别致的彝家山寨，墙壁上画着许多彝族同胞日常生活中载歌载舞的图画。

走进彝家小院，花香馥郁，勤劳的彝族同胞把院子收拾得整整齐齐，地上一年四季铺着绿绿的松针，就像是一块大大的绿地毯。客人来到时，山寨的人们就请客人在松针上坐着休息，然后把香喷喷的烤羊肉串和美味佳肴还有独特的山毛野菜摆在松针上，让客人吃得开心。

关于南华咪依噜风情谷，还有一些值得提的话题：1990年4月，日本国立民族学博物馆横山广子到云南寻根，发现民族风情保存完好的岔河彝村，之后先后有日本、美国、澳大利亚、荷兰、比利时、瑞典、丹麦、新西兰、加拿大等国及中国台湾、香港等地区的游客多次慕名前来旅游观光、交流文化。

《通天长老》《大峡谷》摄制组来这里拍过片段，留下了许多岔河风光；香港凤凰电视台在这里摄制《新娘出嫁》的全部场面；中央电视台在这里摄制《火的民族》；日本东京电视台到这里进行"稻田文化"现场直播。

走在街道上，会发现高天上的云散在天边，瓦蓝的日影下，风把门吹开，花开在深谷，水车发出吱吱呀呀的声响，空气里隐约的花香和干净的风足够行走的人快乐。

温暖的季节里，围着屋边的树上都覆满了五颜六色的花朵，那些厚重的青草味道，穿过浪花激溅的河水扑鼻而来，赫石色的土壑房，房前屋后七彩的花朵，撒欢的小狗，和被风吹得长发微扬的彝族女孩。

咪依鲁，多少七情六欲都会在这样缓慢的时空中被一缕缕抽丝剥茧而去。

书上说风生云动，或许，就是这样的天空。

在彝族文化的保护和发掘中，比之太阳历、毕摩、梅葛，南华县对"咪依鲁"文化的开发也格外成功。相传咪依鲁是位聪明美丽的彝族姑娘，为使众姐妹免遭恶霸凌辱，假意身许，在婚礼上与恶霸共饮放有马缨花的毒酒，牺牲自己，为民除害。从此，每年马缨花开花之时，彝族都要举行盛大的插花节，来纪念美丽善良的咪依鲁——如今，"咪依鲁"已成为楚雄彝族精神文化的一种象征。

此情此景让人不禁想起陶渊明的诗句"暧暧远人村，依依墟里烟。狗吠深巷中，鸡鸣桑树颠"。

路过彝人客栈，老板娘罗存芬开始为当天的订餐忙活。"以前我在县城收菌子，累死累活一年也就苦几万块钱。"对比生活的剧变，这位干练的彝家妇女感叹连连，"现在我经营农家乐，每年收入能有二三十万。这里在公路沿线位置好，往来游客多，忙的时候一天会有20多桌，毛收入基本不会低于五六千元。"

罗存芬的农家乐只是当地众多彝家客栈中的一员。

依托守着南永公路紧邻姚安、牟定两县交通区位优势，以及良好的生态环境和丰厚的民族风情文化资源，南华县近年来倾力打造"咪依噜风情谷"，加大民族特色村寨建设力度，大力发展特色浓郁的乡村旅游，将其建成为3A级旅游景区，有效带动了当地彝族群众增收致富，取得较好的经济效益和社会效益，也为其他地方开展民族特色村寨建设提供了鲜活的样本。

为充分发挥创建活动的示范引领和辐射带动作用，楚雄州还结合"十县百乡千村万户示范创建工程"，深入开展民族团结创建活动进农村、进社区、进学校、进机关、进企业、进宗教场所、进军营的"七进"活动，创新载体，健全机制，突出关键，营造氛围，不断汇聚民族团结和谐正能量，使民族团结进步创建活动形成整体推进的良好态势。

由咪依噜走进六苴镇，硬化的通村路犹如一根根银丝带，穿过满山的花椒树和核桃林，一路通向彝乡的村村寨寨。

路好地流金，路通财源来。

"现在，收购百合、魔芋和猪牛羊的老板都是直接就把车开到农户的家门口和田边上。"看着家乡道路交通的巨变，六苴镇簸箕村委会党总支书记唐红珍的脸上写满幸福，"自从有了通村公路，村里各族群众发展产业的积极性是越来越高，大家收入不断增加，生活越来越好。这通村路，就是老百姓的'致富路'和'幸福路'。"

楚雄州近年来加快推进、深入实施一系列加快民族地区发展的专项规划，充分利用自身区位、资源、生态、人文、产业、战略等优势，坚持以打好"五网"建设、精准脱贫、产业转型升级、统筹城乡规划建设管理"四大攻坚战"为支撑，认真落实各项发展措施，持续强化政策和资金供给，以精准务实的"组合拳"，助推民族团结进步建设工作。

从2011年起，州级民族机动金在上年基础上按10%的增幅安排，各县市均同步设立民族机动金并逐渐增加。仅去年，州级依法单列民族机动金就达1800万元，向上争取民族专项资金5891.7万元。"十二五"期间，全州累计依法单列民族机动金9557.8万元，向上争取民族专项资金1.4亿元。

这些"真金白银"的持续投入，全部用于改善少数民族地区基础设施建设、培育特色经济、促进民族教育发展和繁荣民族文化事业，为示范州创建工作奠定了坚实基础。

夜幕降临，元谋县黄瓜园镇龙山村委会河西村老年协会文艺队又在新建的"小舞台"上准时开演，村里的老少爷们如约而至，尽情地唱着、跳着、笑着。"现在，我们个个都是'白天泥腿子，晚上金嗓子'。"

一位一头大汗的彝族老汉兴奋地说。

为给群众的幸福生活"加码"，元谋县近年来以各种舞台场所为阵地，积极开展花灯小戏、左脚舞、广场舞等文艺活动。"小舞台"工程实施后，当地天天有文化活动、周周有电影放映、月月有文艺演出，全县已有社区、乡村舞蹈队和文艺队200多支，每年举办的农村文艺展演达1000多场次，让群众每时每刻都享受到丰富的文化大餐。

"民生优先、成果共享"，"补短板惠民生"。

为了帮助彝族村民增收致富，南华县政府在岔河村开发了咪依噜风情谷旅游项目。彝族小伙张天保和妻子周开菊在这一项目带动下开了一家"年猪饭"农家乐，目前，他家的农家乐经营面积达到了1000余平方米，年营业收入近300万元，除了自己富起来，还带动了周边村民就业。

张天保说，"'年猪饭'生意一直很好，主要有三个方面的原因：在咪依噜风情谷旅游项目带动下，乡村旅游发展得很快，来来往往的游客为自家的农家乐赢得了不少生意；自家经营的都是上好的生态菜和土猪肉，其他民族同胞喜欢吃，吃了都说好，客人宣传带动更多的民族前来。"

我说："是不是客人觉得实在、实惠、味美才愿意付费宣传你的'年猪饭'？"

张天保搓着一双手看着进门慕名而来的食客说："就是。"

按照楚雄州2013年的阶段性规划，到2018年，全州已经建成了5个州级民族团结进步示范县市、50个民族团结进步示范乡镇、150个民族团结示范村和一批民族团结进步示范单位。随着首批示范县、示范镇、示范村的建成，还将带动更多山区、民族地区的多民族同胞就近产业和就业。

抓点带面、梯次推进的工作机制，楚雄州逐步形成了"百花齐放、各绽异彩"的示范创建格局。

这是一个沧桑感十足的地方，每道吱吱呀呀的木门，一开一合中都有着百年千年的过往，抚摸它们，仿佛可以触到岁月后那些凋谢的风景和年轮。还有那些踏得发亮的石板路，不知就这么轻易抒写了多少人的悲欢离合。在咪依鲁，这样的日子，心脉恒定，仿佛可以和时光一起衰老。

民族团结进步创建工作开展以来,姚安县将"七进"作为"主阵地"和"主渠道",全力抓好10个历史文化名镇(村)、40个传统村落、9个民族传统文化生态保护区、50个民族特色(民族团结示范)村寨、20个民族文化生态旅游村、14个生态文化乡村、75户农家乐的示范建设。全县共有276家单位参与到创建中,其中重点打造了68个县级、44个州级"七进"示范点,形成以点串线、以线连片、以片带面的创建工作格局,实现民族团结进步创建全覆盖。

咪依鲁的每个拐弯深处,总是看得到背着背篓的彝族女人,她们的脸颊上挂着高原红,见到任何人都会送过来一个微笑,她们的笑容让人觉得亲切,如同回到故乡。

想来把太阳的温暖藏进身体里的人,把月亮的容颜挂在脸上的人,是不是一种过日子的活力?彝族小孩看见陌生人,露出干净整洁的牙齿一笑,黑红小脸蛋上面,是清澈至纯净的眼睛。

这里的人家,仍然禀承着自然而缓慢的生活,也禀承着淳朴的待人接物方式,对太阳的升和落的生活安然地享受。这样一种笃定自如的气度,只有咪依鲁才能寻找得到。

(二)根根相望敬如宾,连起长龙连起心

楚雄彝族自治州——中国两个彝族自治州之一。

这个沿着170万年前"元谋人"足迹而来,被中国人类历史写入教科书首页的"东方人类故乡",在如火如荼的云南民族团结进步示范区建设中,经历着怎样的一种嬗变?

在紫溪山脚下,一栋栋崭新明亮的彝族民居,将紫溪彝村装点得格外靓丽。

在这个被称为"中国第一彝村"的村子里,彝族姑娘张志华已在打理着房前屋后。相比20年前她家所在的老村子和老房子,这里的一切,已经发生了翻天覆地的变化。

"党的政策好,对我们扶持有力。"紫溪彝村村民杨应有道出家庭和山村发生喜人变化的切身感受。童年时，一家5口人挤在茅草房里，"头顶云雾脚踩霜，荞麦粑粑萝卜汤。"近几年来，通过国家补助、整村搬迁，全村实现了道路硬化、村庄绿化、庭院美化、田园清洁化，幢幢白色的砖瓦房掩映在苍翠果林里，村在林中，房在树中，人在画中。

村民张志华说，1994年，她家和全村80余户人家因支持西静河水库建设，在不舍中从楚雄市吕合镇西静河村搬迁到了楚雄市紫溪镇紫溪彝村。

"刚搬来时，每天起早摸黑往返几十里路回老家种地。后来在当地政府的帮助下，不但建起了新房，还开起了农家乐，生意也很好，今年火把节期间，我家宰了15只羊，一天的收入就有1万多元。"

有人指着张志华说，他现在发财了。

张志华有点羞涩地承认，2013年，因建新房，家里欠下了22万元的债务，现在不仅还清欠账还开始赚钱了。

"20年前的搬迁、紫溪村后来的变化和发展，都很不容易。因为我们占用了紫溪镇宋村汉族同胞的大量山林和土地，要不是宋村村民的接纳和包容，我们就不可能有今天这样的生活条件。"

紫溪彝村的发展、规模，在全省都具有一定的示范性。这其中，最大的特点是在搬迁中，宋村村民给予了大力的支持，充分体现了各民族共同繁荣发展中"三个离不开"的思想。目前，紫溪彝村的彝族同胞与宋村的汉族同胞山水相连，和谐相处。紫溪彝村还因此获得了省级"民族团结示范村""民族团结进步模范集体"等荣誉。

"紫溪彝村是楚雄州2013年规划到'2016年建成150个民族团结示范村'中的一个典型，也可以说是楚雄州民族团结进步示范区建设工作的一个折射。"

山区、半山区面积占总面积的90%以上的楚雄州，居住着汉、彝、傈僳、苗等26个民族，彝族人口达75.5万人，占全州总人口的28.6%。结合民族、贫困、山区三位一体的州情，楚雄制定了打造

"一极一桥一品二区三基地"的基本目标定位。

楚雄的"一极",就是滇中城市经济圈西部增长极;"一桥"就是连接长江经济带与孟中缅经济走廊开放合作的桥梁;"一品"是指国际化、高端化的文化旅游品牌;"二区"就是全国民族团结进步示范区和全省生态文明建设先行示范区;"三基地"是指面向南亚东南亚辐射中心重要的石化产业基地、冶金产业基地、绿色产业基地。

彝人古镇居住有17个少数民族,常住人口有3500户,1200余户商家经营有各种彝族特色服饰、餐饮、民族工艺品等,已经成为楚雄州旅游产业中一张靓丽的名片。彝人古镇运营管理有限公司副总经理张振杰介绍,古镇还吸纳了19000余人就地就业,拓宽了群众的就业渠道。

走近姚安县草海彝村,彝族风情浓郁的寨门扑面而来,村内,树绿花红、道路干净、房屋漂亮。"我们各个民族不分彼此,都是一家人。"村委会干部杨正书介绍说,全村491户2014人,彝、汉、苗、壮、白、土家、哈尼、傣、傈僳等9个民族44个姓氏长期融洽相处,尊重差异、包容多样,多年来保持"零上访"。

走进楚雄市栗子园小区,深感"汉族离不开少数民族,少数民族离不开汉族,各少数民族之间也相互离不开"的观念牢牢扎根在各族群众心里。

"根根相望敬如宾,连起长龙连起心。"

今年70多岁的藏族居民付正有深有体会,小区有居民1726户、7308人,包括彝、回、藏等10个民族,多年来,和睦相处、亲如一家。小区居委会介绍,小区有"调解"制度,凡是涉及民族的事,无论个人之间、家庭之间的分歧,都要通过调解员解决。

民族团结进机关、进企业、进社区、进乡镇、进学校、进宗教活动场所、进军营的"七进"活动,涌现出一大批民族团结进步示范典型。

就目前而言,南华咪依噜风情谷、永仁方山诸葛营村、楚雄市马家村、双柏李方村等8个村庄被国家民委命名为中国少数民族特色村寨，楚雄市紫溪镇、楚雄市栗子园小区被国家民委命名为全国民族团结进步创建活动示范单位。

和谐共生是民族地区进步的最强音。

"各民族都是一家人，一家人都要过上好日子。"

"决不让一个兄弟民族掉队，决不让一个民族地区落伍。"

在楚雄州，这是坚定的信念、庄重的承诺，也是扎扎实实的行动。

"着力促进经济跨越发展、着力保障改善民生、着力提升民族文化软实力、着力振兴民族教育、着力加强少数民族干部队伍建设、着力推进民族宗教工作法治化、着力推动县乡村民族团结进步示范创建工作、着力推动民族宗教关系和谐、着力加强城镇和散居民族工作。"

9项示范区建设的重点任务，统筹规划，分步实施。从2011年起，州级民族机动金在上年基础上按10%的增幅安排，各县市均同步设立民族机动金并逐渐增加。"十二五"期间，全州累计依法单列民族机动金9557.8万元，向上争取民族专项资金1.4亿元，整合项目资金40亿元投入示范点建设。十八大以后，全州已创建（省、州）示范县、乡镇、特色村寨、社区318个，示范学校137所，和谐寺观教堂163所（处）。

"路好走了，用水不愁了，产业发展了，民居好起来了……"元谋县丙岭哨村村民文霞感慨地说，"以前是靠天吃饭，现在有了致富产业，靠自己的双手，建起了新房，一家人的生活超前发展了10多年。"

夜幕降临，元谋县黄瓜园镇龙山村委会河西村老年协会文艺队在新建的"小舞台"上准时开演，村里的老少爷们如约而至，尽情地唱着、跳着、笑着。"现在，我们个个都是'白天泥腿子，晚上金嗓子'。"会长杨德周说。

民生工程为幸福"加码"。楚雄州的示范创建，在发挥民族文化优势方面,楚雄州依托民族文化产业建设促进了民族文化的传承和保护,同时也带动了民族经济的发展。

武定县狮山镇马豆沟村是彝、苗、汉三个民族杂居的村民小组,该县德昌矿业公司在当地政府基础设施资金不到位的情况下,主动垫资260万元帮助豆沟村建设生产用水水库,全村29户家家有人在厂里上班,收入也在逐年增加。

狮山镇西河村居住着6个民族的村民,村民之间因山林土地纠纷曾多次斗殴,并最终上升为集体上访。这一问题在民族团结工作服务触角向基层延伸中得到了化解,这里积压的299件林权纠纷得到妥善调处。

永仁县莲池乡在民族团结进步建设中,集中整治7个移民搬迁村组的村容村貌,同时结合乡情在不同村之间整合出万亩葡萄、油橄榄、蚕桑、杨梅、草莓等传统特色产业,带动了多民族同胞走向了增收致富路。

(三)彝族刺绣里的天人合一

在长期的社会实践中,南华县岔河彝族村妇女以织、绣、挑、贴等各种工艺手法绣制了千姿百态、古朴纯正、繁缛华丽、疏密有致、色彩斑斓的图案纹样。这些图案以特有的概括、提炼、夸张、形象等造型手法及鲜明、生动的装饰形式,坦诚再现彝族人的民族风貌、生活习俗、宗教信仰、朴素辩证法、纲常伦理思想或间接寓意地表达了南华县岔河彝族村刺绣艺术的流风遗韵。

作为一种物化后精神产品,彝族刺绣保持着丰富的彝族传统审美情趣和审美心理,折射出鲜明的民族特色和民族心理,蕴含着彝族人民的文化结构和深层的心理积淀。

南华县岔河彝族村全名为南华县龙川镇岔河村民委员会大岔河小鑫河新村。从行政辖区看,岔河彝族村地处南华县龙用镇西非南华县城16公里处,南永公路横穿境内从地形地貌上看,彝族村南面是海拔为2400米的马鞍山、北面是海拔为2525米的杨梅山，东面是海拔为2597米的火把山，西面是连绵不断的无名山，岔河由北向南从村寨流过，下游汇入金沙江。

彝族服饰刺绣文化与地理环境密切相关，不同的地理环境有不同的彝族刺绣服饰与之相适应。彝族刺绣作为这个区域社会经济和民族习俗的重要标志，体现了该地区民族心理和民间艺术特色。

彝族刺绣绚丽多姿，题材丰富，图案蕴含的思想丰富，包括哲学、宗教、神话传说纲常伦理、生态伦理等。彝族刺绣图案除了美饰服饰、鞋垫、鞋、裹背、帽子等之外，在很多情况下浓缩了约定的集体意志和传统伦理观念。

岔河彝族村里，心灵手巧的彝族姑娘、妇女在长期的生活实践中把大自然的景象和彝族生活相关的一些事物，如花、鸟、虫、鱼、虎或山脉、日月星辰、火、闪电等自然现象，绣制在服饰上。从而把彝族人内心对大自然和生活的热爱表现在刺绣图案上，物化为直观易懂的图案，表达了他们的民族心理和民族族群认同感。

这些图案背后蕴含着的哲学思想是值得我们思考的，比如他们的"天人合一"思想。

"天人合一"的思想概念最早是道家思想家庄子发展为天人合一的哲学思想体系，并由此构建了中华传统文化的主体。

宇宙自然是大天地，人则是一个小天地。人和自然在本质上是相通的，故一切人事均应顺乎自然规律，达到人与自然和谐。老子说："人法地，地法天，天法道，道法自然。"

"天"代表"道""真理""法则"，"天人合一"就是与先天本性相合，回归大道，归根复命。

天人合一不仅仅是一种思想，更是一种生存状态。

热爱生命，热爱大自然，领会所有生命的语言，时时处处感受到生命的存在，与大自然的旋律交融相和，能够取得对方生命的信任并和谐共存，人与物质、物质与物质极度巧妙完美的结合，是"天人合一"的重要命题。

季羡林先生说:"我曾说天人合一论,是中国文化对人类最大的贡献。"

我们来看来彝族的刺绣,可以补充明确地说,"天人合一"就是人与大自然要合一,要和平共处,不要讲征服与被征服。

传统技艺、音乐舞蹈、民俗仪式等为载体的非物质文化遗产,是构成她们精神家园不可或缺的根基所在。

彝族刺绣是"非遗"项目,在往昔的岁月里曾经是大众生活的重要组成部分,只是随着工业化大生产的出现和城镇化时代的来临,这些"非遗"项目不再是生活必需品。彝绣,正在通过与时尚融合、在实用性上创新等方式与年轻人对话,重回市场,步入当下生活。

手工制作的高成本曾经是很多"非遗"产品被市场冷落的原因,价格高,普通人消费不起,让部分"非遗"产品成为"高冷"的艺术品,只能被放进博物馆。但是,手工制作的独一无二性,又使得产品具有独特的质感,而这恰好契合了现在年轻消费者对品质、个性化的追求。走高端定制路线成为部分"非遗"产品链接市场的方式。

彝族人对自然的感恩,对生命的尊崇,和万物有灵、天人合一的人文思想全部绣在他们自己的生活里。其实每一个非物质文化遗产,都承载着国人内心深处的家国记忆。非物质文化遗产中蕴含的丰富民族文化基因,无疑具备着极强的识别性和商业潜力,这或许是帮助各商业产品在信息大爆炸时代,吸引大众注意力的最佳武器。从这个角度讲,我们的非物质文化遗产项目完全可以用一种更加高调的姿态进入市场,回归日常生活。

我看到静静地靠在阳光里的彝族女人,靠在岁月的歌声里,靠在前世今生的轮回里,他们在等待外出的子孙,怀揣一束归心,落叶归根。

彝族服饰以其雍容华丽的刺绣技艺,镌刻着彝族迁徙的历史与沧桑,被誉为"穿在身上的史书"。

楚雄古称"威楚",为楚将"庄蹻开滇"而得名,取"楚地雄威震边陲"之意。这里山峦叠嶂,秀水环绕,冬无严寒、夏无酷暑,是一块古老、神奇、美丽、充满生机与活力的热土,被誉为世界恐龙之乡、东方人类故乡、中国彝族文化大观园。楚雄彝族自治州是全国30个少数民族自治州中的两个彝族自治州之一,行政区域总面积29258平方千米,辖9县1市103个乡镇,有汉、彝、苗、回等26个民族,2014年末全州常住人口272.80万人,户籍总人口263.63万人,其中:少数民族人口9349万人,占总人口的35.5%,少数民族中彝族人口7545万人,占全州户籍总人口的28.6%。

在一个彝族自治州里,各族人民世世代代传颂诸葛亮的美名。诸葛亮是内地主流文化所颂扬的"贤相"的代表人物,而在他"南征"过的这片土地上,各族人民所看重的,首先还是他作为一个亲民爱民和民族团结的典范,留在了历史的记忆当中。从楚雄州境内发现的新石器遗址可以证明,远在商代以前,这里的各部落都已经创造了十分先进的文化,祖国边疆地区少数民族文明的步伐,一点也不比其他地区逊色多少。

彝族同胞的楚雄,他们用火把点燃了岁月,点燃了梦想。

第三章
红河州，歌舞包围了的日常生活

红河州在云南省东南部，与越南毗邻，国境线长848公里。地势是西北高东南低。地形分为山脉、岩溶高原、盆地（坝子）、河谷4部分。主要山脉为横断山脉南段澜沧江东侧的云岭南延东部分支哀牢山（西部分支为李仙江西侧的无量山）。

红河大裂谷把境内地形分为南北两部分，南部为哀牢山余脉，山高谷深坡陡，地形错综复杂；北部为岩溶高原区，山脉、河流、盆地相间排列，地势较为平缓，喀斯特地貌尤为突出，著名的泸西阿庐古洞、建水燕子洞、弥勒白龙洞、开远南洞等大型地下溶洞就分布在这片地区。红河州最高处为金平县西南部西隆山，海拔3074.3米；最低处在河口县红河与南溪河汇合处，海拔76.4米（也是云南海拔最低点）。

不同的民族和多姿多彩的民族风情构成了红河州文化的多样性和丰富性。红河州是一个多民族聚居的边疆少数民族自治州，光这里就有10个世居民族。

哈尼族是云南特有的少数民族之一。红河州的哈尼族人口69万人（2004年统计数据），占全国哈尼族总人口的48.9%，主要聚居于红河南岸红河、绿春、元阳、金平县和建水县部分地区，自称和他称有"哈尼""糯比""糯美""奕车""白宏""腊咪""阿梭""布都""期的""各和""碧约""卡多""哈欧""西摩洛"等十余种。自称称谓多源于祖先名,有的源于居地名,或服饰、图腾及其他。中华人民共和国成立后,根据本民族意愿,统一称哈尼族。

哈尼族有悠久的历史,与彝族等民族一样,源于古代的诸羌部落。哈尼语属汉藏语系缅语族彝语支。内部又分不同的方言和若干土语。红河州哈尼族的语言属哈(尼)僾(尼)方言。历史上,哈尼族无文字,中华人民共和国建立后,党和政府帮助创造了拼音文字。

在红河南岸哈尼族社会中,神灵鬼魂有主次之分。其主要的神有天神、地神、山神、寨神和家神。这些神灵是须臾不可怠慢的,要定时祭祀。"龙树"被认为是人类的保护神,各地每年都要祭祀。每个村寨都有公共的龙树,有的地方如红河南岸一带还有家族自己的龙树。在西双版纳哈尼族地区,每年的羊日都是忌日,遇到不吉利的事,如寨内死人,野兽进寨,狗爬屋顶,发生火灾等也都认为是忌日,必须停止生产,进行祭祀活动,以避免灾祸降临。

苗族是迁入红河自治州较晚的一个民族,主要聚居于屏边、金平、河口、蒙自等县。自称有"蒙""蒙豆""蒙细"等。语言属汉藏语系苗瑶语族苗语文。由于长期和汉族人民交往,许多苗族兼通汉语,语言中也有不少汉语词汇。苗族居住的高山,一般水源不多,土地贫瘠,只能种植玉米、荞子等旱地作物,然而地域广阔,草场丰富,为发展畜牧业提供了便利条件,因此,苗族除从事农耕外,还大量饲养黄牛、驮马。

瑶族也是迁入自治州较晚的一个民族,主要聚居于河口、金平、元阳、绿春等县。有"秀门""金秀""秀""黑尤孟""尤门""节睦""半孟"等自称,语言属汉藏语系苗瑶语族瑶语支。一些地方的瑶族能讲汉语、汉族粤语、壮语和苗语。住在河口县的瑶族的语言,包括其宗教信仰和风俗习惯,与广东、海南岛的苗族基本一致。

红河州内回族人主要聚居于个旧、开远、建水、弥勒、泸西等市县。靠近城镇的坝区。长期以来与汉族操同一种语言、用同一种文字，其中杂有一些阿拉伯语和波斯语的词汇。

傣族主要聚居元阳、金平、红河等县。按他称，有水傣、旱傣之分。傣语属汉藏语系壮侗语族壮傣语支。傣族有自己的文字，但在红河州的傣族中不大流行。他们多居于低海拔河谷地带，自然条件较好，粮食较为富足，经济也较宽裕。傣族文学的主要形式是诗歌、传说和故事，红河地区发掘出版的叙事长诗《婻窝妮》，歌颂纯真的爱情，比喻生动贴切。

壮族主要聚居于蒙自、个旧、河口等市县。有"布侬""布衣""傣门""傣德"等自称。壮语属汉藏语系壮侗语族壮傣语支。至今保留着自己的一种方块文字（土俗字），但流行不广，仅限于宗教经文、山歌歌本和书信使用。世代生活在河谷地带的壮族人民，生产水平较高，早已大面积种植双季稻。州内壮族有自己丰富多彩的民间口头文学，流传的《蚯蚓的故事》《为什么壮家的楼梯只有七台》等，情节曲折，生动感人。

本州内的拉祜族人群原称苦聪人，聚居于金平、绿春两县沿国境线的深山密林中，又称"戈搓"（意为深山里的人）。经民族识别后，并征得本民族同意，已归入拉祜族。苦聪人族群长期居于原始森林，以采集为生，擅长狩猎。中华人民共和国成立后，在其他民族的帮助下，逐步定居定耕。脍炙人口的《老虎、麂子、和马鹿》《老虎和野猫评理》等动物故事，反映了他们对森林生态的理解及对生活的追求。

布依族系由古代百越族群中的骆越一支发展而来，现大部分聚居在河口桥头区的老董上寨、老董下寨、老汪山、萍子地、夹马石一带。布依族语言属汉藏语系壮侗语族壮傣语支，但布依族四五代以前就不会讲布依话了，只有在日常用语中，还保留少许布依语的词汇。男女老幼均通壮话、汉话。历史上没有文字。

州内的布朗族原为未识别群体莽人，经民族识别并经本民族同意于2009年4月正式归属于布朗族。莽人生活在金平县中越边境的金水河镇,由于长期深居原始森林,莽人的生活极度贫困。他们的群体精神很强,不管谁获取了猎物、野果等物品食物,都要和全寨分享。

十个民族的缤纷节日让红河州生活在一片歌舞升平的世界里。

比如我们所知道的,哈尼族的十月年和六月节;苗族农历正月初五举行的"踩花山"和苗年、四月八、龙舟节、吃新节、赶秋节、踩鼓节等;瑶族的春节、清明、社节、盘王节、祝著节、耍望节等;傣族的关门节、开门节、泼水节等;壮族的三月三歌节、牛魂节、中元节等;布依族的跳花会、三月三、六月六和查白歌节等;布朗族的春节、跳会、清明节、端午节、火把节、唱灯等;回族的民族节日主要有开斋节、古尔邦节和圣纪节。和世界穆斯林一样,回族民族节日的推算,均用"回历",即"伊斯兰教历"。开斋节、古尔邦节和圣纪节都源于伊斯兰教,所以既是回族的宗教节日,又是民族节日。

少数民族同胞的信仰大多属于多神崇拜,他们始终认为万物有灵,对自然虔诚膜拜,祭礼寨神、家神、水神、风神、雨神、雷神、树神、山神等,甚至对生产中的每一个过程,诸如狩猎、砍山、采集、耕地、播种、插秧、收割、建谷仓、吃新米等等,都要请师公占卦选吉日,举行祭祀。即便是在山岭上耕作,他们也认为山都由山神掌管,必须敬奉山神才有收获,故在围猎野猪、山羊、黄猄等糟蹋农作物的野兽时,也要先由师公祈求山神保佑他们猎得野兽,以保护农作物,获得猎物后,必须先用兽头祭过山神,而后方能分配。

少数民族同胞的传统节日多,小节几乎每月都有,各地过得也不尽相同。大节多与当地汉族相同,春节、元宵、春秋社日、清明、端午、中秋、重阳、除夕等传统汉族民间节日。

歌舞也是反映民族生活、表现民族之间情感的重要艺术手段。在一个民族尚未形成系统文字的早期,民歌就是记录历史、传承精神的重要形式。民歌内容涵盖了日常生活、神话传说、民族迁徙、杰出英雄等方方面面。各种民族汇成了海洋,凝结了其民族文化的精神内核，它们既是一个民族精神上的归属地，更是一个民族团结的向心力。同时表现了一个民族发展的痛苦和希望，也展示了一个民族特有的现实世界和精神世界。

歌舞升平，蕴藏着一个民族乐观主义、人道主义、英雄主义、爱国主义的巨大精神财富，它们放射出的灵魂光辉乃是照耀一个民族思想、品格修养的熊熊火炬！

截至2017年5月，红河州共创建2个民族团结进步示范县、20个民族团结进步示范乡镇、2个民族特色乡镇、109个民族团结进步示范村、8个民族团结进步示范社区、108个民族团结示范学校、2550户民族团结示范户，同时组织实施了65个少数民族特色村建设，以红河县作夫、元阳县大鱼塘等为代表的14个特色村还被国家民委命名为"中国少数民族特色村寨"。

"不让一个少数民族掉队"，这是总书记的嘱托也是全面建成小康社会的目标。

一、阿细跳月，跳出同心圆

阿细是彝族的一个支系，聚居在云南省红河州弥勒县的西山一带。阿细人能歌善舞。

没有与往昔的对比，就看不出今日的巨变。尤其党的十八大以来，乡村面貌发生了翻天覆地的变化，当地人说："只要有人家的地方都通上了水泥路，看到变化来得这么快，我们愿用阿细跳月来感恩生活。"

在弥勒这块美丽、神奇的红土地上，多彩多姿的民歌像山里的泉水一样甜，绚丽浪漫的舞蹈像山里的流岚一般美。居住在西山地区彝族支系阿细人的集体舞蹈"阿细跳月"，是这歌舞海洋中一枝独秀的山茶花。它像清爽的山风，像欢快的山溪，像燃烧的火把，半个多世纪以来久跳不衰，美名播四海，备受国内文艺界和国际友人的青睐。

现在的阿细跳月分青年舞和老年舞两种。老年舞缓慢轻松，青年舞则节奏明快、粗犷豪放。"阿细跳月"的独特律动及韵味，皆来自胯带动双腿的交替弹跳，具有很强的感染力和爆发力，旁观者都会萌生跃跃欲试之感。

阿细跳月走出彝族阿细人地区并被人熟知是在20世纪40年代。1945年，西南联大教授费孝通、闻一多等带领学生到当地采风时，意外发现了这种音乐及舞蹈。闻一多根据人们常爱在月光下跳起这一舞蹈的特点，建议将原名"阿细跳乐"更名为"阿细跳月"。

月夜跳月，月亮越圆跳得越喜悦。由于白天需要干活，只有晚上借着月光跳舞。跳月对彝族人来说不仅是一种休闲，也是社交的重要方式。每当穿彝绣马褂的小伙弹起三弦、吹响短笛，姑娘们便会跟着节奏拍手跳跃，男男女女相互应和，时而勾住对方的脚旋转跳跃，人群顿时成为欢乐的海洋。

"花好月圆夜，两心相爱心相悦。"跳月作为村落集体活动，不少青年男女，不分民族，在此相识相知。

"跳月"来历传说颇多，但都与火相关。远古时代，人类不知道怎样用火，过着茹毛饮血的生活。有一天雷电击中了枯木而引起一场大火，很多野兽被烧死，人们吃了，感到味道鲜美。从此才会用火烧肉充饥，烧起火来取暖。但在那风吹雨淋又没有房屋栖身的原始生活中，要保存住一点火种，确实非常困难。暴雨一来，火种被浇灭了。没有火了，人们就得挨冻，吃生肉喝冷水，给生活带来不少的困难。有一天，人们在山上狩猎时，又冷又饿，实在支持不住了，便纷纷靠在树上休息。有个名叫"木邓"的小伙子，却骑在一根朽木上面，边休息，边拾起一根细木棍儿，使劲地向朽木上钻。钻着钻着突然从朽木中钻出火来了。

火的出现，使人们欣喜若狂。大家拾柴架火，熊熊的火焰，照得大地通红，烤得人体冒烟。于是围着篝火，边烤边跳。这就是阿细跳月的最初起源。人们称之为"木邓比"，意为"跳篝火"。

另一说是源于劳动。古代刀耕火种时，烧过的灌木桩容易刺伤脚掌，撬窝播种时常跳起跳落，演化而成舞蹈；一说阿细山寨因"天火"成灾，阿细儿女阿者与阿娥率民众奋勇扑火，因大地被烧烫，便双脚轮换弹跳，而形成今天"跳月"的基本动作。

"阿细跳月"节奏明快，舞姿粗犷奔放。老人舞弹的是小三弦，舞步轻慢稳重。青年舞则热情激越，是男女青年沟通感情，选择对象的自娱活动。每当节日或农闲，邻近村寨未婚的成年男女青年先约定聚会的时间地点，届时，如一方失约，另一方则于路中用石头压上树枝，表示"压魂"（魂是彝族对生命的诠释），被压一方须说明原委，道歉并得到谅解，可再订日期。

甲村来男，乙村只能来女。相会前，女方在林中梳妆打扮，故意磨时间，男方明知女方在梳妆，也故意把短笛吹得短促，把大三弦弹得急迫，一方急，一方缓，别有一番情趣。

在笛声悠弦声扬时，女方拍着清脆的掌声跳出树林，在草坪上列队与男方欢歌起舞，曲调合着舞步，弦声扣着心声，间或爆发"哦！哦！"的吼声。

音乐为宫调或大三度五拍节，欢快热烈，粗犷奔放；舞蹈步法似踏火弹跳，先用一只脚跳三下成三拍，双脚落地成四拍，再换另一只脚起跳，如此不断反复。由于"阿细跳月"舞蹈强度大，尤其是男青年肩挎四五公斤重的大三弦，弹、唱、跳、旋，常常跳得满头大汗，但颇具感召力的"阿细跳月"，一代又一代，一年又一年，吸引着青年男女尽兴尽情通宵达旦地进行。

跳得月儿落西坡，跳到红日从东来。自古以来，阿细山寨就流传着"活着不跳月，白在世上活"，"大三弦一响，脚底板就痒"等谚语。

红火的好日子，阿细跳月成为民族团结富裕的黏合剂。大三弦弹起来，长号吹起来，狮子舞起来，刀叉举起来，美酒端起来，彝歌唱起来，欢笑传开来。

生活在云南省路南、弥勒、邱北等县,属于彝族支系的阿细人,在夏季星回节的黄昏时节,高举火把绕行田间以预祝来年丰收之后,便集中到村里的旷场上举行传统的欢庆活动。

成群的未婚男女,围绕着噼啪作响的熊熊篝火频频起舞。

舞蹈中不时夹杂着的"阿啧啧!"呼号和尖啸的口哨声,为节日气氛更加欢快与热烈。

截至2017年,弥勒市已经成功举办了八届"中国·弥勒阿细跳月民族节",成为大力宣传弘扬优秀民族传统文化,促进旅游业与文化产业深度融合,推动旅游产业加快转型升级和当地经济社会发展的一大品牌。

"一年有12个月,一年有365天。昨天是个好日子,今天是个好日子,明天是个好日子,可邑天天贵客来……"到弥勒市可邑旅游的人,走进寨门时,在欢迎他们的文艺队伍中,老毕摩刘家盛总会最先吸引他们的目光。这是老人表演和一段迎客词。

弥勒市城投公司在可邑村成立了一支文艺队,为解决本村人就业问题,招收的20多名演员,是清一色土生土长的可邑阿细人,他们每天往往忙一阵农活,就放下手中的锄头、镰刀,从田间地头匆匆赶到演出点——可邑风情园进行演出。演出的节目有阿细跳月、阿细刀叉舞、阿细霸王鞭舞等10多个。他们每天跳着唱着自己热爱的歌舞,又有稳定的收入,这样的日子,他们以前想都不敢想。

在创建全国民族团结进步示范市过程中,弥勒始终把推进民族文化繁荣作为示范市建设的主要内容,让各民族文化的发展交流成为民族团结的润滑剂、催化剂、黏合剂。

在逐年完善文化基础设施中,建成弥勒文体中心和12个文化站;推动市文化馆建成国家三级馆、市图书馆建为国家一级馆,同时,建成文化信息资源共享工程市、乡、村三级服务构架,建成142个农家书屋。文体活动丰富多彩,特色品牌逐步形成。市、乡(镇)联动机制初步形成,民族文化不断繁荣发展,民族团结之花盛开在峨山甸水之间。

中国昆明世界园艺博览会期间，弥勒县组织200人的"阿细跳月表演团"参加世博会开幕式和开园仪式、中国馆日、闭幕式演出，原汁原味的阿细跳月再度辉煌；新千年第一个春天，悠扬、欢快的"阿细跳月"旋律在音乐圣殿维也纳金色大厅作为全世界迎新春音乐会的开篇再次轰然奏响。

"狂欢的阿细跳月、神秘的阿细祭火、奇特的阿细婚俗和良好的生态环境。"越是民族的越是世界的。阿细跳月像一朵盛开在云岭高原上妍丽的山茶花，美丽着一方神奇的红土地。

二、个旧，民族团结"九进"工作有序开展

个旧，地处云贵高原的南端，北距昆明280公里，南距北部湾海岸线450公里，是世界上少数几个位于北回归线上的城市之一。境内以山地为主的个旧，地势东西高、南北低，立体气候特征明显。城东的老阴山和城西的老阳山隔城相望，城中环抱着碧波荡漾的金水湖。

"城在山中，湖在城中，青山映碧水，湖畔是人家"。

城区海拔1900米，冬无严寒，夏无酷暑，年均气温16℃，年均降雨1100毫米，气候温润宜人，"万紫千红花不谢，冬暖夏凉四季春"。

1985年4月，著名雕塑大师刘开渠先生到个旧访问，称其为"中国的佛罗伦萨"。

个旧总人口40万，其中少数民族占三分之一，民俗民风更接近哈尼族彝族等少数民族，世居有彝、壮、回、苗、傣、哈尼等少数民族。

个旧是以生产锡为主并产铅、锌、铜等多种有色金属的冶金工业城市，是中外闻名的"锡都"。当地以产锡著名，开采锡矿的历史有约2000年，是中国最大的产锡基地，同时是世界上最早的产锡

基地。

个旧，彝语意为"产荞麦的地方。"锡都个旧因锡而生，因锡而盛，因锡而聚。

夏天的花朵迎日渐长，遇风而舞。走进个旧，时间短得像一种眷顾。此时傍晚，一天将尽，我拿着手里的文件仔细看，觉得个旧的民族团结工作做得如此仔细。多民族和谐相处是人与人之间物理活着的基本要素之一，就像空气和水。人需要沟通，不要靠近就能得知一切的是神不是人。

按照民族团结进步示范"进机关、进企业、进社区、进村（乡）、进学校、进宗教活动场所、进军（警）营、进医院、进家庭"等"九进"活动要求，个旧市制定并下发了"九进"实施方案和工作指标体系。

"九进"工作开展，重点在个旧沙甸区、沙甸大清真寺、云河药业、贾沙乡阿邦村、个旧一中、个旧中医院、个旧和平社区、个旧人民法院等8个示范点。

九进是：

进机关，民族团结进机关是要求将民族团结进步创建工作纳入重要工作内容，及时成立本部门创建领导机构，并结合部门职能职责，坚持开展党和国家的民族政策及法律法规、民族团结进步知识宣传教育活动，积极营造浓厚氛围，进一步提高领导干部对民族工作重要性的认识。同时，各级机关干部职工切实开展部门包村、干部包户，一对一扶贫帮困活动，为少数民族贫困群众办实事、做好事、解难事，有力促进了少数贫困民族地区民族团结和经济社会发展。

进学校，以示范学校创建活动为契机，重点以"民族团结教育、红色传承教育、法制宣传教育"为主线，坚持从娃娃抓起，灌输统一多民族国家意识、相互尊重风俗习惯，在中小学生中树立"中华民族一家亲，同心共筑中国梦"的目标。

进企业，尊重少数民族风俗习惯，定期开展形式多样的民族团结进步创建活动，做到有活动、有载体、有学习材料和检验学习成果的考核办法；市内企业做到积极帮助当地少数民族群众就业，招收一定比例的少数民族员工，并在同等条件下优先招收当地少数民族人员。

进乡镇，"决不让一个兄弟民族掉队，不让一个民族地区落伍"的承诺下，一是认真抓好"十百千万"工程的实施；二是把脱贫攻坚作为实现各民族共同富裕的重要抓手，深入开展脱贫攻坚"挂包帮""转走访"工作，按照"五个一批"精准脱贫路径，大力实施整村推进、危房改造、村组道路、饮水安全、农网改造、产业发展等项目，使民族贫困地区生产、生活、生态条件持续改善。

进社区，以点带面，通过社区文化并以群众喜闻乐见的方式，积极营造平等、团结、互助、和谐的良好社会氛围，让民族团结进社区、进千家万户。同时，加强对少数民族流动人口的服务与管理，积极提供劳动就业、职业培训、子女入学、法律维权、宗教生活等方面的服务，切实保障各族群众的合法权益，使创建活动成为维护社会稳定和便民、利民、惠民的民心工程。

进宗教活动场所，重点以规范宗教活动，完善宗教活动场所内部管理制度，提高依法管理宗教事务。以宗教中国化方向，爱国爱教、知法守法，增强教职人员的"五个认同""五个维护"自觉性，实现宗教和顺。

进军警营，定期或不定期举办军警部队与各族群众"同呼吸、共命运、心连心"联谊活动，为部队官兵宣讲民族团结誓词碑精神和民族团结知识。发扬拥政爱民的光荣传统，在抢险救灾、扶贫帮困、支援地方建设等方面作出积极贡献，通过一系列军民团结一家亲活动，筑牢各族人民共促团结、共谋发展、共建和谐的良好局面。

进医院，以提高医疗服务质量为主题，以解决百姓"看病难、看病贵"为着力点，在医患者两者间树立"三个离不开"的思想，增强"五个认同""五个维护"的自觉性，构建和谐医患关系，营造卫生事业持续健康发展的良好环境。

进家庭，邻里团结互助、和睦相处，各民族团结友善、相处融洽，家庭成员平等相处、尊老爱幼、夫妻恩爱，开展文明家庭、和谐家庭、五好家庭评选，倡导文明新风。

（一）我们一起成长，是为了明天的中国梦实现

我选择了学校作为走访对象。

个旧一中是一所历史悠久，文化底蕴厚重的学校，历年来教学成果均位于省州前列。在校2700多名学生中有哈尼族、彝族、回族、壮族等22个少数民族学生，共计1423人，占学生总数的52.3%。教师中有壮、藏、傣等8个少数民族教师46人，占教职工总数的23.8%，是一所名副其实的多民族融合，多元文化交汇形成独特校园文化的学校。

个旧一中在创建民族团结进步示范校中牢牢把握各民族"共同团结奋斗"这一主题，利用校园广播、电子屏、展板、黑板报、手抄报等载体，加强民族团结教育的宣传力度，并通过丰富多彩的民族团结进步教育活动，激发同学们的民族自豪感，使爱国主义和民族团结教育有了坚实的落脚点，让校园内外处处洋溢着各民族团结和睦的温馨氛围。

毕业典礼上，学姐致辞"我在中央民族大学等你们"！祝福中蕴含着激励和关爱；成人礼宣誓后，各族同学亲如兄弟般相互拥抱，互赠祝词，"今天我们一起长大，明天要携手为实'中国梦'而奋斗。"舞台上，师生编排的民族团结歌舞"在灿烂阳光下"各民族学子欢聚一堂歌唱共产党、歌唱新中国。

在"展现各民族文化，弘扬爱国主义精神"为主题的"校园文化节"中，个旧一中哈尼族女孩闵思玉同学曲调高亢，成了全场"最闪亮的星"；回族学生自制了美食油香、馓子等，在滋滋作响的香甜滋味中品味民族文化。在学校开展的"纪念红军长征胜利80周年"演唱及诗歌朗诵比赛活动中，一曲哈尼族民歌《阿波毛主席》唱出了军民鱼水情，唱出了莘莘学子对党史的牢记，对祖国的感恩。

延伸到校外的民族团结活动，处处体现出在党的领导下"牢记党史，不忘初心，砥砺前行"的氛围。个旧一中组织各民族学生开展"宝华山清明公祭烈士墓"活动，"敬老院送温暖"活动等，团委委员、彝族学生姚佳妮是历年活动的组织者和参与者，她表示，在活动中能更深刻、生动地感受到爱国爱党和团结互助的氛围。

2013—2017年个旧一中共招收民族生462名学生，民族生升学率达到100%，民族生中有3人考入清华大学，2人考入中国人民大学，不少学生考入中山大学、北京理工大学、北京师范大学、中央民族大学等"双一流大学"。个旧一中民族高中班实行混合编班，各民族学生共同学习生活，友爱互助达到了民族之间的深度融合。

山花烂漫成团聚，民族团结显真情。学校发动党员及教职工筹款捐物对仍需帮扶的少数民族贫困学生给予支持，开展"暖冬"行动，发放被褥、棉衣等过冬用品，并每月发放生活补助金；开展家访活动，组织教师走访市区及市郊的沙甸、贾沙、大屯等8个乡镇（区），把学校的关心慰问送进少数民族家中；积极响应州教育局开展民族团结"结对帮扶"活动，接受金平一中中层领导挂职锻炼，接受金平一中教师到校听课，同时选派优秀教师到金平一中进行示范课展示，开设教学专题讲座，实用的现场答疑、观课议课等教学研讨活动，把最新的教育理念、教育动态和教学方法毫无保留地与金平一中的老师进行交流分享，用实际行动助推"民族团结一家亲"，充分发挥个旧一中优质学校的示范引领和辐射带动作用。

（二）校园是和谐幸福的家园

沙甸区中心小学共有鱼峰小学、金川小学、冲坡哨小学、新沙甸小学四所完小，一所幼儿园，共有回、彝、哈尼、苗、壮、汉等10个民族。在校学生共计2308人，教职员工128人。多年来，沙甸区中心小学持续开展好"民族团结一家亲"和民族团结联谊活动，把民族团结落实到日常生活工作学习中，贯穿到学校教育、家庭教育、社会教育各环节各方面,让民族团结之花常开长盛。

走进鱼峰、金川、新沙甸等小学,整洁的校园里弥漫着朗朗书声,学校的传统文化墙、民族文化柱、走廊、过道上,民族团结宣传画随处可见。

鱼峰小学至善苑是学校特色文化的走廊,也是学生看书阅读获得知识的好去处。金川小学因地制宜,发挥师生特长,自画自制各种文化展板装饰,在教室的过道以及各班宣传栏广泛进行民族团结的教育,并有一套符合学校特点的方案,如讲述身边的一个民族故事、唱一首民族歌曲、跳一个民族舞蹈、看一场民族团结的电影。

新沙甸小学通过文化走廊及展板来介绍56个民族,民族团结知识进课堂,并将民族团结手抄报比赛以及大课间进行三字经、三德歌、扇子舞等融入日常教育之中。

走出课堂外看多彩的世界,发挥学生的创造力,提高学生的创新意识,激发学生的求知欲,使他们在开心、快乐、天真、无邪、多彩的校园生活中得到全面发展,是鱼峰小学一直秉承的教育宗旨。

鱼峰小学科普班成立两年多来,一直吸纳热爱科普的少年儿童,坚持每周开设课外兴趣班正常上课。

2015年秋季学期聘请宋伟为(汉)、林杰(回)、刘洋(满族)、马宇驰(回)四名社会人士担任科普兴趣班的辅导老师。2017年科普班参加云南省2017年第一届3D作品创作大赛,师生共同完成的作品《手摇发电机》荣获一等奖,2018年3月再次选送学生作品《发动机》,教师作品《时钟》两件作品参加云南省2018年第二届3D作品创作大赛。

鱼峰小学还开设了科普、足球、摄影、美术、书法、舞蹈、阅读等多个兴趣班,满足众多学生兴趣爱好,每周星期五下午安排课时进行辅导教学,多年来长期坚持,已成为鱼峰小学德育工作的一个新亮点。

金川小学摄影兴趣班自2016年春创办以来,培养着一批批活跃于课堂内外的摄影小记者，通过课堂授课，讲述基本操作并动手实践，学生从拍摄身边的人、身边的景物入手，致力于培养学生追求美、审视美、记录美、传承美，让孩子们用影像来讴歌家乡变化，做健康向上的好少年。

"我们通过眼睛可以看到五彩缤纷的世界，感受到不同的风景，我们可以自豪地说，生活在这样一个比城市美丽而又和谐的乡村，我们很幸福，我爱我的家乡"摄影班孩子刘勃凯这样说。

两年多的时间里，兴趣班的孩子们摄影技巧有很大提升，写作能力有了长足进步，2018年4月，回族学生白雅涵的作品获得个旧统战部主办学习十九大精神暨民族团结摄影比赛优秀奖，多个少数民族学生的作品发表于《红河少年报》。让学校的课外活动丰富多彩，促进了学生全面发展，小记者摄影班是最大的亮点，已成为校园文化建设中一道靓丽的风景线，小记者们拍过锡城镇、弥勒湖泉、建水孔庙、团山民居、沙甸区等彝族、回族村寨，到冲坡哨彝族村拍摄手拉手活动，并把一些生活及学习用品送到同龄同学的手中，耳闻目染中树立民族团结意识，感受各民族优秀文化。

孩子们每一份劳动、每一分努力，都会成为人生中最珍贵的财富。自2012年以来，象征民族团结、激情向上的腰鼓舞《欢聚一堂》就成为新沙甸小学的传统课外内容，每周"大课间活动"中，全校学生身背红色腰鼓，手持红绸鼓棒到操场集合，随着绸带的舞动，校园里一派欢乐的景象。

腰鼓发出的清脆响声，敲出了沙甸少年蓬勃朝气，打出了新沙甸小学子的豪情壮志，铿锵的鼓点，撞击着火热的心扉，激励着孩子们奋发向上。新沙甸小学校长高鹏说，除了在大课间推广腰鼓舞《欢聚一堂》，我们还结合家乡著名回族教育家、实业家白亮诚先生写下《乐学歌》，挖掘内涵，发展新课题，组织排练大课间《乐学歌》《扇子舞》《三字经》等节目，让孩子们在亲身参与和实践中体会到不同民族的文化内涵，培养学生的人文精神，让"书香校园"成为新沙甸小学的一种精神传承。沙甸区中心校校长马江梅说，沙甸中心小学的各所学校，因地制宜，开展学校课外活动，如冲坡哨小学地处彝族乡，学校组织大课间《烟盒舞》，鱼峰小学每周五下午兴趣班活动足球训练，也深受学生和家长好评，和谐温馨的校园环境，丰富多彩的课外活动，让民族团结教育融入课堂、融入生活、融入孩子们的一言一行。

为增强孩子们的民族自豪感和团结意识，滋养各民族同胞手足相亲、守望相助的情怀，使各民族同呼吸、共命运、心连心的光荣传统代代相传，个旧市沙甸区鱼峰小学、金川小学、冲坡哨小学时常开展"民族团结手拉手"活动。

500多名师生以及家长参加的活动中，老师、学生、家长捐款捐物，其中有书包、书笔等文具、桶装油，还有老师家长们亲手制作的回族特色美食油香。沙甸中心校校长马江梅说："开展民族团结结对子手拉手活动，目的在于希望孩子们通过活动，能真正领会红领巾心向党，民族团结共成长的真正含义，让民族团结的种子深深扎根于孩子们的心中"。

摄影兴趣小组以及小记者活动，既锻炼了同学间的相互沟通能力也提高了同学们的写作能力。鱼峰小学小记者吴忧果在采访后说："我们在同一片蓝天下，我们应该相互关爱，相互学习，在他们身上我学到了勤奋、吃苦、节约、朴实无华的精神"。

一双双可爱的小手送上了小礼品，一张张小脸充满着快乐、一份份礼物传递着童年的爱心，一句句童心间的语言温暖着在场的每一个人。

手拉手结对活动中，沙甸区中心校总支书记以及家长代表为冲坡哨小学种下了民族团结纪念树，小朋友们相互表演了各自准备的文艺节目。冲坡哨小学表演的彝族烟盒舞，欢快而又热烈，台上台下一片热腾；小朋友们边高兴地吃着回族特色食品油香，边情不自禁地跟着旋律挥动小手，像过年一样的快乐……

冲坡哨小学校长李春林说:"习总书记告诉我们,民族团结说到底是人与人的团结。船的力量在帆上,人的力量在心上,做民族团结重在交心,要将心比心、以心换心。"

"我们冲坡哨小学是一个多民族的小学,你们带来的不仅是经济上、物质上的帮助,更多的则是精神上的鼓舞;孩子们心灵受到温暖,将来学会做一个团结友爱,学习奋进的好孩子。"

当孩子们用欢快的舞蹈、动情的民歌,奏响民族团结新乐章时,我想到了,少年有志,国家有望,少年强则国强。

(三)我唱民族歌,我爱民族舞

学校的出现标志着人类教育活动进入一个自觉的历史时期。

教育也是一种教书育人的过程,可将一种最客观的理解教予他人,而后在自己的生活经验中得以自己所认为的价值观。

教育,是一种提高人的综合素质的实践活动。

在个旧,不仅小学教育,中学教育和大学教育也都开展了多形式的民族团结教育活动。有的学校开展"我唱民族歌"的演唱活动,有的学校开展"我爱民族舞"的民族舞蹈和乐器演奏表演,有的学校开展民族英雄故事演讲,有的学校开展"知我民族、爱我中华"黑板报比赛……

这些活动旨在促进学生健康成长,促进民族团结事业健康发展,营造出一个团结、和谐、奋进的良好氛围。

文化是民族生存发展、团结进步的重要力量。了解一个民族,应当了解这个民族的文化;尊重一个民族,应当尊重这个民族的文化;发展一个民族,应当发展这个民族的文化。

生活在当下,也有一些少数民族学生不熟悉本民族的文化,不会表演自己的民族舞蹈、不会本民族的语言文字、不懂本民族的音乐,民族文化传承有断代的危险。精神文化层面的东西,有时实际存在却不易察觉,但在适当的条件下,都可能成为冲突的缘由;尤其在网络时代，有一些细微"摩擦"就会被放大。

"异音相从，谓之和"（刘勰：《文心雕龙·声律》），和谐的要义在于把不同的元素以适当的方式结合起来，达到完美的效果。

56个民族及其先民共同缔造了统一的多民族国家，具有整体的认同，共称"中华民族"。学校通过开展旗帜鲜明、思想深刻、形式多样的民族风情文化周活动，引导学生践行社会主义核心价值观，让学生知道，中华民族是经过长期交往交流交融形成的相互依存、多元统一的民族共同家园，每个人都属于一个具体的民族，又都属于中华民族，中华民族体现各民族的整体形象，代表着各民族的共同利益，引导学生自觉做国家统一、民族团结和社会稳定的维护者，做各民族交往、交流、交融的促进者。

民族团结教育要以"立德树人"为根本遵循，用"有思想、有温度、有品质"的教育活动引导学生"不仅欣赏本民族的文化，还要发自内心地欣赏其他民族同胞的文化"。找准了民族团结教育和学生心理的契合点、民族感情的共鸣点，用少数民族精彩纷呈的文化吸引学生的"眼球"，让少数民族学生不约而同地穿上民族盛装，唱我民族歌，爱我民族舞，多姿多彩的民族歌舞布满于校园各个空间，同时也吸引了许多校外的少数民族同胞远道而来共叙情谊，达到了沟通情感、增进交流、加深友谊的目的。

丰富多彩的活动，在增强少数民族学生认同中华文化、提升民族文化自信的同时，也使民族团结的思想更加深入人心。

民族团结在个旧走向成年的社会生活，更是风生水起。

沙甸的民间文化艺术团体如书法协会、摄影协会、自行车协会、足球协会等如雨后春笋般不断涌现，红河州政协特邀艺术家协会也落户沙甸，不断推动着沙甸区民族文化繁荣发展。

沙甸的"伊珍坊"展示着国内著名回族艺术家的书法、绘画作品和景泰蓝、漆线雕等多种工艺品，"我们将在这里打造目前市场上匮乏的回族文化工艺品，让其成为中国最大的回族文化艺术馆。"

"团聚民族心,结缘沙甸情""各民族像石榴籽一样紧紧抱在一起""汉族离不开少数民族,少数民族离不开汉族,各少数民族之间也相互离不开"……大街小巷,像这样的以民族团结进步为主题的彩绘墙有很多,每一幅都表现出各民族之间的互助互爱。

个旧市是一个多民族的大家庭,在这样一个少数民族大杂居的地区,每一个少数民族都有自己的传统节日和文化。每年个旧市各乡镇举办的彝族火把节、傣族泼水节、苗族花山节等活动都吸引着成千上万的游客前来观看,现在,这些传统节日庆祝活动已经成为个旧市展示民族文化、发展特色经济、促进旅游发展、加快民族地区脱贫致富的重要载体。

蔓耗镇小蔓堤已成功举办了两届泼水节,到场的上万名游客尽情狂欢;"五一"期间,在贾沙乡阿邦村举办的"好的阿邦"生态蔬果美食季,为期3天的活动,为村民创收150万元;政府大力支持鸡街镇小芭蕉村委会北坡村、大屯镇楼坊寨村委会杨柳田村举办的苗族花山节活动,现场也是热闹非凡。

走进个旧市每一个民族团结进步示范点,都能感受到浓浓的民族文化之风。悬挂的标语、设置的宣传牌、张贴发放的宣传画册、图文并茂的展板,一个个浓厚的宣传氛围,将民族团结创建融入到每一个角落;深入挖掘突出的典型事迹,一个个突出的工作亮点,真正发挥着示范引领的作用;认真收集的文件、记录、表册、名单、图片、声像等,一套套完善的档案资料,具体反映着创建工作的开展情况。

自1981年开始创办"民族班",30多年过去了,个旧一中为边疆少数民族地区培养了2000余名各类高素质人才。

个旧市中医医院,各民族职工之间相互包容、相互帮助;三语标识窗口、民族团结示范病房等一系列措施的完善,充分尊重和方便着住院以及前来就医的少数民族患者的生活习俗和宗教信仰;医护人员尽心尽力为少数民族地区居民提供义诊服务,不断加深着民族之间的感情;医院为少数民族职工提供送出培养、进修学习的机会,各民族职工在民族团结进步的大环境中安心、放心、舒心地开展工作。

个旧和平社区，新装修好的庭院已然成了一个民族气氛浓郁的工艺角，每到晌午，一群身着民族服装的彝族、哈尼族妇女便会三五成群相约前来，围坐在一起，认真地缝制着手中的绣片，互道家常，谈笑风生。

无论是学校、医院、社区，还是企业、乡镇，个旧市在这些民族团结进步示范点的设计上都紧扣"民族团结一家亲"的理念，凸显着民族团结进步教育功能，实现着各民族之间"交融、互助、同心、共富"，切合着民族团结、和睦共处、和谐共生的方向。

三、石屏县，经济发展推动了民族团结进步

云南省红河哈尼族彝族自治州石屏县被称为文献名邦、柑橘之乡、杨梅之乡、鱼米之乡、豆腐之乡、歌舞之乡等，总人口30余万人，这里居住着彝族、汉族、傣族、哈尼族、回族等民族，其中仅彝族就占总人口的50%以上，在长期的生产生活中，各民族间的习俗、文化、语言渐渐融合，正如当地人说：

"虽然姓氏各异，民族不一，但大家自古共饮一泉水、同耕一座山，相互尊重，世代和睦。"

自古以来，石屏阿希者村就有种植桃树的历史，彝、汉两族世代在此辛勤耕耘。历经时代变迁，阿希者村种桃兴衰更迭，但在两族村民的携手努力下，如今的阿希者村成功嫁接出"阿希者红桃"，重现"桃乡"共同富裕的盛景。

阿希者村的故事，只是石屏县民族团结一家亲、携手奋进共发展的一个生动缩影。

在阿希者村旁边的一个山坳里，有一个曾经出了名的贫困村——蜜蜂洞村。

过蔡营村，顺着一条乡村水泥路蜿蜒上山，山顶垭口处是阿希者

村委会，本来右转就可以去蜜蜂洞村，忽然心血来潮，想看看这条路最后通到哪里。16公里以后，公路在小肥敢村止步。

转道往蜜蜂洞村。一进村子，大幅标语映入眼帘：

"除陋习、促脱贫，共筑富裕新农村，创文明，勤致富，建设美丽蜜蜂洞。"

一个20户人家的小山村，被打理得井井有条。放眼看去：房屋整齐，村道干净，村头有小广场、村民活动室，村尾有大牲畜集中养殖场，环绕村子的边角空地开辟为绿化带，种上果木花草……

村子很小，没多久就走完，但这样整洁清新的村庄，确实让人眼睛一亮。

这几年，党的扶贫政策落实到基层农村，政府加大了投资力度，完善基础设施建设，引导发展主导产业，目的就在于让村民们尽快脱贫致富，建设美丽的新乡村。

这不，村里又有人家在建盖新房，还是近些年来少见的传统木质结构。"蜜蜂洞村现在环境好了，我想除了做好种植业外，是不是可以发展旅游业，这里离笔架山只有半个小时左右路程，如果再好好修修山路，办起农家乐，吸引游客们来这里登山、露营、野炊，游玩，这也是勤劳致富的一个门道。"

有画家在蜜蜂洞村民居墙上作画，看着一幅幅生动活泼的生活场景画作，我想起一位伟人说过的话："一张白纸没有负担，好写最新最美的文字，好画最新最美的画图。"

随着民族团结事业和脱贫攻坚的持续深入，如今的蜜蜂洞村已经"脱胎换骨"，和此前人畜饲养不分家，垃圾遍地，泥泞的土路相比较，现在村里建起集中养殖场，早已实现人畜分离。景观池塘旁一棵年代久远的梨树上挂满村民祈愿的红绸，一派欣欣向荣的美丽乡村景象。

村民说，2017年底，蜜蜂洞村人均纯收入已达5300元。

由蜜蜂洞可以看到，石屏县在推进民族团结示范建设同时，按照各村特点，因地制宜，不断夯实基础设施建设，积极引导发展产业，做好民族文化保护和传承工作。

文化认同是最深层次的认同，是民族团结之根，也是民族和睦之魂。

石屏县少数民族文化资源丰富，保护传承和弘扬发展少数民族文化，积极启动少数民族区域发展的"文化引擎"，是民族团结工作的重要力量。

石屏县有一句俗语："有吃没吃，过过二月初十。"这句话表达了老百姓对当地一项民俗活动——"二月初十赛歌赛舞会"的喜爱之情。

异龙湖畔的豆地湾村委会是彝族烟盒舞、海菜腔的发源地之一，每年的农历二月初十，都会吸引众多烟盒舞、海菜腔艺人及爱好者前来赛歌赛舞，切磋技艺，是传承烟盒舞、海菜腔的一项群众自发的民俗活动。每年春节期间，石屏县都要开展哨冲女子舞龙、龙朋烟盒舞、牛街仆喇大鼓、龙武高跷等系列民族歌舞表演，展现了石屏县各民族同胞的快乐新生活。

2016年，石屏县在龙朋镇成立了"李怀秀李怀福非物质文化遗产传习所"，弘扬当地非遗文化海菜腔、烟盒舞，被授予"第三批省级非物质文化遗产保护传承基地"称号。传习所开办至今，面向青少年、儿童，已举办4期非物质文化遗产培训班，培训来自省内外的300余位学员。通过系统、专业的教学培训，传习所把非遗的"种子"播种到孩子们的心田，让优秀的民族文化在薪火相传中获得认同感。

民族文化传承不仅仅在传习所，也在学校的日常教学活动中。在龙朋镇中心小学，每周四下午，国家级非遗传承人施万恒都会背着他心爱的四弦琴来这里为兴趣班的孩子们上课。三四十人的课堂上，彝族、汉族小朋友相互配合，互为搭档，学得有模有样，在孩子们稚嫩的语言中，民族团结之根已经植下。

一村建一个民族文化广场、一村建一支民族文艺队、一村唱一首民族歌为主题的"三个一"活动，形成点面结合、遍地开花的格局。这些充满民族风情特色和蕴含着丰富民族文化内涵的活动，是促进民族团结的核心和关键，更是各民族互相理解的一个重要窗口。

民族团结，发展为要，民生为本。在异龙镇豆地湾村委会毛木咀村，窗明几净的农家小院沿着宽敞平整的环湖道路整齐排列，新建的冬早马铃薯交易市场上，丰收的马铃薯堆放整齐，等待装车。交易市场旁，一个精致的舞台是村民们赛歌赛舞、活动演出的场所。

这个以彝族群众为主的村寨，多次获得县级"民族团结进步村"的荣誉称号。一项项实打实的举措，让毛木咀群众有产业、有事做、有钱赚。

一叶知秋，管中窥豹。乡村基础设施建设解决了一大批积累多年的突出问题，道路引来了财路，也进一步夯实了民族团结的物质基础。

民族文化是民族存亡之本。石屏县更将保护、弘扬优秀民族文化的使命积极付诸实践。每年的暑假，彝族青年李永华都会到李怀秀李怀福非物质文化遗产传习所授课，带领学员们学习彝族烟盒舞。自2013年成立以来，传习所每年假期都会举办培训班，免费传授滇南四大名腔及少数民族舞蹈。在石屏县委、县政府的大力宣传和支持下，迄今为止，已有近500名少数民族儿童、青年前来参加培训，通过系统、专业的教学培训，传习所把非遗的"种子"播种到孩子们的心田，让优秀的民族文化在薪火相传中获得更多的认同感。

石屏县被称为"民族歌舞之乡"由来已久。在明清民族大融合之后，当地各民族的歌舞就引起了迁入汉族官兵的重视。

清《石屏州志》记载："夷人各种，皆有歌曲，跳跃歌舞。"当今，海菜腔、烟盒舞被列入国家非物质文化遗产得以保护，被称之为"天籁之音"的石屏民歌更是开启了中国原生态唱法的先河。

在石屏遇见一位蓄胡须的老人，他说：在过去，不会唱民歌，对当地人来说是不可想象的事情。一个人可以不善于说话，但一定要学会唱歌。一个人的出生，迎接生命的是毕摩的唱经；一个人的去世，送走的是亲人的哭歌。日常从日出劳作唱到日落而归；农闲节庆，围炉对歌直到天亮。可以说，歌唱和舞蹈从古到今，从生到死，贯穿了我们的一生。

记得鲁迅先生曾在《且介亭杂文集》中说："只有民族的，才是世界的。"这位五四新文化的精神领袖，深知民族文化的重要性。

在人类发展的历史长河中，广大的少数民族同胞既是历史的创造者，又是它的见证人。他们最直接地感悟着不同时代的社会生活、思想斗争、感情波动和希望变迁，是一个民族的艺术最真实的记录者。歌舞升平只有根植于社会生活的沃土，文化积淀才能成了一个民族的灵魂。

马克思就曾称赞古代希腊的民族史诗"是一种规范和高不可及的范本"。

广袤的田野充满着生机与活力，青山绿水间洋溢着富裕的气息。

（一）用"五心"和"五音"，唱好民族团结五部曲

在2008年作为云南省唯一代表节目参加了北京奥运会开幕式前文艺演出，是石屏县哨冲镇花腰彝女子表演的"凤舞龙飞"。

"花腰彝文化"已成为哨冲镇的"名片"。哨冲镇也想把花腰彝文化做大做强。

花腰彝是云南彝族的一个支系，又称尼苏人。他们自称"贡坎莫"，"贡坎"翻译成汉语叫"山上"，"莫"是指女人，男人称"泼"。汉语就是"山上人"的意思，山上人又是相对另外一支同一先代的彝族"三道红"而称的。花腰彝主要聚居在红河州石屏县北部山区的哨冲、龙武两镇，约有四万多人。

去哨冲镇时，正遇见一户人家在建自己的"土掌房"，土掌房是

花腰彝族的传统民居。建房先打地基，墙基以砂石、青石等石料从地表50厘米以下开始砌成石脚，砌到高出地面50厘米左右为止。然后从石脚上以夹板填土夯筑成墙，或者以土基砌墙，墙砌到一米多高竖立房屋框架，之后便择吉日上梁，梁中间凿有小眼，内置用红布包好的碎银及五谷并封好，象征五谷丰登，金银满堂。

土掌房面前的对联"建柱欣逢黄道日，上梁正遇紫微星"；"三阳日照兴隆地，五福星临吉庆家"；"德门应有德星聚，甲第还从甲第开"，充满了吉祥寓意。

这一户土掌房正要上梁，木匠师傅念颂祝福之词，并在横梁上把象征金元宝的物品扔下来，主人家在正堂屋用衣襟接住，象征大富大贵。同时，师傅在横梁上撒一些食品，捡到者表示沾到喜气。亲朋好友带米糕、鞭炮、糖果、鸡、酒等物前来祝贺，气氛热烈。

彝族土掌房完整的是三间四耳下八尺，正房三开间有楼；正房顶梁上搭圆木，再依次铺皮柴或刀把粗的栗木——铺一层蕨类或松毛——铺一层由纯净泥土和成的泥巴铺一层纯净干粘土——捶压平整即成。两耳及八尺一般只有一层，其屋顶也用土捶成，正房楼上有门可通耳房顶。正房内设火塘，劳作之余，家人或宾客常于此闲聊，虽无丝竹管弦之盛，也气氛祥和。

正房的楼上设供桌，墙上贴"天地国亲师位""香烟冲天天赐福，净水洒地地生财""人间司命主，天上耳目神""上天奏好事，下地降吉祥"等神位的对联。可见汉文化影响的痕迹。

村落中的土掌房随地势的升降而分出层次，排列整齐。纵横交错的街道依地势而成，路面有土路、石板路、乱石路等，街道宽度在3到3.5米之间，窄的地方只有2米左右。整个村寨就像级级升高的台阶，从寨脚的屋顶可一直走到寨头。

花腰彝的民族服装做工精细，色彩鲜艳，对比强烈，纹样繁多。首先，由民间剪纸艺人剪出花样后，把花样粘贴在红白蓝等颜色的布料上，然后用彩色丝线沿花样或自己喜爱的图案刺绣，而后把数十种不同格式和图案的刺绣品拼接起来就缝制成了一套精致的花腰彝服饰。

花腰彝妇女服饰由头帕、长衣、领褂、缠腰巾、围腰带、兜肚、黑裤和绣花鞋等部分组成。做工最精细的要数"花口锁塔"，做一套"花口锁塔"需三至五年的时间。

据说村中刺绣能手曾穿着自己做好衣服到北京、深圳等地参加服装表演得到好评。花腰妇女的服饰，吸引着世人的目光，也蕴含着人与自然和谐相处，人与自然之间千丝万缕的联系。

花腰彝的社会生产、日常生活都离不开歌舞，例如：娱乐情场、讨亲嫁妾、庆功祝寿、奔丧祭祀等都要歌舞达旦。

在各种场面中，歌舞的内容就不同。按原生态的歌舞，一般是围圆起舞，这种形式有利于场地的限制，因为圆是无边的，象征着团结。

花腰彝歌舞大部分用彝语言歌唱，也有少部分用汉语言歌唱，一个歌舞里有汉彝两种语言掺杂，那种语言顺口就用之。

哨冲镇党委非常注重把少数民族民间艺人培养成党员，把有文艺特长的党员培养成文艺宣传队骨干，通过组建民族文艺宣传队，整合民族文化创作力量，把党的政策法规、党建知识编排成通俗易懂、朗朗上口、好唱易记的山歌、民歌等，创作了一批让广大党员群众看得懂、听得进、学得会、用得上的文艺作品，并利用"火把节"等民族节庆活动和群众聚会的机会，宣传反映党员经常性教育内容的文艺节目，对少数民族党员进行潜移默化的教育，不但增强了少数民族党员学习教育的效果，同时也为民族文化的传承发展探索了新的路子。

"双语"教学，不是让彝族学汉语，而是让彝族儿童学自己本民族语言。许多成长中的儿童已经不会说母语了。

保护母语文化，从文艺抓起。

比如，他们把"花腰彝"文化活动场所装修成具有浓郁民族特色的，基层党组织规范化建设示范点和花腰刺绣精品展览馆，然后以点带面，逐步建设具有花腰彝文化特色的集党员活动和群众文化活动为一体的活动室，同时，充分结合民族乡镇的实际，利用传统民族节日和花腰刺绣比赛等活动，给广大党员干部发放囊括廉政、党史知识、政策法规等内容的宣传单，利用民族民间文化传播党的知识。

用"五心"和"五音"，唱好民族团结曲。

五心（信心、雄心、人心、恒心、民心），五音（宫、商、角、徵、羽）。心与音乐挽手，促进哨冲和谐发展。

树信心，唱好发展曲。满山遍种致富菜，家家户户舞车龙。哨冲将慕善村建成民族文化示范村，建立民族文化传承班，成立以党员为会长的花腰刺绣协会，吸引本镇及邻镇刺绣能人加入，在刺绣产品上绣上党建知识，传承民族文化的同时宣传党建工作。加快旅游产业发展，力推花腰歌舞、女子舞龙走出家门，带动农家乐和花腰刺绣产业的发展，促进旅游经济。每年慕名到哨冲的国内外游客达5000多人次。为群众万元增收拓宽了渠道。

展雄心，唱好惠民曲。"哨冲镇民情联系卡"，印有工作人员职务、政策咨询、服务内容及电话的发到联系农户的代表和党员手中，帮助群众排忧解难，开展热心帮扶和便民服务。同时为群众办事提供窗口服务"一站式"办理，在镇政府所在地设立1个为民服务中心，8个村委会设立8个为民服务站，对各项农业直补、家电下乡、新农合、新农保收缴等各项惠农工作进行优化程序办理，提高群众办事效率，缩短办事时间，让群众办事欢心满意。

聚人心，唱好致富曲。结合"百村千户万元增收行动"，探索抓党建促经济新途径，以党员户为龙头，并在顺鹏蔬菜农民专业合作社建立党支部，通过发挥龙头党员的作用，让党员联系收储、运输、销售能人，党员联系村民代表联系种植农户的方式，形成了无公害蔬菜的产供销一条龙。

持恒心，唱好廉洁曲。"感党恩、颂党情"让广大干部职工和人民群众永远坚定跟党走的决心和信心。"入党为什么，当领导做什么、党员怎么做"在激烈的讨论中形成共识，提高党性修养，让拒腐防变的思想防线曲唱进党员、干部的心坎里，让廉洁曲传遍党员干部和职工生活、工作中的每个角落，增强宗旨意识、服务意识和公仆意识。

暖民心，唱好和谐曲。实行党员责任制，接访活动由"等来访"变为"我去访"，领导干部能站在接访群众角度看问题，体谅其心，感化其情，使一些老上访户专心生产不再上访。

花腰歌舞伴随着多民族早期先民的各种仪式而产生的艺术形式，其直接目的是为先民的仪式活动服务的，也是整套仪式活动的不可分割的重要部分。

花腰彝人的花腰舞已经融入到花腰彝人的日常生活当中，如果没有歌舞他们的生活就不快乐，感受他们对歌舞的热爱，不仅是从物质的富有改善了肉眼看到的村村寨寨风貌看起，更要从精神的富有，领略出民族同胞的精神意识形态和谐共生、共同富裕的民族自豪感。

四、彩虹当桌长街宴

元阳县新街镇大鱼塘村，一场"长街宴"在这里热闹上演。

整齐的饭桌、香喷喷的饭菜、广场上的欢声笑语……

一股带着浓浓暖意的年味扑面而来，哈尼族乡亲与游客欢聚一堂，让其他民族同胞体验了一番独具特色的哈尼"十月年"。

哈尼族节日较多，文化内涵独特丰蕴。节日一般都结合农耕时令和重要农耕活动，并与民族祭祀活动紧密相连。在哈尼族地区，"昂玛突"是各村对寨神最隆重的集体公祭，一般在农历二月第一个属龙日进行，是一年农耕生产全面开始的标志性节日，是农忙劳动开始前对神最盛大的祭祀和哈尼族身心的放松。"昂玛突"一结束，紧张繁忙的春耕生产就全面展开。节日活动以"寨神祭祀仪典"和极具特色的"长街宴"为高潮。

哈尼族长街宴展示的不仅是饮食文化，还有服装服饰、音乐舞蹈和磨秋表演等独特的民间文化呈现，它所贯穿的传统思想理念和价值准则至今仍然发挥着积极的社会功能，对强化民族凝聚力有推动作用。

长街宴已成为红河流域各民族友好往来、团结互助的形式之一，也是当地旅游项目的主要内容。

哈尼族能歌善舞，热情好客，与同住在一起的傣族同胞相处和睦。历史上，哈尼族与傣族就有"牛亲家"的传统，哈尼族与傣族结成牛亲家，是一种由来已久的习俗。

傣族住河坝，春天来得早，栽秧也早；哈尼族住山上，栽秧晚。两个民族的两家人或几家人，共同饲养一条或几条水牛，牛自然成了共同的财产。河坝需要牛的那段时间，由傣族那边管理、放牧；山上耕作时节，牛交给哈尼族这边。大体上，双方对牛各负责半年左右。

牛死了，分肉吃；生牛犊了，也各有一份。牛像一股绳子拴住河坝和山上，来来往往中，在牛亲家的基础上，双方渐渐发展为人与人之间的亲戚。

两个民族的亲戚关系，通常不是靠婚姻，而是靠牛牵的缘分。

牛在民族团结是特使的身份，在两个寨子之间建立起和睦相处、团结友爱的坚固联盟。

哈尼族、傣族的"牛亲家"每年都会相聚几次，杀鸡宰鸭盛情款待对方；离别时，互赠互送各自的土特产品。到了插秧结束的时候，邀请双方的亲友做客……

"民族团结，社会发展，宗教和顺"已然成为红河州各民族紧密团结的真实写照。各族人民互相帮助，共同发展，形成你中有我、我中有你的和谐相处格局。

"梯田文化的殿堂，过桥米线的故乡；哈尼哈巴乐作舞，彩虹当桌长街宴；凤舞龙飞花腰女，阿细跳月迎宾客"，这句话描写的正是红河州丰富多彩的民族文化资源。

在元阳县沙拉托乡，还有这样一个哈尼多声部农民合唱团，他们用最具代表性的"哈尼古歌"赞美爱情、歌颂劳动、讴歌田园美景。哈尼多声部农民合唱团是沙拉托乡最有代表性的文艺队，合唱团自2007年组建以来，多次受到上级党委、政府和相关人士的肯定和表扬，还多次参加州、县、乡级组织的各类大小型文艺活动。沙拉托乡哈尼多声部的知名度越来越高，名声享誉省内外，吸引了国内著名歌唱家到此采风。

国家级非物质文化遗产传承人朱小和一身靛染的黑色布衣，躬身在梯田里劳作，76岁的他把一辈子的身影留在了梯田。

"秧苗如姑娘般地长大了，她要嫁给梯田……"劳作中，他唱起哈尼族"四季生产调"，悠远的歌声在梯田里回响，把老祖宗世世代代留下的耕作经验传于后人。

层层叠叠的梯田铺在山间，洋洋洒洒，沿着大山的纹理自由变换，不矫揉不做作。

也许是和梯田打了一辈子交道，被称为梯田文化传承智者的他，脸上也刻满了一道道的"梯田"，比一千多年还要深刻。

"元阳要持续发展的动力就是要保护好民族文化，这才是独一无二的。"元阳县加强对哈尼梯田核心区和周边传统村落的保护和恢复，加大对非物质文化遗产传承人的发现和培养，分支系、分点广泛建起17个哈尼古歌传承点，加强良性传承体系建设，哈尼古歌传承现状呈良好态势。

在沙拉托乡文化站传承点，由32名传唱者组成了哈尼多声部农民合唱团，承担起了民族文化传承和展演的任务。"他们都是由当地老百姓组成，平均年龄约有35岁。"

平时传唱团成员都要进行生产劳动，农闲之余聚在一起学习交流，传承文化，合唱团曾在"元阳哈尼古歌大赛"中荣获金奖。

民族的才是世界的，只有做大做强民族文化产业，才能更好地推动云南文化的发展，才能增强云南民族文化的整体影响力。随着商业化、现代潮流对传统文化的冲击，"哈尼古歌"要实现世代相传，必须要还古歌于生产生活。

哈尼族人在千百年来创造的梯田里唱响古歌，在婚丧嫁娶的礼仪里传承古歌，唱"哈尼古歌"不能脱离哈尼族人生产生活的方方面面。尊重传统，尊重传承人，尊重文化原生性，哈尼古歌必将永远在梯田里传唱。

"哈尼古歌"完成了从濒临失传到走向世界的完美蜕变，这与作为红河哈尼梯田世界文化遗产核心区、哈尼古歌主要发源地的元阳县长期致力于挖掘、整理、传承哈尼梯田传统农耕文化以及抢救性保护哈尼族古歌古舞是分不开的。

"哈尼古歌"在哈尼语中被称为"哈尼哈巴"。历史上哈尼族没有文字，所有文化以口传心授的方式来沿袭传承，演唱内容囊括了哈尼族社会的生产劳动、宗教祭典、人文规范、婚丧嫁娶、吃穿用住、文学艺术等方方面面，贯穿了哈尼历史文化发展的轨迹，堪称哈尼族社会口语传承的"百科全书"。

"哈尼古歌"在2015年，为期半年的米兰世博会上，作为中国馆唯一驻场演出节目，登上了璀璨的国际舞台。

"哈尼古歌"以古朴悠远、欢快热烈、风情浓郁的古老歌唱调式，演绎和诠释了哈尼族的农耕文明。共演出1000余场，吸引了100多万人次观看，其中包括意大利前总理贝卢斯科尼、芬兰前总理埃斯科·阿霍、爱尔兰总统麦克·希金斯等多个国家的政要，成为了本届世博会最受关注、最具特色、观看人数最多的节目之一。

作为省级非物质文化遗产传承人的李有亮，连普通话都不会说的他却留在了米兰半年时间，"我是带着任务去的。"对于他来说，他身上担负着传承本民族悠久历史文化的神圣使命。

"哈尼古歌"在米兰世博会的成功驻演，对世界文化遗产红河哈尼梯田的保护起到了极大的推动作用，是红河哈尼梯田成为世界文化遗产后，"千年哈尼梯田"这一靓丽历史文化名片走出国门、走向世界的第一次真正意义上的全球亮相。为更好地保护和传承哈尼文化，红河州将对"哈尼古歌"提升改造，进行常态化演出。

近年来，红河州委、州政府加强民族地区文化基础设施建设，制定和落实文化惠民政策，加大了少数民族传统文化抢救保护力度，为民族团结奠定了坚实的基础。

"只要党和国家需要，再苦再难，我都会继续守下去。"河口县桥头乡薄竹箐村新店小组界务员杨天才自豪地说。杨天才在边境线上守护30余年，除了巡边工作外，还协助边防派出所成功破获过贩卖毒品、黄金和拐卖妇女案42件，帮助边民调解矛盾纠纷300余件，并利用勘界的便利向边民群众宣传我国民族团结政策及相关惠农惠民政策，为边民的共同进步致富搭起了"黄金桥"。

而杨天才的经历，只是红河州众多少数民族干部的一个代表。

少数民族干部在民族工作中具有天然的优势，他们了解自己的居住环境、文化习俗，了解本民族本地区的历史与现状，通晓自己民族的语言文字，也能获得本民族人民的充分信任，与少数民族和民族地区有自然而然的血肉关系，能更好地促进本民族本地区的事业发展。

五、不让一个民族掉队

在红河州金平县的大山深处，生活着一个特殊的群体——"莽人"，多年来，一直没有民族归属，直到2009年5月，经国家民委批准，正式认定为布朗族。

上溯到20世纪50年代初期。

中国共产党对云南省还处在原始社会末期或已经进入阶级社会，但阶级分化不明显、土地占有不集中、生产力水平低下的景颇等8个民族和部分拉祜、哈尼、瑶等民族约66万人居住的地区，采取特殊的"直接过渡"方式，即不进行土地改革，以"团结、生产、进步"为方针，通过党的特殊帮扶政策，保证他们直接，但却是逐步地过渡到社会主义,实现历史性的跨越。

这些地区被称为民族"直接过渡区",简称"直过区"。

60多年过去了,中央始终在重点扶持"民族直过区"上,给予了很大的政策。

红河州在"直过区"所处的地理位置和气候条件中,因地制宜,将橡胶、香蕉、胡椒、茶叶、草果、板兰根等经济作物,作为该区内农村经济增长的重要产业来培植。经过多年的努力,绿春、金平、元阳、河口4县的橡胶、香蕉、茶叶、草果种植规模不断扩大,产量不断增长,其他种植、养殖产业也在发展中。"民族直过区"部分产业建设初具规模,区内群众收入有所增加。

"不让一个民族掉队",这是习总书记的嘱托也是全面建成小康社会的目标。

2016年,红河州启动并实施全面打赢"直过民族"脱贫攻坚战,行动计划瞄准"直过民族"这一特困群体,累计投入各类扶贫资金7.3亿元,着力提升能力素质、组织劳务输出、安居工程、培育特色产业、改善基础设施、生态保护六大工程,有力推动了"直过民族地区"脱贫攻坚进程。目前,龙凤村正在按照"四治三改一拆一增"的要求,全力提升人居环境。

龙凤村村民说:我们村每周打扫一次卫生、划成片区来打扫,每家出一个人来打扫,老百姓都是自觉地来打扫,没有发什么钱给他们。大家都为了自己的环境,环境是我们的心情。

而在产业方面,村民们正在当地党委、政府的帮助引导下积极发展油茶种植。这片油茶地,一棵棵油茶已经齐膝高,而套种在油茶树下的板蓝根和土连翘也长势喜人,村小组成员正在和布朗族群众一起给油茶、板蓝根和土连翘施肥、打药。目前,全村油茶面积有1600多亩,去年套种的板蓝根和土连翘有126亩,今年还要再套种200亩。因为油茶生长周期比较长,一般要3到5年才会有收益,套种的板蓝根和土连翘等瑶药一年左右就可以见效益,这样一来,当地的布朗族群众就能有不少的收益。

这些油茶3年左右到2020年的时候，就可以见效益了，这个效益肯定能提高农民的生活，也会有集体经费。在规划上，龙凤村村民小组占10%的费用，90%分到每个群众手里面。

除了大力推动民族示范载体建设，发展产业促进民族地区发展，红河州还特别重视人口较少民族人口的文化教育。

普进康夫妇是蒙自市雨过铺镇米汤寨彝族村的村民，夫妇俩的两个儿女于2014年和2016年相继考上了大学。由于家庭贫困，供两个孩子上大学让夫妇俩感到不小的压力，而红河州推出的红河"教育振兴金秋计划"圆了这个贫困家庭孩子的大学梦。

普进康妻子说：我家两个小孩非常会读书，特别是这个女孩，今年考取西南林业大学，靠党和政府的关心，今年的补助能补4000元，我很满意。

在红河州，像普进康家这样每年能享受民族教育普惠政策的少数民族家庭有不少。

根据红河州制定实施的《特困少数民族学生救助金使用（暂行）办法》，每年对家庭经济特别困难、考入二本以上大学的农村少数民族特困学生每人资助3000元，5年来已累计帮助1050名少数民族学生圆了大学梦。

从2012年起，红河州还出台了多项加快民族地区教育事业发展的扶持政策，全力推进民族地区的基础教育、职业教育和高等教育发展。从2014年秋季学期开始，红河州安排专项资金，对民族贫困地区普通高中农村户口学生实行免学费入学，截至目前共计免除21000多人次学生学费，在民族高中班招生中，重点对苗族、瑶族、拉祜族、布依族、布朗族5个人口较少民族学生进行倾斜，实行降分录取，加快了少小民族人才培养。

红河州第一中学哈尼族学生高徐千说：民族生政策可以为我的家庭减轻经济负担，我也会更加努力学习，因为有国家的政策支持。

红河州第一中学彝族学生沈艳：老师跟我说，我有民族生的优惠政策，我就非常高兴，能够给父母减轻家庭负担，也能够激励我更好地学习。

从《民族团结示范州建设规划2016—2020年》中不难看出，推动民族团结进步，努力争当全国30个少数民族自治州排头兵；努力在云南省建设"民族团结示范区"的画卷上书写"和谐红河"最美的篇章是红河州的中国梦想。

箐口村，一个被梯田和树木包围着的小村，它位于红河哈尼梯田旅游核心区，全村不到1000人全部都是哈尼族，梯田旅游让这个多少带有点原始气息的小村有了不小的名气。

近年来，在省、州、县党委政府的扶持下，箐口村通过"一镇六村"连片式扶贫开发和整村推进重点村建设，全村基础设施进一步改善、传统民族文化得到更好保护、农村旅游发展日趋成熟、村民整体素质明显提高、群众生活水平明显改善。

箐口村村民张明华说：我们元阳县把我们箐口村作为一个核心区，生产上是相互帮忙，民风民俗保护得比较好，老百姓的生活，通过旅游的带动提高了许多。

与此同时，为加快推进云南民族团结进步边疆繁荣稳定示范区建设，新街镇完成了实施大鱼塘、普高老寨、哈尼小寨和木形多哈4个少数民族特色村寨以及大顺寨村、草果洞村2个民族团结示范村建设，协调帮助了少数民族和民族地区的经济社会发展。

箐口村每到冬天时，总是烟雨迷蒙，一派水墨画式的田园景象。有时一连几周都不见阳光，唯有那细密的雨雾，总在身侧营造出一份静谧的氛围。延绵起伏的梯田，在雾气的缝隙中时隐时现，箐口的冬天就是如此飘渺悠然，让你在陶醉中生起一种身在梦幻中的错觉。

哈尼族人开垦的梯田是几代人的劳动付出。由于地处哀牢山的腹地，为了生计，不断地开垦耕田，慢慢便形成了今天的梯田美景。大约从十四世纪起，梯田的垦殖技术已经遍布中国和东南亚地区。不过，无论是从规模还是审美的角度上看，绝少有地方能与箐口的梯田相媲美。

哈尼族人在哀劳山的深处，开辟出眼前这层叠起伏的梯田，据说，明朝的皇帝曾经称赞其为"山岳神雕手"，由此可见，这里的梯田确实称得上是一项以天地为底的艺术杰作。

一年四季，梯田皆有其美。哈尼族人习惯在每年六月插秧，因此夏天的箐口，到处是一片青葱稻浪。到了十月，随着作物的丰收，山野也变为了金黄色，但看梯田最美的季节永远是冬天，因为注水后的梯田会闪现出银白色的光芒，从而凸显出梯田的婀娜曲折的轮廓。

当太阳从东方生起后，红色的朝阳投射在西侧的村庄上，四周的颜色也随着太阳的升高而不断变幻，同样让人惊艳。傍晚，随着夕阳的余辉逐渐散去，两处梯田会变幻出绮丽的色彩。当这种色彩与田埂的线条交织时，它们共同构成了一幅极其动人的彩绘版画。

这里的哈尼族人早已习惯了大山里的劳作，他们只是偶尔到镇上采办些货物，然后便回到梯田深处，继续他们的宁静生活。

哈尼人的"蘑菇房"点缀在梯田里，让人感觉进入了童话世界。

"蘑菇房"的设计与建筑均融入了哈尼先人的勤劳与智慧。"蘑菇房"内部分三层：底层用来关马圈牛，堆放谷船、犁耙等农具；顶层用以置放粮食柴草之类；而中间的楼板层就是主人居住的地方了，做饭、休息、会客均在此层，此层一侧有一道小木门外通平晒台。中间一层是"蘑菇房"的主体部位，其设置很有特色，尤其是正中央那长年焖火不断的长方形火塘。火塘象征着哈尼人火一样的性格，似人火一样的热情，以及民族的兴旺发达。

倘若来到这古老的民居之中，好客的主人便会邀请来客围坐火塘边，先递上水烟筒，饮上一杯热腾腾的糯米香茶，喝上一碗香喷喷的"闷锅酒"。

趁着酒兴的男主人，"哈八惹（酒歌）"的嗓门就敞开了：

像黄牛寻找野火烧山后发出的青草，
　　喝一口喷香醉人的美酒。
　　红红的竹筷掠黄鳝，
　　花花的杯子盛美酒。
　　祝丰收的粮食堆成山，
　　白生生的大米吃不完。

　　据当地人讲，箐口目前有180多户人家，800余口人，即使在元阳境内，箐口也算是比较大的寨子。在村子的中央，有座专为节庆设计的广场，由于旅游业的发展，哈尼族人已经开始有意识地推广他们的传统文化。在过去的几年里，这里先后举办过长街宴、苦扎扎、十月年、锥牛祭祀等庆典活动，广场东侧还有两面铜鼓，其后是箐口人自己开办的哈尼族文化博物馆。

　　山林、小溪、村寨与梯田是哈尼族人最珍视的四样事物。

　　在传统的哈尼族人看来，他们所实现的对梯田的开垦根本不是外人所想象的对自然的征服。他们相信在周遭的山水间存在着众多主管自然的神灵，哈尼族人寓居于此，只是接受着神的眷顾。

　　正是这样，这个民族才会以绝妙的手法，将梯田雕琢得灵妙非凡，他们在终日虚无缥缈的雾气下，努力追求一种与自然的和谐。

第四章

祖国和母亲在独龙族语中是同义词

　　峻峭奇险的高黎贡山，是印度板块和欧亚板块相碰撞及板块俯冲的缝合线地带，也是著名的深大断裂纵谷区。高黎贡山北连青藏高原，南接中印半岛，使之无论是在气象学还是生物学上，都具有从南到北的过渡特征。

　　"好个腾越州，十山九无头"。

　　自然鬼斧神工，从云雾茫茫的崇山峻岭下到满眼碧绿的边境峡谷，这里有独龙族人的村庄，它的全称是云南省怒江傈僳族自治州贡山独龙族怒族自治县独龙江乡。2010年人口普查只有7000人的独龙族，是我国人口较少民族。但在这儿，我们却处处感受到这个民族对伟大祖国的热爱。

　　独龙语中"门租"是对各种民间曲调的统称，而"门租哇"则是对歌手的称谓。独龙人常用舞蹈和歌唱来表达喜怒哀乐和生产、收获、狩猎、建房、婚庆等事件，民歌曲调质朴淳厚，节奏自由多变，风格独特，许多神话和故事都藉由"门租"而世代流传。

　　"日出东方，我从东方来，人心永远向太阳。"

　　在丰满厚实的质感中深蕴着独龙族同胞对祖先认同的激情和音乐的张力。咏唱民族的兴盛和家乡的美丽富饶，是各族民歌最常见的题材之一。在这首古歌和传说中，独龙族人认定他们是从太阳升起的东方来到此地，他们和汉族、藏族、怒族、白族、傈僳族等民族，是血脉相连的同胞兄弟。

祖国和母亲，对于他们这个民族来说，是一个同义词。

解放后很长时间中，独龙族人尚保存着原始社会末期父系家族公社特征，尽管在总的发展趋势上已走向日益解体的道路，但在生产力、土地形态、社会组织和婚姻制度等方面仍然存在。

独龙族的族称始见于《大元一统志》丽江路风俗条，被称为"撬"。明清时称为"俅"或"曲"。

一、带龙字的民族，成为中华民族大家庭中的一员

新中国成立后，根据本民族的意愿，将其自称独龙族作为民族称谓。这里边还有一个故事。

孔志清是独龙族第一个和毛主席握手的人。

1951年年尾，那时，贡山到昆明还没有公路，只有古时进西藏的一条时断时续的人马驿道，随着蜿蜒的怒江激流，在陡壁悬崖中麻绳一样挂着。

红色电波越过千山万水，飞过怒江峡谷，传到独龙江畔。时任贡山县县长的独龙人孔志清，受到中央邀请，到北京参加全国民委扩大会。

怒江人因穷山恶水山而长出了一对雄鹰的翅膀，身轻如燕，很快孔志清到了昆明。

从昆明到北京，孔志清坐上了飞机。他是整个民族第一个坐飞机的人。在独龙人的传说里，只有天神才能在天上飞来飞去。此时的孔志清觉得，自己就是天神，甚至比天神还要知道心的快乐。

新中国成立前的20世纪40年代，由于山川的阻隔和历代反动统治的压迫剥削，独龙族社会生产力发展还停留在刀耕火种的原始农业占主要地位，采集和渔猎仍占较大比重；生产工具十分简陋，还没有从

锄耕过渡到犁耕；社会分工不明显，只有男女之间的自然分工；交换仍处于原始的以物易物阶段。

那时的独龙族人生活十分贫苦，没有商品交换，采用刻木结绳记事，在铁制工具未传入独龙地区以前，独龙族人民普遍使用树枝的天然勾曲部分制成的小木锄挖地。小木锄尖如鹤嘴，独龙语称之为"戈拉"，是独龙族最先使用于锄耕农业的原始工具。直到新中国成立后才彻底改变了这一面貌。

孔志清是独龙族第一个走出怒江的独龙族人，也是第一个进北京的人。

祖国的邀请、母亲的情意，这不仅是孔志清个人的荣誉、个人的幸福，也是整个民族的荣誉和幸福。过去，被当作野人，被人侮辱为"俅夷"的独龙人，如今不仅当了县长，而且要到太阳升起的地方去开会，代表一个民族去向祖国母亲诉说儿女的千言万语，这对于孔志清来说，他带着的是当时只有1700人的民族兄弟的心前往！

落地北京已是1952年初春，此时，全国民族工作会议在北京召开了。

周总理接见各民族代表时，来自独龙江畔的孔志清，引起了总理的注意。孔志清披着一条崭新的独龙毯，总理和他握手，问他是哪个民族，孔志清说不知道自己的民族，因为少小没有文字记录，历代统治者都喊他们为俅仔，甚至说他们是野人。

总理听了眉头紧锁，问他们居住的地方叫什么名字。孔志清回答，叫独龙江，他们世世代代都居住在独龙江大峡谷。

周总理对身旁的国家民委负责同志说，他们的族名就定为独龙族好了。

从此，一个带龙字的民族，成为中华民族大家庭中的一员。

这是独龙族历史上开天辟地的大事。

1952年元旦，那是孔志清永远难忘的日子。当晚，汽车载着他们这些来自边疆的少数民族，穿过灯的银河，来到了中南海怀仁堂，一支歌在灿烂的星光中飞翔，那旋律，既好听，又好唱，这歌也好像是从他们这些少数民族的心中飞出来的：东方红，太阳升，中国出了个毛泽东……

他突然明白，原来他们祖先讲的"从太阳升起的地方走来"现在是真正来到了太阳升起的地方。

太阳升起的地方，就是独龙人最古老的家乡，他望着一个个微笑的工作人员，就像见到了久别的亲人，有一种回家的亲切和温暖。儿女回家的瞬间感觉，让他热泪盈眶，祖国母亲，从此成为独龙语的同义词！

随着一阵热烈的掌声，四周的灯光大放异彩。中国各族人民的领袖毛泽东在人们的簇拥下，来到了少数民族人士中间。掌声过后，又是片刻的静寂，孔志清发现，人们都噙着热泪，沉浸在无比的幸福之中。孔志清此时仿佛像一个婴儿，被母亲拥抱在怀中，尽情地享受着母爱的温暖。正当他想要对身边的代表说出心中无比幸福的感受时，不知是谁高声带头呼喊起共同的声音："中华人民共和国万岁！""万岁"的呼声此起彼伏，毛泽东微笑着向大家招手，大厅里响起了他那很浓的湘音："人民万岁！"

人们纷纷拥上去和毛主席握手，孔志清也终于挤到了主席的身边。千言万语涌到了孔志清的心头，他不知该说什么，此时，他心中的幸福和激动，化成两行热泪不断地流了出来。

孔志清，过去没有姓名，因为没有人读过书，更没有过学校，靠结绳记数、刻木记事的年代，有一年，一队马帮来到独龙江大峡谷，随马锅头来的一位眼镜先生，见他机灵，就把他带到大理上学，并给他取了孔志清的名字。

1964年，独龙江乡至县城一条一米多宽的人马驿道建成。

通公路之前，从贡山县城进独龙江必须走两天一夜的山路，其中要在雪山上住宿一晚。

从上世纪开始，当地政府组建国营马帮，在每年大雪封山之前,600多吨粮食和其他生产、生活物资通过国营马帮运进独龙江。

1996年国家交通运输部投资修建独龙江公路(简易公路)。1999年建成全长96.2公里的独龙江简易公路,投资1亿多元。结束了我国最后一个少数民族地区不通公路的历史。但这条老路结构承载能力低,抗灾能力极弱,特别是高黎贡山黑普坡罗隧道两端各约12公里,每年有半年的大雪封山期,此段道路无法通行。

2010年,独龙江公路改建工程开工。2015年11月13日,独龙江公路全线建成通车。总投资7.8亿元,路线全长79.982公里,其中新建隧道6680米,比原有公路缩短16公里。使贡山县城至独龙江乡的出行时间从8至9小时缩短至3小时左右,彻底结束了独龙江乡半年大雪封山的历史。

二、与人斗争的历史和崇拜万物的历史一样长

独龙族的族源及民族的形成,时至今日还没有较为清楚的脉络及线索,但从语言系属上来看,作为汉藏语系藏缅语族的独龙族,应当来源于氐羌族群。

其内部有两种传说:一认为独龙族是土著民族;二认为独龙族最初居住在怒江一带,后因出猎偶然来到独龙江河谷,看到这里不仅有宽阔的猎场,而且还有较为平坦的台地,便陆续迁居至此,并逐步由北向南发展。

在独龙族约15个氏族中,有8个氏族的传说都说来自怒江。

从史料上看,独龙江河谷在唐宋两代属南诏及大理政权管辖;元、明、清三代则为丽江木氏土司和丽江路军民总管府统治。

此间,在有关的汉文史籍中已开始出现了独龙族先民的记载。

如《大元一统志》"丽江路风俗"说:"丽江路,蛮有八种,曰磨些、曰白、曰罗落、曰冬闷、曰峨昌、曰撬、曰吐蕃、曰卢,参错而居"。

当时的丽江路包括现在的丽江市、怒江傈僳族自治州和迪庆藏族自治州南部等地，其西北与今西藏自治区相接。文中所载"撬""吐蕃""卢"正是"参错杂居"于丽江路西部和西北部的独龙族、藏族和傈僳族之先民。

清代中叶，独龙江和怒江曾被划分为两段，分别受丽江木氏土知府所属的康普土千总和叶枝土千总管辖。

据清代余庆远《维西见闻纪》记载，从1730年起，独龙族以黄蜡30斤、麻布15丈、山驴皮20张为贡礼，每年按期向维西康普土千总纳贡。后来，康普土千总把独龙江上游地区转赠给西藏喇嘛寺，由喇嘛寺通过察瓦龙藏族土千总向独龙族人收取"超度"费，菖莆桶（今贡山县）喇嘛寺亦来收取"香火钱粮"，而康普土千总仍照例征收贡物。

每当土司属官前来收取贡物时，除了要另建草房供其住宿，并以丰盛食物招待外，还必须强迫摊购沙盐，实行不等价交换。如果贡物不足，便被强掠为奴。

东邻的傈僳族奴隶主，也经常越过高黎贡山，掳掠独龙族人当奴隶，激起了独龙族人民几代人前赴后继的奋起反抗，终因力量对比悬殊而惨遭无情镇压。

公元1907年—公元1908年，清王朝派丽江府阿墩子（今德钦县）弹压委员兼管怒俅两江事宜的夏瑚（湖南人）巡视怒江、独龙江一带，他带领随员、向导、背夫共100多人从菖莆桶出发，翻越高黎贡山前往独龙江，并沿路向边境村寨散发盐、布、针线等日用品，委派各地头人担任"伙头""甲头"等职，颁发"头人"执照，下令停止当地民众对土司、喇嘛及蓄奴主的一切贡赋，严禁土司掳掠边民为奴。

他还任命袁裕才、和定安为"怒俅总管"，取代了叶枝土千总和喇嘛寺对独龙江地区的统治。

这位历史上以政府官员的身份进入此地的第一人，还将所到之处的风土人情写成《怒俅边隘详情》，叙行程、记风土，详细记载了独龙族的居住环境、生产及生活状况，并在第3部分中向清政府提出了加强边务、开发边疆的"十条建议"。

这是一部对西南边疆稳定和增进民族团结十分有益的书。

辛亥革命后，独龙江划归菖莆桶殖边公署统辖，1918年改为菖莆桶行政委员会公署。1933年又改为贡山设治局，并先后设立了公安局和区公所。

民国时期政局混乱，独龙族人民深受西藏察瓦龙土司和国民党的双重统治。国民政府为了加强对该地区的有效控制，在独龙江推行了保甲制，共设4保，以每一行政村为1保，每一自然村为1甲，并任命当地族长为保、甲长，3年1换，除管理村社日常事务外，还要负责为国民政府征纳税收。

历史上英勇的独龙族同胞曾多次掀起反抗斗争。

1932年因察瓦龙土司的管家欺侮到独龙江挖贝母的怒族农民，引起了独龙族人的愤怒，他们闻讯赶来把土司管家捆吊在树上。

事后土司为了报复，加重了对独龙族的税收，不但鸡、犬、牛、猪全要上税，就连人的耳朵、鼻子也都要上税。

独龙族人民反抗斗争，一共坚持了3年之久，沉重打击了察瓦龙土司的反动气焰，最后迫使他取消了强加在独龙族和怒族人身体器官的各种苛派。

肆无忌惮地敲诈勒索，使独龙族人民的生活如雪上加霜，更加困苦不堪，斗争并没有改变独龙人命运，反而使他们的生存条件愈加恶劣。

近代100余年来，帝国主义的侵略魔爪不断伸入我国西南边境，大批帝国主义分子披着"旅行家""传教士"的外衣，潜入怒江、独龙江一带，进行间谍活动。

公元1907年在怒江发生的"白哈罗教案"，就是当地藏族、傈僳族、怒族和独龙族人对法帝国主义进行的反抗斗争。

1913年，英帝国主义派遣武装人员一行10多人以"勘测队"之名，在英军上尉布里查的带领下从缅甸侵入独龙江，到处抓夫、要粮要物、祸害百姓，还拷打并残酷杀害了独龙族汉子江勒奎，再一次激起了独龙族人民的强烈义愤，立即组织起来进行了坚决的反抗，他们断绝了敌人粮源，并埋伏在"勘测队"的必经之地——吉色鲁溜索附近，当布里查爬上溜索滑到江心时，被独龙族猎手的毒箭射中坠死江中，其余侵略者则被吓得从原路仓皇逃出了国境，彻底粉碎了这支英国侵略军企图通过独龙江进犯西藏的阴谋。

正是由于历代反动统治的压迫、屠杀以及近代帝国主义的欺侮，独龙族人民灾难深重，人口不断减少，到新中国成立前夕，仅剩下1700多人，几乎濒临灭绝的境地。

独龙族历史上没有文字，用口口相传记录了自己的苦难。

没有文字的日常，他们主要以刻木、结绳的方式记事和传递信息。

20世纪50年代，缅甸的日旺人（独龙族的一支）白吉斗·蒂其枯创制了一种以日旺话为标准语音点的拉丁文拼音文字——"日旺文"，主要用来翻译圣经，在当地群众中使用。

1979年，根据独龙族人民的意愿，贡山县文化馆的独龙族干部木里门·约翰在云南省少数民族语文指导工作委员会的龙乘云协助下，在日旺文的基础上以独龙江乡孔当村公所一带的话为标准音点创制了独龙语拼音方案。

1983年12月在云南省少数民族语文指导工作委员会第二次扩大会议上讨论通过。1984年起在独龙族干部群众中试教推行，受到大家的热情欢迎和支持。

一个崇拜自然，相信万物有灵，把一切天灾人祸、疾病等都视为有一种超自然的神的力量在起作用的民族，举凡山岭、河流、大树、巨石等，都成为他们崇拜的对象。

他们与人斗争的历史和崇拜万物的历史一样长。

1949年8月，贡山宣告和平解放。1950年3月，成立了贡山临时政务委员会。同年4月，正式改为"贡山县"。10月，成立了贡山县人民政府。独龙族人从此获得了新生。

独龙族性情淳厚，即使路上相逢，也要置酒相待，认为有饭不给客人吃，天黑不留客人住，是一种见不得人的事。

独龙族非常好客，如遇猎获野兽或某家杀猪宰牛，便形成一种远亲近邻共聚盛餐的宴会。此外，独龙族还有招待素不相识过路人的习俗，对过路和投宿的客人，只要来到家中都热情款待。他们有路不拾遗、夜不闭户的良好传统习尚，视偷盗为最可耻的行径。

节日里，每个氏族和部落都要集体猎取野物；杀猪羊，猎物分给各家各户。部落主妇则将年食分送给每个家庭。他们称为"分食"。过去，在除夕就餐时必须等部落的每一个成员到齐，缺少一人，则不开锅。

岁首清晨，曙光初照，山寨里就响起了锘锣。迎接新的一年的来到。早餐过后，人们随着铓锣的敲响，不约而同地来到山寨的旷地，用古朴的习俗，欢庆新年。人们不分年岁、性别、家庭，大家手牵着手，跳起本民族的传统舞蹈。长老们用编制精巧的独龙藤器，盛着可口的菜肴，以传统的方式给每个人分食。一时间，歌唱声、欢呼声、舞步声交织在一起。

独龙江孕育了一个民族悠久的历史和文化，也记录下了一个民族的苦难和希望。

新中国成立后，独龙族开始学习先进历法，学习科学种田历已成为民间农事的参考。独龙人民逐步放弃这种原始的自然历算法，而采用与汉民族相同的历法（夏历），但民间习惯上仍有"播种月""收获月""过年月"等说法。一般老年人不大习惯用夏历，而仍以自然现象的变化作为进行生产的标志。

这是一个喜歌乐舞，特别善于通过"唱"和"跳"的方式来表达自身的思想感情，倾诉内心的喜怒哀乐的民族。逢年过节、婚丧嫁娶、起房盖屋、欢庆丰收等重要场合都要载歌载舞、唱歌对调。歌谣大多有感而发、简洁明快。

演唱时融诗歌舞为一体，边跳边唱，踏歌而行。又因具体内容不同而细分为迎新年时唱的"老社普"、过年节时唱的"卡尔江普"、盖新房时唱的"球木普"、办丧事送亡魂"阿细"时唱的"阿细普"等。另一类称为"门竹"，通俗易懂，极具生产生活色彩。两类歌谣都有对唱、合唱和独唱等形式，是独龙族人民生活中最喜闻乐见的一种艺术活动。

一个渴望太阳并认得祖先是从太阳升起的地方走来的民族，一个充满火热激情的民族，经历磨难，没有新中国，就没有他们的现在，对祖国的深情，渗透在独龙族同胞滚烫的血液中，如同一位哲人所说："我热爱我的祖国，胜过热爱我的生命！"

感谢祖国！是祖国母亲给了他们重生，假如不是共产党，他们此刻还在不断斗争的黑暗时代，是祖国母亲让他们过上了如此幸福的生活。

独龙江似翡翠般碧蓝，如美玉般透亮温润。险滩激流，浪花卷起千堆雪，洁亮如银。两岸原始森林，一层层碧绿、一层层金黄、一层层枫红、一层层白雪，形成了立体植物群落和景观。原始森林延绵在高黎贡山和担当力卡山山脉中，大峡谷两岸森林覆盖面积达96%以上。千年稀有树种红豆杉直指云天，爬上高黎贡山两三千米的高处，云杉、金竹在秋日的阳光下，金光闪闪。

枫叶如火，烧红了远山近水。银瀑从险山悬崖倾下，形成飞流直下三千尺的雄奇景象。瀑布下的高原草甸湿地，晶亮的小湖泊星罗棋布，被独龙人称为神田，映着蓝天雪山、映着绿树红枫。要是攀上高黎贡山5128米的最高峰嘎哇嘎普雪峰，不仅可观一条细线般的蓝色独龙江蜿蜒在中缅边境的深山峡谷中，还可纵览金沙江、怒江、澜沧江、独龙江从青藏高原流来，在云南形成四江奔腾的神奇大观。

独龙江大峡谷，一个人神共居的美丽地方。

独龙族同胞真正站立起来了。从国家到省到州再到县，许多部门和单位，都有独龙族的干部和学者。孔志清1997年去世后，独龙族新一代的优秀儿女高德荣等，高举改革开放的旗帜，在党和政府的关怀支持下，修通了独龙江公路，结束了中国最后一个少数民族地区不通公路的历史，从此，独龙族步入了跨越式发展的快车道。

现在的独龙江畔，书声琅琅；安居工程，取代茅屋草楼；特色旅游，吸引着海内外游客；生态环境，同步发展。

青山一重又一重，四季皆如春天般温暖，独龙族同胞感恩祖国母亲，世界都像家一样和睦。

三、绣面部落女的前世今生

独龙族文面的习俗当起源于一种古老的信念，文面限于妇女，俗称"画脸"。《新唐书》称"文面濮"，《南诏野史》称"绣面部落"，可见独龙族文面由来已久。

少女十二三岁时就要文面，有表示成年之意，而且出嫁前必须文面。

文面是一件极痛苦的事，一般是用一根荆棘刺出图案，用西南桦制成的染料着色。脸上血管、神经丰富，要红肿、剧痛3-5天，所纹图案终生不退。

"文面女"，在独龙族的文化里，有着举足轻重的地位，据传说少女们为了躲避土司的强掳，便故意在脸上文上各种图案。时代的进步和变迁，并没有使得这种信仰和习俗淹没在时光里，留存下来的原始风貌让我们感受到了独龙族奇特的文化。

因为高黎贡山的天然屏障，独龙江流域千年来与世隔绝，形成了独特的独龙江文化。即使解放后通了公路，但仍然有长达半年的冬季封山。直到2015年，高黎贡山独龙江隧道建成通车，彻底结束了独龙族与世隔绝的历史，喧嚣的现代文明进入了这片古老的土地。

女子文面，是独龙族最独特的传统习俗。独龙族为什么文面，据当地人口述和相关资料显示，有以下三种说法：

第一种说法：独龙江流域曾长期处于北边强势的西藏（察瓦龙）土司的统治之下，历史上藏族土司经常南下抢掠独龙族女子。为求自保，独龙族女子只能用毁容来抵抗。

第二种说法：独龙族人认为，人死后灵魂要去到祖先居住的地方，只有文了面的人才能找得到正确的路，不文面的就会迷失方向，去不到祖先居住的地方。

独龙族人认为，人死后的灵魂，会变成蝴蝶，所以文面的图案，是根据蝴蝶展翅的样式来绘制的。

第三种说法：文面的图案是独龙族家族区别的象征，根据不同的图案，就能知道大家分别从哪一个氏族而来，住在哪个村庄。

三种说法都有一定的道理，但毕竟年代太久远，已经很难有确切的答案了。有可能三种说法都成立，也许早期是为了自保，后期则变成了图腾说，然后文面师再略作修改，用于分辨哪个氏族。无论如何，独龙族文面女是当今世界上为数不多尚存的文面现象之一。

直到解放后，随着外界文明的影响，审美观的改变，独龙族结束了文面的历史。

因此，今天还能见到的文面女，犹如独龙族的传统活化石。

我在云南民族村见到独龙族文面女董春莲，她坐在独龙村寨的火塘旁烧一堆大火，火塘上吊着一壶煮开的水，淡淡的青烟弥漫了整个屋子。她的儿媳坐在有光线的门口绣一只鞋垫，十字绣，图案是两只大熊猫。有两位走进来的其他民族寨子里的女人，他们开始用我听不懂的民族语言闲谈。

董春莲坐在火塘旁边的凳子上，温润的水汽氤氲着文着蝴蝶图案的脸庞，那蝴蝶正张开斑斓的翅膀，低头惶惑的瞬间，那面庞上的蝴蝶一起一伏飞到仿佛时间都在此静止的独龙江上。

这时候小儿子熊文华走进来，英俊的小伙子，下巴颏上长着几根胡须，笑起来依旧很纯洁。当我和他母亲交流的时候，他就在旁边，为不太会说普通话的阿妈翻译着。

"阿妈也常常会在民族村外面遇上很多好奇的目光,通常我们都会主动跟人家介绍,这是独龙族特有的文面,阿妈,是最后一个文面的独龙人。"熊文华说。

他们工作的地点,就在云南民族村的独龙寨。

云南民族村在云南省昆明市西南郊的滇池之畔,占地面积2000多亩。是反映和展示云南26个民族社会文化风情的窗口,这里常年旅客云集,热门非凡,是云南重要的旅游线路。

为了更真实地展现生活状态,很多的民族村寨都由本民族人来经营,吃住都在民族村里的。

我在聊天的十几分钟时间里,有很多人慕"最后一个文面女"的名气而来,找到董春莲的小木屋。在这里,干栏式小木屋与独龙江边独龙人世代居住的小木屋几乎一样,只是少了高黎贡山下奔流而过的美丽又凶猛的怒江。

董春莲通常会与儿媳一起织独龙毯——这种七色织物是独龙人生活必需品,独龙毯睡觉时可当铺盖,外出、劳动时又可当外衣。

和游客拍照,是董春莲的日常工作,无数长焦短焦镜头聚焦她、定格她,面对游客诸多拍摄要求,她从未有过不耐烦的时候。作为独龙族传统文化的传承人,她明白自己肩上的担子。来民族村十几年了,城市的车水马龙从未打乱过董春莲一家的生活节奏,他们按照在独龙江边的生活、劳作方式,向来自世界的游客展示独龙族的活态文化。

撕开一条怒江大峡谷,董春莲的故乡就在怒江大峡谷里面,多少年来,她们出行只能依靠溜索渡过涛涛怒江。不过现在好了,基本上每个村口都能有一个铁索桥。

石月亮在高黎贡山山脉中段3300米的峰巅,是一个巨大的大理岩溶蚀而成的穿洞,洞深百米,洞宽约40余米,高约60米。沿着怒江北上,百里之外,就可看到这个透着白云蓝天的石洞,它有一个好听的名字，叫石月亮。它仿佛是开天辟地就耸立在那里，在傈僳族古老的大洪水神话中，它就已经存在了。傈僳语称它为"亚哈巴"，就是石月亮的意思。

董春莲居住的独龙江乡是中国人口最少的少数民族之一独龙族唯一聚居的地方，是中国独龙族民族文化传承保护区（已于列入国家非物质文化遗产目录），是高黎贡山国家级自然保护区和"三江并流"世界自然遗产的核心区之一。

独龙江河谷是一个遥远而神秘的河谷，境内最高海拔4936米，最低海拔1000米。峡谷中保留着完好的原始生态环境，蕴藏有丰富的自然资源。

然而，山重水复，积雪冰封的地理、气候环境使它处在一种与世隔绝的状态中。独龙江作为"三江并流"的核心区之一，是除了人们熟知的金沙江、澜沧江、

这个地方存在着太多不为人知的东西。

董春莲说，女孩长到十二三岁就需文面，用竹签蘸上锅底的烟灰，在眉心、鼻梁、脸颊和嘴的四周描好纹形，然后用荆棘刺出图案，并马上敷上锅烟灰着色，所文图案终生不退，成了永远也擦洗不掉的记忆。

如今，最年轻的文面女有60多岁，年纪最大90多岁。随着这些文面女的相继离世，从曾经的上百个文面女，到今天只有不到20个文面老人。

"文面承载了她们一生的记忆。"

"在那个年代，我们民族的女孩子长到十二三岁时，是一定要文面的，表示已成年。母亲、阿姨都文面，我们也觉得这是很顺理成章的事。我大姨给我文的面，那时也没有麻药，文面很痛，眼睛和嘴肿得都张不开。"

说起文面时没有麻药带来的痛苦，董春莲用手蒙着脸不停地摇着头。

"我们民族内部的小伙子并没有觉得文面是丑陋的，一样能获得小伙子的爱情。"

董春莲说完仰脸笑着，然后看着门口的阳光，唱了一首独龙族的情歌。

猎人的牙齿缺了
是因为咬断过老虎的骨头
你的头发白了
是因为走遍了雪山峡谷
……

歌声开放，如阳光用忧郁的露水包裹着早餐的花朵，歌声唤醒了林中的山泉，那是汉民族无法可比的简单而深刻的快乐。心中袭来一阵波涛，莫名的心绪奔涌，像模糊不清的面影抬头看到一团淡如荧石的光，是高原的云，还是山峰上的积雪呢？

历史在时间里发生又在时间中隐去。一条河流，养育了万千生灵。

山岩上的苔痕，
是泉水流过的痕迹；
眼角上的皱纹，
是泪水流过的痕迹。

树叶上的伤疤，
是虫子啃咬的痕迹；
心坎上的伤痕，
是思念你时留下的痕迹。

一个没有自己文字的民族，她们的歌唱，犹如植物对世界重新开口。

怒江东西两岸的独龙寨人们"隔岸谈话听得见，见面握手走三天"，这绝不夸张，有的地方哪怕走十天也难握手言欢。而且江水湍急，暗礁横斜，渡船是不可能的，于是人们只有"飞"过峡谷，才能不断绝两岸间的联系。

她们有她们的生活，她们将按照我们民族的习惯继续自己的生活，当然也会有变化。

董春莲在昆明的生活自成一统，仿佛与车水马龙的都市生活没太多关系，更多的时候是想念逝去的丈夫、那些文面的老姐姐和独龙江畔的木头房子。"我家两层的木头房子就在独龙江边，是和老伴一起建的，在江边种种庄稼过日子。家乡前两天带来消息，6月又有一个老姐姐走了。几乎每年都有人不在了，见的机会越来越少了。民族村有假期，就回去看看老姐妹。"

2006年的9月份，董春莲和小儿子熊文华在贡山县十字街等车回独龙江时，碰到了来自民族村的招聘人员。"民族村建了独龙寨子，想找你们进去工作，展示独龙族的文化，在那里生活就像在家里一样。"招聘人员说。

在大山里生活了半辈子的独龙族人，觉得外面的生活难以适应。但最终，在贡山县旅游局的劝说下，她和8名独龙族同胞一起坐上了去昆明的车。

3天后，她们走进了这间隐匿在城市"民族村"中的"独龙寨"。十多年时间里，董春莲重复着一样的劳动，日复一日地编织独龙毯——这种最能代表独龙江文化的民族服饰，以等待游客的光临。

"昆明今年雨真多，时不时就下雨，独龙江也应该下雨了吧。"

董春莲坐在云南民族村独龙寨的小屋里用夹生的汉语喃喃道。木屋里光线灰暗，火塘里的火光映在她满是花纹的脸庞上。

进门的游客好奇地打量着这位脸上有奇异花纹的老妇人，观察着屋里的各种装饰。

刚来昆明的前3年，免费让游客拍照，董春莲的眼睛被相机的闪光灯刺坏了，经常红肿、流泪。现在由于拍照收费，拍照的游客已越来越少。

一起来民族村上班的人，已有5人回了独龙江。整个独龙村寨里，只留下董春莲一家。董春莲的儿子熊文华，每天下午5点30分，都要在刀杆广场为游客表演，当广场上响起《独龙酒歌》的音乐时，董春莲便伏在木屋门口的栏杆上跟着清唱。

每次这个时候，总会勾起董春莲的思乡之情。表演结束后儿子还要去各村寨进行交流，董春莲和儿媳简单地吃过饭后，便回宿舍看电视、睡觉，等着次日早上8点的到来。

从独龙江到昆明，从打猎、种田的农耕生活到每天重复一样的工作、每月拿固定工资。作为第一个走出独龙江的文面女，60多岁的董春莲在向游客展示独龙族特有技艺的同时，也在让自己尽力融入城市生活。

2011年，儿子结婚了，不久小孙子在民族村降生，民族村独龙寨子里多了小孩子的笑声。董春莲抱着孙子在民族村玩耍时，突然发现其他民族寨子里也出现了许多孩子，孩子们的出现让董春莲高兴，成长中的一代人需要文化，需要离开故乡，需要知道城市和世界，孙子成长的日子，缓解了她的思乡之苦。

近几年，好几位文面女相继去世，突如其来的噩耗常常勾起了董春莲回家的迫切心情。

她的家乡是被外界称为"神域"的地方。

风光壮观、文化神秘、民族质朴，而又被赞誉为真正的"世外桃源""人间天堂"。

讲起自己的民族，董春莲说自己和一个好姐妹曾经见过习近平总书记。她就是70多岁的文面女李文仕。

站在火塘边的熊文华打开了话匣子，"以前住木板房，四面透风，吃饭睡觉都在一起。现在政府帮我们盖了新房子，风刮不着、雨淋不到，有客厅、有厨房、有卧室，国家对我们实在太好了。"

讲到李文仕，熊文华思绪回到了两年前。文面女李文仕第一次坐飞机到了省城昆明，更重要的是她见到了习近平总书记。她和同伴董春莲一起用独龙族语唱了首自编的"感恩歌"，表达感激之情。

那时间母亲几天都睡不着觉，太激动了。熊文华说。

李文仕回独龙江后，更是把见到习近平总书记的事一一向村民讲述，把总书记对独龙族人民的关怀、鼓励传递给村民。当大家听到习近平总书记鼓励独龙族学好生产本领，增强自身发展能力，自力更生，过上幸福生活的话，都很激动。总书记这么重视民族地区发展，这么关心我们少数民族，大家对未来的生活充满了信心。

现在村里水泥路修好了，出行方便了，村容村貌变漂亮了，畜牧业、中药材种植业在加快发展。两年过去了，李文仕家发生了巨大变化：三个女儿都已经成家立业；农闲时她会到乡里赶集卖独龙毯；女婿买了一辆车跑运输，一个月有三四千元的收入，不比我们在城里的收入差……

董春莲坐在火塘边教六岁的小孙子徐殚嘎普用独龙语数数。

青黑色的蝴蝶文面在火光的掩映下透出神秘美感。

生活在民族村多民族小朋友群体里的徐殚嘎普可以听懂独龙语，但说起来却不大麻溜。

"幼儿园都是说汉语，只有在家的时候我们会跟他讲独龙语，等他再长大一点，上了小学我就开始教他独龙文，接受双语教育。"父亲熊文华说。

他们希望徐殚嘎普能吸收城市与独龙寨里的精华，成为一个推动民族文化融合的人。

徐殚嘎普觉着奶奶是这个世界上最特别的人，不单单因为她脸上有着独一无二的文面。阿爹阿妈都听她的话，可她又是那么和蔼，从不发火，也不打骂人。要是"村"里人有什么需要帮助的地方，她绝对是第一个伸出援手的人。

作为媳妇儿，杨如春还记得，刚刚与丈夫新婚时，家里经济条件不算好，"但每次阿妈要回独龙江的时候，都要买上大兜小兜的东西带回去，不但会分给亲戚，还要分给其他文面女。而要是老家有人生病、生娃娃要到昆明来，阿妈都会包个红包送去，虽然我们能力有限，但能帮一点是一点。"

杨如春也是独龙人，跟董春莲成为一家人后，她还学到了许多独龙民歌和织布技艺。

云南民族村里聚居着多个民族，民族"大家庭"的和谐、幸福，除了各自民族的节日互相庆祝之外，年轻的一代也开始有了爱情产生。平日里常约在一起吃饭、唱歌、跳舞，像他们回家的路那样，歌声是爱情的纽带。

四、保疆固边，军民鱼水一家亲

"中国那么大，独龙江不能少；新兵那么多，独龙族要有一个；保家卫国，一个民族都不能落下……"

云南省贡山县独龙江乡马库村青年江豪，告别父老乡亲踏上从军路。十里八乡的乡亲像过卡雀哇节一样，披上独龙毯、敲起铓锣、载歌载舞一路欢送。青年江豪，是近年来独龙江乡走出的首位士兵。

近年来，云南省将征兵和精准扶贫相结合，推出"兵役扶贫"系列举措，同等条件下，优先征集建档立卡扶贫对象和15个云南特有少数民族青年。尽管如此，由于人口基数小等原因，这几年独龙族一直没能实现零的突破。

今年征兵工作展开后，贡山县征兵办先后6次组织工作组走进独龙江乡开展征兵宣传。

独龙江乡武装部部长胡晨鸿更是走遍全乡6村41寨逐一动员。

在马库村青兰当小组，适龄青年江豪拦住胡晨鸿表达了参军意愿。江豪家世代居住在边境一线，距中缅边境北段41号界碑仅3公里。边防部队官兵每次踏边巡防，都从其家门经过。为独龙江隧道贯通，武警官兵付出了常人难以想象的艰辛。耳濡目染，江豪心中埋下了一颗绿色的种子。

"独龙族群众自古就有保家卫国的传统。"贡山县人武部部长付吉介绍，1913年，英帝国主义企图通过独龙江进犯西藏，独龙族人民奋起抵抗，粉碎了帝国主义的阴谋。现在的独龙江乡，有房屋的地方，屋顶上都插有国旗，宣示中国的主权。

从体检、复检到役前训练，江豪数次穿过独龙江隧道。从过去出一趟独龙江要走三四天，缩短到后来的七八个小时，再缩短到现在的3个多小时，独龙族通向外界的路从没有像今天一样方便快捷。

"穿过官兵为我们打通的隧道，我也去从军！"

昔日，武警官兵为独龙族打通了隧道，今天，他穿过隧道去武警部队服役，这真的是一个幸福的巧合。

解放前，独龙族人一直过着延续了几千年的"树叶蔽体，茹毛饮血，构木为巢"的原始生活。据文史资料记载，1952年，当中国共产党派出由武工队干部组成的一个工作组翻越雪山来到独龙江时，当地人竟害怕得全都躲了起来。工作组做了大量的工作，开导思想、宣传发动，甚至挖药材换成盐送给当地人，才跟独龙族同胞有了深层次的接触，逐渐得到了独龙族人的信任和支持。

1960年，中国人民解放军边防某团一连进驻独龙江，1978年，独龙江边防派出所成立，1983年，解放军连队撤出独龙江。目前，独龙江边防派出所是驻守在独龙江的唯一武装力量。

自边防官兵进驻独龙江以来，目睹独龙民族世代"观天计时、结绳记事"的原始公社生活。

学之无堂伐木建盖，教之无师官兵担任，行之无道凿山修路，种之无田开荒凿地，炊之无米手把相传，食之无盐免费馈赠。

由是，大山深处奏响了独龙民族走向希望的强音，由是，独龙江畔唱响了一曲警民鱼水一家亲的赞歌。

过去，要进独龙江，就必须翻越雪山连绵、峡谷陡峻的高黎贡山。而人们修建的65公里人马驿道，走完就需要三天时间。后来，在国家整乡帮扶计划的大力援助下，一条长约7公里的隧道贯通高黎贡山，这才真正打开了独龙江的神秘之门。除了生活聚居在这里的4200多名独龙族群众，把独龙江视作自己故乡的还有驻守在这里的武警边防官兵，他们也已经把这里的百姓当成自己的亲人。

"雪山环抱，江河为池。"美丽的人间画卷和恶劣的生存环境，从列兵到烈士的距离其实并不遥远。

一名记者这样写道："1982年，一名叫齐当此的战士在雪山上误食了毒菌不幸去世；在独龙江很多事情是外面无法想象的，别说是误食毒菌，有时为了吃上一次猪肉都要付出生命的代价。"

烈士孔玉录就是在买猪的途中被山石击中，倒在了血泊之中。

1964年，战士张卜得了急性阑尾炎。在共和国总理周恩来的亲自关怀下，派来飞机从缅甸绕道空投药品，但最终没有挽回张卜的生命。这种只要一名医生、一把手术刀、一瓶青霉素就能解决问题的常见病，却无情地夺去了一名年轻士兵的生命。

1977年，战士张枝繁为了给战友和当地群众探路，跌落悬崖，献出了自己18岁的生命。

1979年，战士刘金国下乡经过一座年久失修的独木桥时，不幸掉入江中，溺水而亡。

1991年，战士庄云在帮驻地群众砍柴时，不慎滚下山崖牺牲。

2001年，北京籍战士于建辉在抢修公路时，坠江溺亡。

他们的人生才刚刚开始，来不及书写自己跌宕的青春，甚至还来不及好好谈一场恋爱，就永远长眠于独龙江。

如今，8名烈士静静地躺在独龙江乡巴坡村以南数百米的一处山坡上。那里有一块小小的墓园，园门用水泥砌成，结构简单而粗糙，只能依稀从门柱上的挽联"干革命不讲条件，保边疆为国献身"才看得出来，这是一座烈士陵园。

2011年新年伊始,在刚到任的所长钟家勇的带领下,独龙江边防派出所的全体官兵冒雨来到巴坡烈士陵园,给8名烈士敬烟、敬酒,然后排成一列,三鞠躬,敬礼,他们的手久久没有放下。

去巴坡烈士陵园扫墓几乎成为历任所领导到任和新警分配到独龙江后必做的第一件事,也是每一个到独龙江视察的部队首长的行程安排中不可或缺的重要一项。尽管8座坟茔多是衣冠冢,他们虽然不是战死在沙场,但一样的光荣!

由于路途遥远,迄今为止,只有烈士张枝繁的亲属曾经来独龙江扫过墓。烈士于建辉牺牲的那年,他的父母千里迢迢从北京赶到怒江,想见见儿子最后战斗过的地方,可是,当时独龙江已大雪封山,内外隔绝,就连这样一个小小的愿望,两位失去儿子的老人都未能如愿。

"各位烈士,今天我带着兄弟们来看望你们,希望你们在天之灵保佑我们全所官兵平平安安!愿你们安息!"离开巴坡烈士陵园时,所长钟家勇说了这么一番话。这是对烈士和对生命的敬畏,钟所长解释说。

"开山的时候,我们会定期去县医院体检,发现病情马上可以请假出去医治。要是封山期间,我们就只能祈祷不要生病,要是运气不好,患上难以治愈的急症,恐怕就得'光荣'在独龙江了。"所长钟家勇希望得到烈士们的佑庇,给所有人带来好运气。

每年,怒江边防支队在封山前夕都会选派医生进驻独龙江,充实边防派出所医疗小分队的阵容。不过,毕竟术业有专攻,每位医生各有所长,不能包治百病。

"生死有命。"这是驻守在独龙江的边防官兵的一句口头禅。对于这点,警官苟国伟深有体会。

2009年10月,他探亲结束从县城返回单位,所乘坐的农用车抛锚在渺无人烟的半路,沿途又没有手机信号,无法求助,无奈之下只得在山上过夜。10月的独龙江,早晚温差已经非常明显,特别是山上,往往是白天着短袖,晚上穿大衣。

"要不是司机大哥硬逼着平素滴酒不沾的我一口气灌下一瓶二锅头,估计那晚我会被冻成一具僵尸!"后来,苟国伟回忆道。

同年12月,他患上严重感冒,跟着接送交流干部的支队领导连夜往县城赶。车到海拔四千多米的黑普垭口时,大雪堵住了去路。幸亏当时人多力量大,很快疏通了道路,大伙及时把他送到了医院。苟国伟在病床上一躺,就是一个星期。

2010年9月,苟国伟下乡时被蚊虫叮咬,不幸染上了疟疾。他被紧急送到县医院,在医生们无法确诊的情况下,又连夜赶往州府进行医治,才得以康复。现在苟国伟回想起来还说:"后来,我查了关于疟疾的相关资料才知道,当时要是再迟些,神仙也救不了我!真的感到后怕!但总算是有惊无险,捡回了一条命。"

疾病并非威胁生命安全的唯一因素。

独龙江流传着一句话:"人吃的东西少,吃人的东西多。"早些年,独龙江时有野兽袭击人的事情发生。据老一辈的独龙江边防军人讲述,以前每年被野兽咬死的人不在少数。烈士邱旦史就是在巡查位于独龙江辖区内、号称"死亡界桩"的中缅43号界桩的途中遭遇野兽,把生命留在了独龙江。

如今,随着人烟的逐渐增多,野兽倒是少见了,不过,四处游荡的毒蛇却仍让人毛骨悚然。

"多年来,独龙江边防派出所至今未发生一起官兵被毒蛇咬伤的事故,归功于平时安全防范教育做得好!"一份总结材料上有这么一句话。

其实,防蛇这件事,不用"教育"都深入人心。所有人心里都很清楚,整个独龙江乡都没有解蛇毒的抗毒血清,估计县医院都少有。聊起此事,一位警官调侃着说:"要是被毒蛇咬伤,等送到州府六库时,大可不必上医院了,直接送到殡仪馆得了。"

下乡办案、走访，所有官兵都打着厚厚的绑腿，拿着长棍子"打草惊蛇"。

在蛇特别多的巴坡村，驻村警务室的官兵还特地养了条狗，每天睡觉前先让狗进屋侦查一番。若狗狂吠不止，则表示有蛇侵入，必将蛇找出并赶走方能安心睡觉。

"进京赶考、进藏、进独龙江。从古至今，去某个地方一旦用'进'字，都是最艰苦的旅途。"这是一个著名的记者来到独龙江采访后所说的一句话。进独龙江，不仅仅只是艰苦的跋涉，运气不好时，还会要了人的命。

1999年，第一辆汽车开进了独龙江，结束了中国最后一个不通公路的少数民族聚居地的历史，中国最后一支国营马帮终于解散。

通往独龙江的唯一一条公路全程不足100公里，却要让一辆性能良好的越野车在泥泞中颠簸至少7个小时以上才能到达，换作驱动能力稍差的车，时间更长。当然，途中还得祈祷老天保佑不发生塌方、滑坡，前面行驶的车辆不发生故障，不堵车。

这是一条让探险者也畏惧的路。路的一边是不时有滚石坠落的高山，另一边是一眼望不到底的悬崖。路面很窄，碰到会车时，有时甚至要开好长一段时间的倒车，才能找到一个刚刚足够错车的位置；两辆车几乎是贴着车身过去的，稍有差池，处于外线的车很有可能被挤下万丈悬崖。

在这条路上，车毁人亡的惨剧不计其数。越野车、农用车、摩托车、拖拉机、挖掘机、推土机等等，从悬崖掉下去，要么摔成饼状，要么支离破碎，从来没有幸存者。从那么高的地方掉下去，即便是坐在坦克里，恐怕都凶多吉少！

因为路况实在太差，至今，进出独龙江还没有客车运营。官兵们进出独龙江，除了公事可以用上级给所里配发的猎豹越野车外，基本上都是搭乘地方上拉货的农用车。车费一直在涨，从两年前的50块钱一直涨到如今的100块钱。

警官邓湘河在独龙江边防派出所工作已经3年了,他说:"每一次进出独龙江,其实都是一次生死考验。"每次进山或者出山,邓湘河都会选择靠山边的位置,"再困再累,眼睛也不敢眯一下。手会下意识地牢牢抓住车门的把手,另一只手把明明知道没有信号的手机像救命稻草一样紧紧揣着,一旦有紧急情况,只有一个动作——开门跳车,能多快就多快!"

官兵们都有这样一种想法:进来独龙江了就不想出去,出去了就不想进来。警官高耀旺在日记本上写道:"要活,就要活得精彩;要死,我绝不希望是倒在进出独龙江的路上!"

这里没有硝烟,但它是拷问灵魂的战场。这里没有战争,但你是自己最大的敌人。

一位20世纪80年代初期在独龙江战斗过的前辈在回忆录里这样写道:"那样的日子对一个心理健康而意志稍微薄弱的人来说,无疑是一种残酷的折磨,而我们驻守在西南最前哨的官兵们则注定要承受这种磨砺。没有电灯,没有电话,与外界的联系只有靠连队的电台,长达半年的封山期,看不到一张报纸,收不到一封家书,报纸杂志也只能订半年,因为封山期无法送达邮件。不说半年大雪封山后那种与世隔绝的寂寞苦凄,大部分新兵头半年哪一个不是哭得死去活来。最要命的是山里物资贫乏,吃的用的玩的,要什么没什么。"

时隔30年后的今天,在当地人看来,独龙江的确是发生了翻天覆地的变化,然而,对于从现代都市来到独龙江的人们来说,独龙江依然是"要什么没什么"。

2004年,中国移动在独龙江建起了第一座信号塔,租用中国卫星通讯信号从而结束了独龙江"放炮传信"的历史。

移动基站的容量仅够15部手机同时通话,且经常发生故障。于是,当地人常常可以见到一个奇怪的景象:晚饭后,官兵们在所领导的统一组织下,一起跑步去8公里之外的另一个基站所覆盖的范围内打电话。

几年前，独龙江有了一个小型的水力发电站，但由于水量不足，断电现象时有发生。一旦停电，派出所的部分工作就陷入瘫痪状态，因为户籍办理需要用电脑打印，执法办案照样离不开电脑，卷宗里大多数内容是不能手写的。一停电，手机信号也随之中断，连最基础的接处警工作都难以开展。独龙江边防派出所值班室的报警电话是一个手机号码，而不是"110"或者其他座机号码，这在全国所有派出所中，恐怕都是绝无仅有的。

独龙江没有固定电话，没有宽带，没有网吧，没有电影院，没有咖啡厅，没有邮电所（只有一个由退休干部担任的邮递员，开山期间才开始工作），甚至没有一间理发店，当地人理发几乎都是"自理"。稍讲究点形象的，就去找边防派出所的官兵帮忙理发。

去年年底，独龙江才有了第一家金融服务机构，但只限在独龙江里面存取，无法跟外界联网。街道上开设了几家小超市，可以买到日常用品。商品的库存量很少，高昂的运费致使物价比外面要高得多。特别是封山期间，越到后期东西越贵。现在封山不过一个多月，原本只要5元钱的牙膏已经卖到10元钱，还供不应求。店主们乐呵呵地等着收钱进腰包，根本不用和顾客讨价还价，反正就是一口价，你爱买不买。

建在派出所对面的小型农贸市场几乎只是一道摆设，没有一家菜摊，见不到一个卖菜的。

当地人把卖东西看成是一件羞人的事情。

想吃猪肉，得提前跟杀猪匠预定。由于人多肉少，有时还排不上号，要等到下一次杀猪才能买到猪肉。封山期间，甚至连一个烂掉的土豆都会被细心地削去腐肉，填进人的胃里。

2003年，边防派出所从巴坡村的老营房搬到了位于孔当村的集办公和住宿为一体的综合大楼。2010年，在上级的帮扶下，独龙江边防派出所经过多方争取协调，筹集到资金30余万元，建成一个后勤生产基地。官兵们自力更生养猪喂鸡，在大棚里种植蔬菜。尽管如此,尽管独龙江边防派出所的伙食标准在怒江边防支队所有单位中是最高的,但在封山期间,罐头食品和干货仍然是官兵餐桌上缺少不了的菜肴。

独龙江能接收到的电视节目寥寥无几。电影也相对较少,翻来覆去地看,在独龙江工作时间稍长的官兵有的甚至连一些影片里的许多台词都背得下来了。2009年,贡山县政府送了边防派出所一套点唱设备,由于天气潮湿和使用频率太高,这套价值4万元的设备没用多久就已严重老化。

所里有一个篮球场,然而在一年当中有八个月为雨季、年降雨量超过4000毫米的独龙江,想打一场篮球都得看老天的脸色。幸而,边防派出所还有一个小小的图书室,那里成为官兵们休闲的最佳去处。

每年,官兵们都会赶在封山前往自己电脑里装游戏、拷贝电影,直到所有磁盘都爆满。MP3、MP4、PSP等电子产品准备得一应俱全,有的官兵还不惜花费两个月的工资买来单反相机,为的就是在工作之余给自己找到点乐趣。封山期间,最怕的就是你没爱好,找不到事做,那样非得闷出毛病来不可。

前年,云南边防总队首长到独龙江视察工作,给官兵们送来了笔记本电脑和无线上网卡。尽管网速抵得上蜗牛爬行的速度,但这足以让官兵们欢呼雀跃了!能上网,哪怕几乎所有的网页都很难打开,至少,在心理上,官兵们不至于觉得跟现代社会太脱节。

在独龙江,官兵们几乎没有过生日这种概念。2009年封山期间,警官黄华在巴坡村警务室度过了令他一生刻骨铭心的25岁生日。那天早上,接到一村民报警称牛丢了。于是,两位同事急匆匆地赶往报警的那户人家,黄华一个人在警务室留守。傍晚,同事还没有回来。一盒方便面,成了孤零零的他25岁的生日晚宴。无独有偶,警官小刘27岁的生日是在一起命案现场过的,陪伴他的只有旁边一具冰冷的尸体。

逢年过节,是官兵们最难挨的时光。2011年元旦节那天,天空飘着雨夹雪，异常阴冷，独龙江已断电达半个月之久。晚上所领导组织全所官兵围在一个房间里烤火取暖，大家唱起了关于思乡的歌。唱着唱着，声音开始有些呜咽，继而，一名女警官忍不住失声痛哭起来，房子里突然变得非常沉寂，只听得见独龙江水滚滚流去的声音。

"来到独龙江，你必须战胜自己！要不，你会觉得日子很难过。"作为一名两度来到独龙江工作的老兵，副所长韦朝乃经常对官兵们讲这样的话。韦朝乃军校毕业即被分到独龙江工作，后来他被调到位于贡山县城的一个单位，两年前，他经过副营职干部培训后再次进入独龙江。

为了缓解封山期官兵的压力，对官兵可能出现的心理问题及时进行疏导，今年封山前夕，怒江边防支队选派了一名国家二级心理咨询师进驻独龙江。

而真正的寂寞，是发自内心深处的，感觉就像一只老鼠在背上慢慢蠕动一样，不痛不痒，却足以让人抓狂。

身处独龙江，要想不让寂寞和孤独吞噬自我，除了自己，没有人可以拯救你！

"在独龙江，就算天天睡觉也是一种奉献！谁说不是，叫他来封山半年试试！"

一名到过独龙江的领导曾经这样说过。

当然，官兵们不认同这样的说法。即便是大雪封山、与世隔绝期间，边防派出所的工作从不曾落下，包括当前全国公安机关正在开展的开门评警活动，在独龙江都做得有声有色。

在独龙族人民的木楼上、火塘边，一个个警民鱼水情深的动人故事被独龙人一代接一代传颂。提起边防官兵，他们总是会说这样的一句话："恩呢底儿麦场嗯！"（独龙语：我们都是一家人）

独龙江边防派出所斜对面住着一户人家，户主是一个姓朱的老汉，重庆人。1989年，老朱背井离乡、独自一人来到独龙江谋生。那时艰苦的生活让他至今回忆起来都老泪纵横。

"白天干活很累，伙食相当差，夜里还被蚊虫叮咬而睡不了觉，有时候一晚上我都抱着枕头躲在被子里哭，想家。那种滋味啊，有时真感觉生不如死！苦啊！后来，我看到当地人有什么病痛都上边防派出所找医生，我就抱着试试看的心理去讨要防治蚊虫叮咬的药。没想到，他们不但给了我药，还客气地叫我有空多去坐坐。从那以后，我没事就经常往边防派出所跑，跟官兵们吹牛聊天，打球下棋。"

就这样，一来二去，孤身在外的老朱把边防派出所当成了自己的家，与边防官兵结下了不解之缘。

2001年，老朱靠多年的打拼，成了独龙江的一个工程老板。当年，他把妻儿老小从老家接到了独龙江。从那时开始，每年春节，老朱都会备下一顿丰盛的饭菜，邀请边防派出所全体官兵到家中吃饭、喝酒。

2004年，巴坡烈士陵园进行修缮，烈士们的坟茔需要搬迁。当时，边防派出所的领导联系了不少工程队，但没有人愿意接这样的活计。在他们看来，打扰亡灵，是会给自己带来噩运的。就在所领导发愁的时候，老朱自己找上门来，拍着胸膛说："这事我来干！"家人出于担心极力反对，老朱却说："他们都是我的弟兄，自家人怕什么！"

烈士们不但没有给老朱带来噩运，反而带来了逢凶化吉的好运。2006年，老朱的妻子毕井桂两次突发腹绞痛，危及生命，都是靠边防派出所医生的救治才化险为夷。2009年深冬的一天，老朱的儿媳与婆婆吵架后一时想不开，跳入独龙江中，警官苟国伟从冰冷刺骨的江水中将其救出。

现在，老朱幸福地生活在独龙江畔。一家人和睦安康，尽享天伦之乐，他甚至不打算回到重庆的老家落叶归根了。

比起老朱的故事，马库村武装干事马国新三死三生的经历更具有传奇色彩。

马国新曾三次遭遇横祸,濒临死亡的边缘,然而每次万分危急之时,都有边防警察施以援手、及时救助,最终让他三次都与死神擦肩而过。

1983年7月的一天,马国新在去另一个村寨的途中被毒蛇咬伤了右脚,中毒后昏迷不醒。闻讯赶来的卫生员潘世德不顾自己中毒的危险,毅然伏下身去为马国新吸出毒液。经过精心治疗,一个月后,马国新康复了。不幸的是,1996年7月19日,马国新再次被毒蛇咬伤,生命垂危。还是同一个村寨、同一间房屋,十三年前卫生员潘世德用嘴为马国新吸出蛇毒的一幕重现,另一官兵李新用嘴吮吸毒汁,把他再次从死亡线上拉回。2002年11月25日,马国新砍柴时不慎被斧头误伤了小腿,伤及动脉。由于失血过多,当晚,马国新已奄奄一息。得到求助消息的医助龙内清连夜赶到马家,对马国新进行抢救。这一次,马国新再次死里逃生。

如今,马国新担任村武装干事已有很多个年头。不管是巡查界桩,还是开展警民联防,他都是最积极主动的一个。只要有边防官兵路过他家门口,不管认不认识,都会被他们全家热情地拉进家里,奉上独龙族待客的最高礼节。

几十年前,为了让独龙族人告别刻木记事、结绳计数的生活,官兵们创办了马库警民小学。买不到黑板漆,就用锅底灰涂了一块黑板;买不到粉笔,就把黏性较好的白泥捣碎,合成稀泥后灌入细竹筒晒干,制成被官兵们戏称为"独龙牌"的土粉笔。几十年后,尽管马库警民小学由于当地教育条件的提升而退出了历史舞台,但马库警民小学培育出来的很多学生现在当上了医生、教师、工人、演员、军官,有的还走上了县一级领导岗位。

"边防警察叔叔们真好!不仅送我们新衣服、新书包和新文具,还经常找我们谈心,给我们补习功课。感谢他们!"曾被温家宝总理亲切接见过的独龙族学生孔利民对前来采访他的记者这样说。

独龙族文面女,素有独龙族文化"活化石"之称。近年来,官兵们跋山涉水，走遍了独龙江的村村寨寨，为独龙江仅存的39名文面女看病送药，并建立健康档案和信息电子台账。

中校女警官徐盛丽因此被独龙族群众誉为"最美女军医"。《中国民族报》的一篇报道称："关爱活动的开展，在给文面女带去健康的同时，有效保护了独龙族独特的人文奇观，能最大限度延续这一即将消失的鲜活的历史见证。"

为推动乡风文明建设，通过民警多方协调争取，独龙族村落建起了公厕和垃圾处理场；为托起独龙族明天的希望，民警捐资助学、结对帮扶，还在互联网上发起关爱独龙族困难儿童的活动，争取到了社会的关注；为改善群众的经济条件，民警们帮助困难户进行养殖和种植，继而不断推广，使一批独龙族群众得以脱贫致富；为解决群众出行难的问题，民警们筹资建"连心桥"修"爱民路"，赢得了群众的赞誉；为丰富独龙族群众的精神文化生活，民警组成文艺小分队，下乡为群众表演节目，所到之处人人拍手称好。在实施爱民固边战略活动中，边防警察救死扶伤、捐资助学、访贫问苦、带民致富、修路建桥的事例不胜枚举。

常常可以见到，边防派出所的大门口、屋檐下，有群众悄悄送来的鸡蛋、蔬菜和独龙人家自酿的苞谷酒。不少民警还收到了独龙族群众送给他们的珍贵的独龙族服装和独龙毯。

有人说，爱情一旦到了独龙江，会变得异常脆弱。独龙江，是个爱情被诅咒的地方。

警官苟国伟来到独龙江后，由于地域阻隔，分离时间太长，他的恋情彻底宣告完结，苦苦相恋了4年的恋人最后决然离他而去。

与苟国伟有同样遭遇的还有刘杨、黄华、张会、赵文江、胡全全、王晨光、鄢坤甚至连作为交流干部进来封山半年的女警官龙莹和姚娇，也难逃这样的厄运。

那些在驻地苦苦寻觅爱情的警官，也照样得不到爱神的眷顾。

一位警官跟从外地来到独龙江支教的一个女志愿者相爱了，可是，不久后，女志愿者的工作结束，回到了原籍，他们的恋情随之终结。他一度变得沉默寡言。

一名不愿透露姓名的警官与女友双双来到独龙江工作，本以为会是幸福的开始，却不料临近封山前，这名警官体检出长了个胆囊息肉。上级出于关心和爱护，决定让他封山期间在外面工作。为此，女友和他大吵了一架，提出如果他出去就分手。然而，军令如山，他必须服从，一段原本很美好的爱情就这样夭折了。

另外一名警官与学校的一个代课老师好上了。就在他准备向组织提交结婚报告时，那个老师却突然辞去工作，远走他乡去了一个繁华都市，他唯有独自承受痛苦、悲伤和无奈。

在独龙江边防派出所的历史上，只有屈指可数的几位官兵与独龙江当地的女青年一起走进婚姻的殿堂。警官老梁就是其中的一位。云南省作家协会常务理事、副主席张永权先生在他的《独龙江峡谷的边防卫士》一文中说到这样一个故事：老梁的妻子随他第一次到老家广西北海探亲，公婆见到了这位如花似玉的独龙儿媳，自然欢喜。但有一天在公婆外出时，姑娘却在他家客厅拢了一个独龙人家必备的小火塘，公婆见了很不高兴。在老梁的劝说下，火塘虽然拆了，但妻子总觉得不习惯，老梁只好依她，提前回到了独龙江。

大部分警官则不愿意在当地寻求恋人，发展成为终身的伴侣。对于他们来说，对爱情的盼头要么是让家人在老家物色一个，要么就是等调走，去别的相对比较发达的地方工作再说。他们对爱情其实也很憧憬，幻想着能有一场美丽的邂逅，只不过，幻想中的地点绝不在独龙江。并非因为歧视，生活习惯的迥异、民族习性的不同、语言的隔阂……成为阻拦官兵们与驻地女青年产生爱情的难以逾越的屏障。

警官苟国伟曾经拍下一张照片：地板上写着的"爱情"两个字被一双迷彩鞋踩在脚下。那并不是泄愤，而是对爱情的哀思、缅怀和期盼，是各种复杂的感情揉合起来的产物。

爱情，在物欲横流的当今社会变得越来越廉价，但在独龙江，有时却沉重得让人不惜用生命来捍卫。

一名叫王开义的战士在开展群众工作中，与当地一名独龙族女青年产生了爱情。后来，事情暴露，王开义在被组织追查时躲进山洞，用一颗手榴弹结束了自己年仅20岁的生命。他的坟墓孤零零地建在巴坡烈士陵园的旁边，与别的坟茔隔开了好长一段距离，以示区别。

"看着这坟墓，我百感交集，心里一股说不出的滋味，眼眶湿润了。我想，他虽然死得不光彩，但他也是为了祖国的边疆才来到这里的，他也应该有一份光荣。"曾担任过云南公安边防总队政委、官至少将的军旅作家和国才在他的独龙江日记中这样写道。

当然，无论在哪里，做什么，被丘比特垂青的幸运儿总是有的。

警官吕玉良和他的女友青梅竹马，两小无猜，在驻守独龙江的日子里，吕玉良几乎每天都要给他的女友写一首诗，寄托相思之情。至今，他写出来的情诗足够出一本厚厚的诗集了。

警官苏建华每晚都会和热恋中的女友煲电话粥，最长的一个电话竟然打了三个半小时。每个月，光电话费就占去了他工资的五分之一。

警官杨飞跟大学时的同学也就是他现在的女友聊天，说到种菜的事情。女友嬉笑着说想进来偷他种的菜，他说那得等到夏天来了，雪融化了，路通了。说着说着，女友就哭了。

即将而立的警官小刘在探亲途中偶识了一个外地女孩，女孩漂亮活泼，很理解和支持他的工作，他们打算年底把婚事办了，尽管总是聚少离多，未来的路依然充满艰辛。

官兵们的爱情没有花前月下的卿卿我我，没有浪漫的玫瑰花，没有甜蜜的巧克力他们维系爱情的，只是深夜里蒙在被窝中打电话时的互诉衷肠，彼此隔着万水千山的深情眺望和牛郎织女般一年一度的短暂相聚。

而在2004年之前，信是独龙江与外界联系的唯一途径。大雪封山期间，官兵们就在电台里把写给女友的信读出来，然后请在电台那头的战友一字一句抄写下来，再寄出去，收信也是如此。"电台传情书"，这恐怕是许多人匪夷所思的。

已经娶妻生子的官兵则把爱情演绎成了血浓于水的亲情，他们的爱情厚重得如同与独龙江日夜厮守的连绵不断的巍巍大山。

独龙江边防派出所没有设立家属区，谁都不会把自己的老婆孩子带进独龙江生活。

前任所长马世宏在独龙江工作了四年，连续封了四次山。"由于每年都不能回家过年，以至于年幼的女儿现在经常生我的气，不理我，连电话都不愿接。"马世宏每次提起这件事，眼圈都会变得红红的。

现任所长钟家勇是贵州人，他在云南省福贡县匹河乡工作期间，跟当地学校的一个老师组成了一个幸福的家庭。妻子和女儿在他临行之前吻了他365下，一个吻代表一个祝福。

副教导员陈阿华曾经是全军闻名的"风雪垭口排"中的一员，后来调机动中队担任指导员期间，又作为分队长带队赴西藏执勤，2009年，他被组织委以重任来到独龙江工作。扬州大学毕业的妻子为了照顾老人和孩子，辞去了一份待遇很好的工作。陈阿华说："没有妻子，就没有今天的我！"

副所长韦朝乃在调来独龙江之前，妻子已经办好随军手续，跟着他在一起住了一段时间。接到进独龙江工作的命令之后，他做的第一件事就是马上请假，把妻子送回了老家。

医助李建涛的妻子为了能与他长相厮守，毅然放弃了留在一所大学执教的机会，来到边陲小镇六库工作。然而，命运似乎又和他们开了个玩笑，新婚第三天，李建涛接到了去独龙江的调令。他觉得很愧疚，"我欠老婆一个完整的蜜月！"

央视军事频道正在重播春节特别节目，由著名的歌唱家、舞蹈家、演员组成的一个慰问团来到著名的红山嘴边防连，为战士们演出，甚至还用直升机带来了某位战士的女朋友，场面十分感人。

看到这里，官兵们都哭了。同样是大雪封山半年，同样是坚守边关，要是电视里的场景发生在独龙江，那该是怎样的一幅景象啊！

由独龙江边防派出所回望70年，人民军队从无到有，由弱到强，战胜了一切看似不可能战胜的困难，创造了一个个看似不可能完成的惊天壮举。70年来，人民军队在党的领导下不断从胜利走向胜利，为民族独立和人民解放，为国家富强和人民幸福建立了彪炳史册的卓著功勋。

70年的岁月里，人民军队经历的磨练和困难无数。红军时期，人民军队在衣不御寒、食不果腹而且时时刻刻都有失去生命可能的艰苦条件下，仍然能坚守心中的信仰，丝毫不动摇不胆怯，走出了一条通往胜利的长征之路。在抗日战争时期，人民军队硬是凭着不屈的斗志，顽强的战斗作风，取得了一个又一个令人叹服的胜利。解放战争时期，人民军队凭着坚定的理想信念和无私无畏的精神，最终打出了一个人民当家作主的新中国。

在新中国建设时期，人民军队依然不怕困难，勇于深入到建设第一线带头参加大生产大建设，短短数十年，让中国从百废待举步入世界强国之列。虽然不同的时期使命不同，但其"泰山压顶我自岿然不动"，"风雨之中丝毫不改其志"之坚韧品质却是人民军队不随时变的军魂。

这位警官叙述的边防军人生活，让我看到了真实的戍边原生态的记录，情感的高原、意志的大山和精神的天空。

我们向独龙江戍边军人敬礼！

第五章
香格里拉，心中的日月

迪庆对许多人也许有点陌生，但这里却是许多人的梦想之地——香格里拉，它是美国作家詹姆斯·希尔顿在1933年出版的小说《消失的地平线》里描绘的那块永恒和平宁静的土地；藏语中意为"心中的日月"。

香格里拉，一直是人们心中最美的世外桃源，神秘的梅里雪山、古老的宗教文化、浓郁的民族风情。这是一个充满诗意和梦幻、飘荡着田野牧歌的理想的国度，雪峰峡谷、庙宇深邃、森林环绕、牛羊成群；也是一个各种信仰和平共存的精神的家园。

香格里拉位于青藏高原南缘，横断山脉腹地，是滇、川、藏三省区交汇处。云南省西北部，邻接四川省。"迪庆"藏语意为"吉祥如意的地方"，"香格里拉"即是世人寻觅已久的世外桃源。

1933年，英国作家詹姆斯·希尔顿的长篇小说《失去的地平线》在英国伦敦出版。在书中，詹姆斯·希尔顿给人们描绘出一个名叫"香格里拉"的世界。在那里，雪山、冰川、峡谷、森林、草甸、湖泊为一体的自然景观交相辉映。

是美丽、安然、知足、宁静、和谐等一切人类美好理想的桃源仙境。

在香格里拉各种信仰和平共存，境内拥有世界上几乎所有主要宗教的教堂和寺院。人们和平共处，相安无事。

随着几年后该作品被拍成电影，"香格里拉"就成了世界各民族共同拥有的一个幻想中的乐园，而这个词也变成激励人们努力向前、奋斗不息的美好愿望。

在二次大战期间，美国杜利德飞行中队首次空袭日本本土后，一些飞行员不幸被日军俘虏。在日军审问他们的出发地时，这些飞行员幽默地回答说：

嘎，我们来自香格里拉。

1997年，云南省政府在中甸县召开新闻发布会，向世人宣布：香格里拉就在我国云南。

至此，香格里拉终于从虚拟走向了现实。

整个香格里拉地区地处川、滇、藏交界地域，自然景观雄奇灵秀，树蕨、红豆杉等"活化石"随处可见，仅杜鹃花就有420多种。由于特殊的地理环境，香格里拉自古以来就是连接滇、川、藏的重要通道，茶马古道就从这里通过。

这里居住着25个民族，大家和睦相处，藏、彝、怒、白、纳西、傈僳、独龙、普米、摩梭等民族共同谱写了灿烂的文明，构成了多民族融洽相处的社会景象。另外，天主教、基督教、伊斯兰教、藏传佛教、汉传佛教等在此和平共处，有时还会看到丈夫信奉基督教，妻子信奉佛教的现象。

香格里拉中的独克宗古城不大，却蕴藏着1300年时光浸染的历史沧桑，是中国保存最好、最大的藏民居群，是一座活着的古城。

古城以龟山公园为圆心，从山脚的藏公堂开始，城里的建筑呈放射状有序而自然展开。各民族人民世世代代生活在这山脚之下，而大佛寺和世界上最大的转经筒就建在山顶之上。

独克宗古城的建设布局形似八瓣莲花。

据说曾经有活佛在独克宗古城对面山头遥望古城，发现大龟山犹如高僧莲花生大师坐在莲花上一般。独克宗的建筑材料大都就地取材，各族工匠们用一种白色黏土做房屋外墙的涂料，入夜后，银色的月光与白色的古城交融，在雪域高原上闪烁。

于是当地人就把古城称作"独克宗"。

"独克宗"藏语发音包含了两层意思，一为"建在石头上的城堡"，另一含义为"月光城"。

公元676年至679年期间，吐蕃王国在大龟山顶设立寨堡，垒石为城，这就是历史上著名的"铁桥东城"。独克宗古城自建成后即成为滇、川、藏茶马互市的中转站。

"茶马"指当时滇藏包括四川在内的民间贸易交换，是以茶叶和马匹为主要商品，也包括其他的农副手工业产品。古代摩些人（纳西族先民）将良马、铁器和茶叶、布匹等物，运往中甸、德钦、昌都直至拉萨，又将藏区的红花、虫草、牛皮、酥油、宝石、麝香等物经中甸输入大理、昆明。连接滇藏的吐蕃古道，在宋以后又称为"茶马道"，独克宗也因道路的发展而成为滇藏贸易的重要集市。

明代时，中甸地区两次被丽江木氏土司占领，木氏土司在大龟山建"香各瓦"寨。后又在奶子河畔建"大年玉瓦"寨，藏语名为"尼旺宗"，意即"日光城"。

两寨遥相呼应，构成历史上著名的"日月城"。

现在日光城已无迹可寻，只有一座藏式白塔，诉说着悠久的历史。

另外，独克宗古城山顶的圣地百鸡寺，也是明朝时修建的。寺庙初为噶举派圣地。传说该寺为人消灾去难、化疾去病、求子很奇验。该寺有一特别传统，凡来许愿、还愿者，都要携鸡放生，结果满山满寺都是放生鸡，遂称"百鸡寺"。

康熙二十七年（1688年），达赖喇嘛请求在金沙江互市，清政府批准在中甸城的独克宗建立滇藏贸易的重要集市。古城背后靠着一座小山，名为小龟山，山上有一座朝阳宫，是清康熙年间修建。

到了雍乾年间，这里四方商贾云集，商业有了更大发展。1920年后，古城修筑土城墙。镇内分设金龙、仓房、北门三条街，街道边古朴的木屋一幢接一幢，房屋大多为藏式建筑风格。

改革开放后，经过各族人民的建设、发展，这里已成为一处人与自然和谐共生、生活幸福美满的理想居所。

一、和融共生的茨中村

信仰，本无边界。我依然相信"人之初，性本善"，信仰的力量是无穷的，正是因为这样的信仰，激发了人内心深处的那份善念。

詹姆斯·希尔顿的《消失的地平线》里面描绘的"香格里拉"圣境，是经历了战争与各种灾难的人们追求一个安详的生活栖息地的导航灯。在茨中，我们看到了一个和谐的至真至善"香格里拉"，羡慕之余，其实是我们所有人都希望生活在一个和谐的维度空间。

香格里拉的理念就是各民族和睦相处，不被种族、信仰、习俗所界阂；人与自然和谐相处，对自然索取节制，以一种适度作为行为准则建立起来的文化秩序。

它的重要意义在于体现了人类高度理性的人文文化永恒主题：和谐、自然、发展。

海拔在4000米以上的雪山有470座，较为著名的有巴拉更宗雪山、浪都雪山、哈巴雪山等。气势磅礴，姿态万千。

"高山急峡雷霆斗，枯木苍藤日月昏。"

虎跳峡以其磅礴的气势吸引着中外游人；一线中分天作堑，两山峡斗石为门，苍凉的茶马古道上，许多石门关及滇西奇观的色仓大裂谷以其绝妙的景致向游人敞开怀抱。在雪山深处，在草原的腹地，林海中的碧塔海、属都湖、纳帕海等无数清幽宁静深邃神秘的高山湖泊呼唤人们去撩开她们美丽的面纱。

茨中的"茨"，村庄之意，"中"为六，藏语。旧时该村伙头管辖六村，故名。

多民族杂居的茨中，以藏族、纳西族为主，也有少量的汉族，主要是迁入户。130多户人家中，超过60%信仰天主教，其余信仰藏传佛教；村子里既有教堂，也有白色的佛塔。村民主要有藏、纳西和汉三个民族，村中约80%的村民都信仰天主教，还有信仰东巴教和藏族佛教。

有趣的是，茨中的人们选择信仰，和他们是什么民族并没有多大的关系。在这里，藏族人可能信仰天主教，而纳西族人则可能信仰藏传佛教，汉族人又可能信仰东巴教。

因为这里的许多家庭，成员都是不同民族，各自的信仰也随着家庭的组建而产生变化。比方说，原来藏族男方是信仰天主教的，纳西族女方是信仰藏传佛教，女方嫁给男方后便改信天主教，也有男方随女方改变自己信仰的。总之，这里的复杂细腻的文化交融现象非常耐人寻味。

也许正是这个原因，我们看到这里的人们显得更宽容，更和善。

茨中教堂建筑群坐落在树木繁茂的茨中村，背倚青山，被农舍和农田围绕，滔滔的澜沧江从村脚下奔腾而过。

和其他地方的教堂不一样处是，茨中的教堂体现在多元文化建筑风格上。

教堂风格整体上体现了巴斯利卡式教堂的特征，又兼罗马教堂的特色，同时在细节上又融入中国雕梁画栋的风格。

整个建筑以教堂为中心配套组合，中西合璧，主次得体，包括大门、前院、教堂、后院以及地窖、花园、菜园和葡萄园等等，结构紧凑，规模壮观。沿大门筑有外围堵，建筑四周以及房间空地，辟花坛，植果木，红绿相映，风雅别致。

极具特色的茨中教堂（天主教）现为国家级文物保护单位。主体经堂为坐西向东中西结合的砖石结构，是传统的巴西里卡式教堂形制。教堂内部装饰壁画为外籍教士亲手所绘，有中西藏结合风格，大厅内的两旁立柱仿藏族唐卡画卷做底，装衬挂满耶稣和圣母的画像，两旁的跪凳也别具一格，采用本地特色——无座椅。教堂顶部是三层钟楼，阁顶为后加的亭式四角攒尖顶木结构建筑，用4根内柱和12根外柱承托脊檩，内外柱间砌有石栏杆，从此处可以远眺整个村落，教堂在低矮的藏式村寨中尤显高大。

教堂屋面用琉璃瓦覆盖，主体建筑坐西朝东，整体成十字形，为砖木结构。其正面为高大的钟楼，钟楼的上部，虽为中式亭阁，中式飞檐瓦顶，但它两头顶端的十字架标记还是突显了它西式的风格。

教堂的大门入口处和教堂内部有着不少内容也已经中国化了的对联，如"极仁极爱，至善至谦"等。正中的耶稣像左右分别挂的是：宣仁宣义聿昭拯济大权衡，无始无终先作形声真主闻。

教堂最后一道拱形门是用拉丁文、藏文和东巴文装饰而成，圣母像上的圣母则手捧一串带有十字架的念珠。

18世纪中叶，西方天主教士进入迪庆，竭力将其势力渗透到滇西北并力图扩展到藏区腹地。他们建立教堂、发展信徒，在强大的藏传佛教势力中，极艰难地存在着。信徒甚少，并且日益被信仰藏传佛教的百姓所仇视。百姓们不能容忍天主教士的传教活动，引发了阿墩子教案和维西教案。

在1905年的维西教案中，愤怒的群众焚毁了澜沧江、怒江沿岸的10所教堂，杀死了法国传教士余伯南和蒲得元。当时清政府迫于帝国主义的势力，派重兵镇压僧俗民众，反洋教的群众抵抗了三个月，最终被镇压下去，教会因此而获得了巨额赔款，在茨中约三分之二的土地上兴建茨中教堂。

1921年，茨中教堂竣工，成为天主教"云南铎区"主教坐堂，下辖2个分堂，先后办过一所学校和一所修女院，1951年在此成立省立第一完全小学。

茨中村位于传说中的香格里拉区域，红色的澜沧江从村旁奔流而过，一座悬索桥跨过河流，把茨中村和公路连接在一起。由于村庄坐落在对岸绿树掩映的山坡上，行驶在德钦前往维西的途中，一不留神就会错过。

传教士从法国带来了酿制甘地葡萄酒的器皿和酿制技术,并把酿制技术传授给当地信教群众。当时不远万里来东方传教的教士们,几乎个个都是多面手。他们得懂建筑——自己绘制教堂的图纸;他们得懂音乐、会弹琴——要教教徒唱圣诗;还得懂绘画——教堂内壁上的壁画得自己画。

而茨中教堂的传教士还多一样本领:那就是栽种葡萄、酿造葡萄酒。

时至今日,教堂里还保存着当时酿酒的器皿。

如今的茨中坝子真可谓是大型的葡萄基地、葡萄园,农户个个是种植葡萄的能手和酿制甘地葡萄酒的能手。茨中出产的计地葡萄酒是德钦县大小酒店宾馆的抢手货。

当年法国传教士带来的葡萄在茨中漫山遍野种植起来了,这种叫作"玫瑰蜜"的葡萄在法国本土已经绝迹,但在云南偏僻的深山中依然生长良好。法国传教士教会了当地的老百姓葡萄的栽培和葡萄酒的酿造技术,承袭至今。

宗教创立的初衷都是为了教人向善。

虽然我不是信徒,但是站在教堂里面,肃立在圣象面前,内心自然而然的肃敬、祥和、平静。

宗教文化是这里最富有魅力的文化之一,藏传佛教文化深深影响着藏民的衣食住行、言谈举止。

佛教是内化的生活艺术。迪庆的藏民们大多是虔诚的佛教徒,把它作为生活的重要部分,茨中教堂的存在可谓是个奇迹。

在费孝通先生提出的"藏彝走廊"——怒江、金沙江、澜沧江三江并流的这片区域里,有着数条古老的茶马古道。

百年前,当法国传教士们带着圣经,沿着横断山中的这些古道顺江而下,来到雪山脚下的藏区时,天主教和藏传佛教便在这里不期而遇。

从此，这片信奉宗喀巴大师为精神骨血的土地上，竖起了一些圣母玛利亚的雕像，寻访者会在五彩经幡和白塔嘛呢堆的环绕中，不经意地发现深山中隐藏的佩戴十字架的人们和风格各异的教堂。

直到今天，人们之间虽然民族不同，信仰不同，但他们都和睦相处，共同守望在这片古老的土地上。

茨中教堂是当地信仰活动的中心，每逢重大节日，周边教堂的教徒都会聚集在此庆祝节日，场面甚是壮观。

怒族小伙子丰贵山告诉我们，他家里父亲信仰藏传佛教，母亲信仰天主教，岳父岳母信仰的则是基督教。父母宗教信仰不同，但感情一直很好，虽然父亲有时也埋怨母亲周末不做家务而是去做弥撒，但在信仰上，两人从来没有发生过冲突。父亲去世时，母亲按照佛教传统方式和村人一起为他守灵两个月，而母亲去世时，家人则按照天主教的方式为她简单送别。

如果不是亲身体验，很难想象，在这样一个具有多种自然景观、多种生物物种、多种民族文化的地方，人与自然是和谐的，各个民族是和谐的，多种宗教是和谐的，整个社会是和谐的。

在茨中村的天主教堂门口旁边，就有一个佛教的嘛呢堆，堆放着刻有梵文佛经的石头。每逢周末，村子里信仰天主教的群众都会到教堂做礼拜。他们不懂英语，有些也不懂汉语，却能用藏语虔诚地唱着赞美诗，为亲朋好友祷告。

夫妻俩常常一起出门，一个转佛塔，一个去教堂做礼拜，结束后又一起回家，是常见的风景。

遇到天主教重大宗教活动时，该村教堂会邀请佛教信仰者前去参加活动。当信仰天主教的人们忙于诵经或弥撒等活动，信仰佛教的人们便会主动前去帮忙，安排饮食等后勤工作。同样，有的信仰佛教的群众在家里做佛事活动时，信仰天主教的人就会主动担负起帮厨工作，做饭倒茶，其乐融融。

茨中村坝区共有5个村民小组159户670人，居住着藏、汉、傈傈、纳西、白和怒等7个民族，其中藏族和纳西族占总人口的71%和18%，主要信仰佛教和天主教。信仰天主教的群众约占坝区总人数的60%，信仰佛教的群众约占坝区总人数的35%。茨中村中的嘛呢堆、经幡等佛教符号与天主教十字架和谐共存，每逢圣诞节或藏传佛教节日，不同信仰的各民族群众都会聚在一起，共同庆祝。

长期以来，茨中村不同民族、不同信仰之间，建立了鱼水相依、休戚与共的深厚情谊，形成了共同团结进步、互帮互助、全心全意维护团结稳定、维护祖国统一、维护民族大家庭和睦相处的优良传统，并不断发扬光大。

茨中人吴公底今年57岁，算是半个神职人员，他和茨中刘文高一样，都是藏族。

"吴公底"不是他的真姓名，而是拉丁教名的中文翻译。他家六代信奉天主教，他本人出生第八天，就接受了罗维神父的洗礼。

19世纪70年代，法国人普德元和瑞士人余伯南从四川甘孜来到茨姑。他们进行免费教育，免费行医，访贫问苦，购买土地让穷人安居，同时传教。1872年，他们在茨姑建立了云南藏区的第一座教堂，以此作为进入西藏传教的据点。然后沿着澜沧江向南北两个方向传教，在北边的德钦和南边的小维西、维西都建立了教堂；还向西开辟了一条翻越高山到达怒江流域贡山地区的捷径，在丙中洛等地传教。

1905年，藏传佛教与天主教发生冲突。从丙中洛钟丁教堂过来任安守神父，翻过山顶，亲眼目睹了燃烧的茨姑教堂。这一年的年底，教会方面用清政府的赔款，开始在茨中兴建教堂，大约到1909年完成。以后，茨中成为天主教西藏教区云南铎区的中心。主教驻四川康定，副主教就在茨中，管辖茨中、维西、贡山、德钦的教务。改革开放后，茨中属于大理教区。

1951年当地和平解放，传教士回国后，留下的中国修女和老教友继续在教堂进行宗教活动，到1957年才停止。许多年过去了，茨中的天主教像教堂葡萄园中的葡萄一样自生自长。1981年，信徒们才回到政府归还给他们的教堂。现在教管会共五人，没有专门的神职人员，无法举行正常的弥撒，每周自发的聚会只限于用藏语祈祷和唱颂圣歌。每逢像圣诞节、圣神降临日、复活节、圣母升天节这样的节日，大理等方面就会过来专门的神职人员。

茨中村的宗教与民族和谐闻名遐迩。不管信仰哪个教，他们办喜事一样地摆筵席，不同教的人都会来喝喜酒，围着篝火，跳起锅庄和弦子舞。村里信佛教的人死了，天主教的教友会过去帮忙念对方的经。两教之间完全可以通婚。

前些年有个别天主教老教友，试图干涉子女与信佛教的人谈恋爱。吴公底就会做他们的思想工作，教育他们不要以宗教干涉子女的婚姻自由。村民中有夫妻信仰不同，但依然家庭和睦。丈夫信天主教，信佛教的妻子会支持他参加宗教活动，反过来也是这样。问到教友们信教的原因，吴公底告诉我，这与老一代教友的教育分不开；但最主要的原因是为了行善，为了灵魂安宁。

他还说，天主教与佛教的目的都一样，都教导人们行善，只是采取的方式不同而已。

当年的传教士从法国来到中国，先到西藏、青海等地去学藏语，才进入本地传教。他们不仅懂汉语、拉丁文，还懂藏语。由于本地的藏民不懂汉语，传教士把圣经翻译成藏语，现在又由于纳西族、汉族等其他民族还有部分年轻人不懂藏语，于是传教士又把圣经用汉字注上藏语的音。

教会进来以后，不仅传教，而且建学校、孤儿院、养老院，做了许多棺材施舍给老百姓。还从法国带来了一棵香樟树、肉桂树，连同一棵桉树栽在教堂的后院，肉桂香樟都能治病，江边多瘴气，桉树的树叶熬水就能解疟疾。

在茨中，藏传佛教的节日天主教徒一起过，圣诞节全村人也一起狂欢，平安夜，天主教徒们在教堂里做弥撒，其他村民在院子里喝酒跳舞，天主教徒们做完弥撒又出来喝酒歌舞狂欢，直至凌晨。

信仰藏传佛教的村民家里办丧事，请喇嘛来做法事，天主教友们就去帮忙做饭，抬尸体，并且在家里念经，为过往者祈祷。村里有人生病，全村三百多个人都会去探望，几个鸡蛋，一扇红糖，一包麦乳精，礼轻人意重。现在村里基本没有丢东西、打架的现象，至今基本是夜不闭户。

天主教与佛教能够在这里和平相处，也与宗教本身关系不大，而是因为千百年来多民族杂居、融合、互帮互助形成的传统。然而，茨中教堂矗立在中国文化的版图上，让人无法忽视它独特的存在。

不管信仰哪个教，他们办喜事一样地摆筵席，不同教的人都会来喝喜酒，围着篝火，跳起锅庄和弦子舞。村里信佛教的人死了，天主教的教友会过去帮忙念对方的经。两教之间完全可以通婚。

一条石板路通往教堂，转进了院子，就听得做弥撒的教民们的诵经声。这天刚好是礼拜天。进了教堂，一幅奇妙的画面映入眼帘——穿着藏装、白族服装、纳西族服装、汉族服装的信徒们散坐在矮条凳上，在一位主事教民的带领下，虔诚的，用藏语在做弥撒。教堂内猩红的地毯深邃的屋顶迷离的光影，让身居其中的我不由自主肃然起来，仿佛冥冥之中与尘世之外的某位神灵有了关联。

家住德钦县升平镇的李忠义夫妇搀扶着90岁的老母亲在清真寺附近散步后，缓缓走进一幢藏族、回族、白族等多民族元素混合的百年老宅。

62岁的李忠义是当地的一位退休教师，自爷爷奶奶那辈定居德钦一家人就住在这里，老宅见证了李家几代人生活的变迁。

从入门的过道穿过天井走到内屋，对面墙上的布达拉宫照片和藏式神台跃入眼帘。而另一侧的墙上，则挂着自己书写的"主圣护佑"四个汉字，在伊斯兰教中，这是"真主保佑平安"的意思。

李忠义说，他的母亲和妻子都是藏族，信奉的是藏传佛教，而李家则延续了自爷爷那辈开始清真饮食传统。

"我的爷爷是藏族，奶奶是回族，两个不同民族的年轻人因为爱情走到一起，爷爷为了奶奶改成了回族的生活习惯，而奶奶也不反对爷爷烧香点灯。"

自20世纪20年代爷爷奶奶的结合开始，到如今李忠义的两个女儿分别嫁到藏族家庭，藏回婚姻在这个家庭已延续四代，但他的姐夫和两个妹夫又分别是汉族、白族和纳西族。

"求同存异"是李忠义对其家庭和睦之风成因的解读。

"很多人问我，为什么在生活习惯和宗教信仰等方面存在很大差异的藏族和回族年轻人能够走在一起；我记得有句话是'生命诚可贵，爱情价更高'，爱情可以摆脱文化背景不同带来的纠葛，而两种优秀文化的结合远比互相排斥要好得多！"

距离升平镇80公里的茨中村，因百年前法国传教士建造的茨中天主教堂而闻名，在这个藏族村落里，藏传佛教和天主教信教群众各占一半。

50多岁的藏族大哥徐建生在村口经营着一个小商店，旁边还有在自家房屋内开设的餐馆，餐馆墙上张贴着几张"百年法国葡萄酒"的海报。

徐建生有一个姐姐和一个弟弟，都信奉藏传佛教，而徐建生一家则信仰天主教，宗教信仰上的差异并没有影响三个家庭之间的互动，反而密切了他们的联系。

徐建生说，"姐姐和弟弟时常会参加教会的募捐活动，活佛来的时候，我也会有相应的表示，我们对对方的宗教信仰非常支持！"

李忠义说，德钦是当年茶马古道的重镇，多种民族与文化在这里交汇，人们在相互交流中学会了尊重与包容，因此一家多民族的现象十分普遍。

二、噶丹松赞林寺的往昔

不合脚的靴子，
它是彩虹我也不要；
感情不和的伴侣，
她是天仙我也不要。
奔腾的雅砻江怎能倒流，
离弦的飞箭绝不会回头。
我们共同的心愿，
是同红军走到底。
心愿！心愿！
长征到底！
心愿！心愿！
扎西德勒！

在云南省迪庆藏族自治州红军长征博物馆内，有这样一首名为《心愿》的诗歌，是一位藏族战士在1936年写下的。1934年10月至1936年10月，中国共产党领导中国工农红军，战胜无数艰难险阻，高举抗日救亡旗帜，进行了震惊中外的万里长征。

在石鼓至巨甸间75公里的金沙江畔，红军仅用7只木船、10多只木筏，分别从7个渡口渡江，在28名船工昼夜不停地摆渡下，经过4天3夜的奋战，将18000多人马全部从西岸的玉龙县抢渡过金沙江，抵达东岸香格里拉市境内，摆脱了重兵追堵，为红二、六军团北上与红一方面军、红四方面军胜利会师，抢得先机。

1936年，红二、红六军团在贺龙、任弼时、关向应、萧克、王震等率领下，冲破国民党几十万军队的重重围追堵截，胜利渡过奔腾咆哮的金沙江，到达中甸县上江区。

上江区离中甸县城还隔着一座大雪山和几十公里的茫茫草原。贺龙深知，红军此去的康巴地区的藏胞都信仰佛教，寺院林立，僧侣众多。搞好僧侣的团结工作对争取藏胞对红军的理解和支持至关重要，也是红军通过康巴地区的关键。

于是，贺龙在部队中一再重申党的宗教政策和少数民族政策，并聘请了一位通晓汉语藏语、十分了解康巴地区情况、名叫陆云鹤的藏族穷苦人担任通司（翻译）。

从此，陆云鹤与贺龙住则同室，行则并骑，朝夕相处。

陆云鹤向贺龙介绍了中甸、稻城、乡城等康巴地区的山川河流、关口重地、宗教信仰、寺院法规、风土民情，以及当地土司头人、宗教上层，特别是噶丹松赞林寺的情况。

贺龙对这些信息如获至宝。

1936年4月27日，浩浩荡荡的红军队伍从金沙江边出发，向中甸挺进。可是，部队行进到雅哈雪山的干岩房时，遭到了受国民党政府唆使的中甸僧俗民团总指挥汪学鼎所带领的民团兵的堵截。

在雅哈雪山战斗中，几十名红军战士英勇牺牲，但红军严格执行对藏族堵截红军的武装实行只进行驱散的政策，红军胜利地翻过长征路上第一座大雪山——雅哈雪山，越过茫茫的小中甸草原到达中甸县城。

此时，有的穷苦藏民听到红军到来的消息后，举着香炉，捧着哈达列队欢迎红军。红军打开监狱，请来一位姓朱的铁匠砸断了农奴身上的镣铐。

贺龙到县城后，在中心镇公堂（当地藏胞称为独克宗细康）设立了军团指挥部。由于国民党的反动宣传，土司头人和部分僧侣、群众逃到山上躲了起来。

噶丹松赞林寺喇嘛知道汪学鼎带领的民团兵阻击红军败退，加之国民党对红军的反动宣传，心里很恐惧，紧闭大门，不敢与红军接触。

面对这一情况，红军加强了宣传工作，贺龙亲自接见了藏团、汉团、商界的代表，阐述了红军北上抗日宗旨，反复说明红军保护寺庙，尊重僧侣，保护土司头人生命财产不受侵犯，买卖公平的政策，并强调红军铁的纪律，不拿群众一针一线。

在贺龙召开会议的同时，广大红军指战员深入到群众中向广大藏胞宣传红军的政策，张贴"红军是番民的好朋友""保护寺庙，尊重僧侣""抗日救国"等标语。

听了红军的宣传后，受欺骗而外逃的群众陆续返回家园，许多人帮助红军加工粮食，推碾糌粑，还帮助红军到附近村寨购买粮食。

噶丹松赞林寺僧侣们耳闻目睹红军的一举一动后十分感动，逐渐打消了顾虑。尔后，寺院的活佛、八大老僧派出大中甸乡夏那古瓦（村长）带着懂汉语的阿古吕等人代表噶丹松赞林寺进城主动求见贺龙。

贺龙得知噶丹松赞林寺派来代表，心里十分高兴，把他们当成最尊贵的客人，亲自到门口迎接。当代表们落座后，贺龙又亲自为他们递烟上茶。

贺龙说：红军路过中甸是为了北上抗日，队伍在中甸只是路过，稍事停留短暂休整和筹粮后，就向德荣、乡城进发。红军是共产党领导的部队，尊重爱护各少数民族兄弟，尊重各民族的风俗习惯，尊重藏民的宗教信仰自由，保护寺院，保护僧侣生命财产不受侵犯……

通司陆云鹤一字不漏地将贺龙的话原原本本地翻译给了噶丹松赞林寺派来的代表。

夏那古瓦听了贺龙的肺腑之言后，脸上露出了笑容，紧皱的眉头舒展了。

他说，红军保护寺庙，爱护僧侣，不拿藏民一针一线，是我见过的最好的军队，先前我对红军的担心是多余的了。

原来，夏那古瓦在未见到贺龙前，一直提心吊胆，怕到红军指挥部后有所不测。

为此，他还向喇嘛寺提出过要求：如果出事了，家中老小今后的生活应由喇嘛寺负责。

现在，夏那古瓦看到贺龙对他这样好，又明白了党的政策，觉得自己对红军太不了解，用不着向喇嘛寺提出那样的要求。

贺龙见他打消了顾虑，便对他说：红军此去德荣、乡城，急需粮秣，请你转告噶丹松赞林寺的活佛、老僧们，盼能帮助红军筹备粮草。

夏那古瓦说：贵军的筹粮要求，我回去商量后再答复，红军的恩德我一定牢记心里。

见面结束后，贺龙亲自将代表们送到门口，交给夏那古瓦一封自己致八大老僧的亲笔信：

掌教八大老僧台鉴：

一、贵代表前来，不胜欣幸。

二、红军允许人民宗教信仰自由，因此对贵喇嘛寺所有僧侣生命财产绝不加以侵犯，并负责保护。

三、你们须即回寺照安生业，并要所有民众一概回家，切不可轻信谣言，自造恐慌。

四、本军粮秣，请帮助操办，决照价支付。

五、请即派代表前来接洽。

贺　龙

一九三六年四月二十九日

夏那古瓦回寺后，向八大老僧递交了贺龙的信件，谈了他见到贺龙等红军将领的情况，称赞红军纪律严明、爱护藏胞，是一支天底下最好的军队。

5月1日，夏那古瓦等8名代表再次受噶丹松赞林寺的委派，牵着16头牦牛，驮着青稞、酥油、糌粑，手捧洁白的哈达，来到红军指挥部慰问红军指战员,告知噶丹松赞林寺答应打开粮仓出售一部分粮食给红军,并邀请贺龙等将领莅临噶丹松赞林寺观光。

贺龙十分高兴地接受了寺院送来的礼物,并当即答应第二天就前去观光。

对夏那古瓦回寺后的工作,贺龙给予了充分的肯定,表扬他为红军做了件大好事,当即发给了夏那古瓦一张中华苏维埃人民共和国中央军事委员会湘鄂川黔分会的委任状:

兹委任夏那古瓦同志为中甸城厢附近乡庄安抚和招待,全体军民并与本军全体红色军人对夏那古瓦同志应加以保护和帮助,不得稍事非难为至要。

此令

主席贺龙

夏那古瓦接过委任状后,心情万分激动,一再表示感谢红军对他的关怀。

5月2日是个晴朗的日子,皑皑雪山在阳光下反射出万道光芒,茫茫的草地上绽开出朵朵鲜艳的报春花,凌空飞翔的吉祥鸟欢叫着飞过噶丹松赞林寺,好像在告诉人们:今天是一个吉祥的日子。

是的,就在这一天,贺龙、任弼时、关向应率领红军40人,骑马回访噶丹松赞林寺。队伍还未到达,贺龙等远远地就看见穿着绛红色袈裟的喇嘛们列队站在大门口热烈欢迎他们的到来。

贺龙跳下马走到喇嘛们中间,拱手合十,祝愿喇嘛们幸福吉祥,随后,徒步进入灯火辉煌、香烟缭绕的扎仓(大殿),代表全体红军指战员庄重地将洁白的哈达举过头顶,敬献给噶丹松赞林寺的活佛僧侣,寺院掌教的八大老僧也虔诚地把哈达献给了贺龙。

落座后,贺龙再次向八大老僧阐述了党和红军的政策和宗旨。

他说,红军是中国共产党领导的队伍,其宗旨就是要解放全中国，使各族人民都过上幸福美满的日子。红军坚决贯彻党中央的民族宗教政策，尊重各民族的风俗习惯，保护寺院和僧侣的生命财产不受侵犯。

贺龙还说：红军此去是为了抗日，到中甸只是路过，在这里作短暂的休整和筹集粮秣后，即开往德荣、乡城一带。

八大老僧听完贺龙真实诚恳的叙述，一时疑惧全消，个个脸上露出了笑容。他们纷纷发言说："我们误听了国民党的宣传，对红军产生恐惧心理，不敢面见红军，经过夏那古瓦与贵军接触和我们的耳闻目睹，我们觉得贵军确实是一支天底下最好的队伍。"

"红军尊重我们的宗教信仰，保护我们的生命财产安全，对寺院秋毫无犯，对藏民和蔼可亲，实在是我们番民可敬可信的朋友。贵军有什么需要寺里帮助，我寺定当效劳。"

贺龙见会见的气氛十分融洽，便站起来拱手合十，微笑着对八大老僧：此次红军进驻中甸，噶丹松赞林寺对红军帮助很大，十分感谢。过几天部队就要开拔，一路急需粮秣，还望寺院为红军筹些粮秣。所筹粮秣，红军当公平买卖，务请寺院放心。

八大老僧听了贺龙的话后，当即表示定为红军筹办粮秣。随后，寺院僧侣举行了为红军祈福消灾的"跳神"活动。

贺龙见他们真心诚意地拥护红军，当场将"兴盛番族"锦幛一幅和一对精美的大瓷花瓶等礼物赠给噶丹松赞林寺。

贺龙一行离开寺院时，八大老僧率僧众送客人到门口，祈祷一路平安。乡城康参的喇嘛帕楚，还特地送给贺龙一对视为高贵礼品的爪格达（藏民外出时装食物用品的褡裢，用皮精制而成），一对用银子镶嵌的木碗。

为进一步让广大藏民了解红军，帮助红军，军团总指挥部还在寺院门口、城区张贴中华苏维埃人民共和国中央军事委员会湘鄂川黔滇康分会布告：

本军以扶助番民，解番民痛苦，兴番灭蒋，为番民谋利益之目的，将取道稻城、理化（现今理塘）进入康川。军行所至，纪律严明，秋毫无犯，幸望沿途番民群众及喇嘛、僧侣，各其安居乐道，毋得惊慌逃散。尤其各尽其力，与本军代买粮草，本军当一律以现金按价照付，决不强制。如有不依军令，或故意障碍大军通行者，本军亦当从严法办，切切此布。

主席贺龙

公元一九三六年五月二日

5月3日，贺龙等回访噶丹松赞林寺回来的第二天，噶丹松赞林寺打开寺庙的3个仓库，将青稞3万余公斤和一批牦牛肉、茶叶2驮、猪肉3驮、红糖2驮、盐1驮等食物出售给红军，县城商家、僧侣、富户也陆续向红军出售了一些青稞、盐巴。

噶丹松赞林寺所赠，红军均一一按市价支付了现金。红军临行时，噶丹松赞林寺派出数名骑兵陪送。

5月7日，红军从中甸分两路向川康地区进发。红二军团经上桥头于9日入驻德荣县城。红六军团向乡城进军，翻越了海拔4000多米高的纳雅、白浪雪山，于13日进驻乡城县城。

6月30日，红二、红六军团在甘孜与红四方面军胜利会师。红军离开中甸后，噶丹松赞林寺把贺龙赠给他们的"兴盛番族"的锦幛妥善地保管起来。夏那古瓦也把贺龙给他的委任状用两块板子夹住捆好，藏到房梁上，等待着有一天举着去迎接回来的红军。

1950年5月10日，当年长征路过中甸的红军回来了。

噶丹松赞林寺的僧众和县城的群众吹响长号，焚起檀香，手举哈达，到南门外迎接中国人民解放军。

此时此刻，广大的僧俗和夏那古瓦格外地想念贺龙，贺龙也格外地想念中甸的藏族人民。

中华人民共和国后不久，对红军作过贡献的夏那古瓦，担任了中甸县大中甸区的副区长。他作为云南参观团成员，到西南各地参观期间，收到了贺龙从北京给他寄来的一张全身照片和一些书籍，作为纪念。

曾在噶丹松赞林寺当过喇嘛，解放前带领过僧俗民团，红军长征路过中甸时在雅哈雪山堵截红军的汪学鼎，党和政府不咎既往，摈弃前嫌，教育团结了他。

1953年，已担任中甸县人民政府副县长的汪学鼎，作为云南少数民族参观团团长到达重庆。贺龙亲自接见了他。

而当年主动派出夏那古瓦与红军接触的噶丹松赞林寺第三世松谋活佛昂汪洛桑丹增嘉措，1950年被选为丽江专区联合政府副主席，后任副专员，1954年当选第一届全国人大代表，1957年迪庆藏族自治州成立后任首任州长直到离世。

半个多世纪过去了，许多世事转瞬即逝，但是贺龙与中甸噶丹松赞林寺，与中甸藏族人民结下的情谊，就像金沙江水世世代代奔流不息。

这是噶丹松赞林寺的历史功绩，也是藏族人民对革命事业的贡献。

到云南省迪庆香格里拉旅游的人们总忘不了要去看一看金碧辉煌的噶丹松赞林寺，目睹寺院雄伟的建筑和流传在寺里的各种神秘的传说。然而，关于贺龙长征路经中甸与噶丹松赞林寺结下的情谊就鲜为人知了。

噶丹松赞林寺是全国藏区一座规模宏大、颇具影响力的寺庙。它建于清康熙十八年，由康熙皇帝朱笔批准，五世达赖亲自选址、亲自赐名的一座寺院。解放前，噶丹松赞林寺是云南最大的喇嘛寺，是中甸县宗教、政治权力中心。

寺院僧侣最多时达千余人。寺院组织严密，全寺设扎仓（主持活佛），下属东旺、吉底、乡城等八大康仓，每一康仓有一老僧。

八大老僧组成老僧会负责管理本教事务，在寺院里有相当大的实力，对中甸藏区的政治、经济、文化等起着举足轻重的作用。

在长征途径中甸的时间里，红二、六军团模范执行党的民族宗教政策，尊重藏民族的宗教信仰自由，深得藏族群众及广大僧侣的理解、爱戴期间，中甸最大的藏传佛教寺院噶丹松赞林寺就给予了红军大力支持。

在当地各民族老百姓的帮助下，红军顺利通过了以藏族为主的7个乡镇、22个行政村、114个村寨，行程405公里，于5月13日离开。

在当年红军走过的这片土地，革命的火种在金沙江两岸燃起，无数的雪山儿女为了新中国的诞生，踏着红军的足迹，在党的领导下，谱写了一曲曲壮丽的篇章，红军长征在迪庆播下了民族团结的火种，红军精神永远地留了下来。

三、尼西黑陶，连接民族团结根脉的纽带

尼西黑陶，生于高原深处，世外桃源之地——汤堆村。

汤堆村中有100多户人家，约有七八十户是靠制作黑陶为生的，他们几乎都是国家级非物质文化遗产传承人孙诺七林的徒子徒孙，最小的徒弟只有15岁。

黑润类似金属的质地，是尼西黑陶最重要的特质，粗犷的磨砂感，仿佛每一件容器都可以自由的呼吸。

纯手工制作的黑陶在不同光线下能呈现紫、靛、银等色泽，所谓"黑如漆、光如玉"。陶器较之瓷，更亲近大地，它古老而纯粹，似乎渗入了陶土的大地气息，滋养着陶器内的容物。

陶，本体为土，介体为火，载体为人。

制陶的工艺流程：采土、晒土、舂土、筛土、和泥晒土、羼料、制胚、镶瓷、阴干、磨光、烧制、焐熏、刷酸奶渣水等十几道工艺流程。

而尼西黑陶制作最重要有三个步骤：选料、塑形、烧结。从采集

陶土到陶品的问世，大约需要一个月的时间。陶器从火中取出后，马上被锯末和炭灰覆盖，就变为具有象征性的黑色。最后，再用酸奶水和青稞粉混合的液体洗净陶器内部，黑陶成品就诞生了。

尼西黑陶的制作工艺千百年来几乎没有变化。制陶工匠们从不使用现代技术，仅仅是一把自制的木头工具、一方木案，和几片木板底座，就是他们所有的生产工具。

黑陶制品都是用黏土一片片黏成，就算是圆形器皿，也不借助电动转轮。

陶大概是最早的由人创造的容器。而土是大自然赋予生命的根本。万物繁衍，一抔土，淬火成形，平实朴素，所求的不过是最简单的实用，便有了母亲唤儿回家吃饭的温馨。

现代文明带来了物质生活的飞越，低成本的工业产品迅猛地攻占了世界的每一个角落，人们选择了最快捷便利的生活方式，摒弃了匠人的缓慢冗长，而这种捧在手中感受作者手造温度的手工艺，令我们坚定地逆流而上。

陶的本质为土，在异彩纷呈中，静静地沉下去，不争。日暮而归，一杯黑陶盛满白开水，远离喧嚣。

最初心的制作，极有限的生产，满足最日常的需要。陶以泥土的形式承载着人的亲土情结，人与土地有了一份回归。

一代黑陶大师孙诺七林就是香格里拉黑陶的代名词，他精心制作的黑陶火盆、酥油茶壶、凤仪茶罐等黑陶制品被中国国家博物馆收藏。

尼西汤堆村，距离香格里拉县城30公里处，是云南省香格里拉市的一个藏族乡村，是旧时茶马古道的必经之路，南来北往的马帮在运送茶叶的同时，也把这里的土陶带向四面八方。

正因为尼西悠久的制陶历史，尼西黑陶不仅享誉滇西北及全藏区，甚至已经跨出国门。

作为藏族文化的一个象征，黑陶制品在藏族聚居区被广泛地使用着。

在金沙江、澜沧江流域，考古发掘就曾发现两千多年前的黑陶器皿。两千年来，藏族的民间艺人孜孜不倦地用双手打磨着黝黑色的陶土作品，传承着本民族悠远的黑陶文化。

走进汤堆村的黑陶作坊，几个藏族汉子席地坐在。轻柔的音乐伴随着木垫板、木锤、木刮等工具拍打陶泥的声音，宁谧而祥和。

黑红的手掌、黑红的陶器、黑红的脸膛，这是一个充满男子阳刚气息的组合。圆润的陶泥在男人手中飞快地旋转着，而坠落的汗珠揉在陶土中，为这黑红的小东西增添了一分韧力，化为一种无言的美丽。

黑陶艺人拉茸初称和几个匠人静静地工作着，神态安详而庄重。他说，在拍、打、切、削陶泥的时候，自己心中没有丝毫杂念，只是一心想着做出最好看的作品。

拉茸初称从爷爷那里继承了黑陶制作的手艺，已经在作坊里度过了13个春秋。他说，每一件作品都像自己的孩子，看着它们从一块泥巴变成精致的土陶，心里就感到欣慰而自豪。

他说："我是我家老祖宗——我爷爷——的徒弟，我喜欢做这个黑陶。陶器的雕花是一代代传下来的，雕起来难，很难！但我心里想的只是做出最好看的来。"

拉茸初称介绍说，目前，汤堆村的手工艺人仍然运用世代相传的古老工艺制作和烧制黑陶。

当问及他对今后有什么期望时，拉茸初称纯朴地说，希望自己手中的黑陶技艺可以由孩子来继承下去。他说："我传给我儿子，儿子传给我孙子，希望一代代地传下去。"

目前尼西黑陶制品的品种有100多种。

从用途上主要分为三大类：

第一类是世代相传，深受藏族人民喜爱的传统日用器皿；

第二类是佛事用品；

第三类则是手工艺人根据现代审美的需求，结合传统工艺设计制作的新品种。大部分的黑陶产品是生活必需品，如炖煮肉类的土锅、盛酥油茶的土茶壶、盛牛奶、制奶酪的土奶瓶等。

随着香格里拉旅游业的不断发展，尼西黑陶制品以其浓郁的民族特色、独特的工艺和美观、实用的特点，越来越受到海内外朋友的喜爱。

汤堆村180余户中约有80户从事黑陶制作。目前，每年从这里销售出的黑陶制品有2万多件。除了在云南省的香格里拉、德钦、丽江，西藏自治区的芒康、左贡和四川省的稻城、德荣等藏族聚居区畅销以外，尼西土陶开始远销国外。

汤堆村地处香格里拉前往到梅里雪山和香格里拉大峡谷的必经之路，来往的国内外游客们都会为尼西黑陶而在此停留驻足，流连忘返。

藏族姑娘卓玛特姆在销售黑陶产品的同时还经营着当地的特产——土鸡生意。用尼西黑陶土锅炖煮当地的土鸡是远近闻名的原生态美味。卓玛特姆自豪地介绍说："土锅是我们这里的特产，土鸡也是这里的特产。因为搁里面炖出来的是原汁原味的。对人体有好处的。因为以前没有铁锅、铝锅的时候已经有了这个了，这个是原生态的美味。"

多年以后，也许尼西黑陶会找到更加环保的烧制方法，黑陶工艺和文化也将在朴实的藏族黑陶艺人手中传承并发扬光大。

拉茸肖巴是家族第八代黑陶非物质文化遗产的传承人。据他介绍，如今在汤堆村从事黑陶制作工艺的藏民工匠们年均收入可达9至12万元。日益改善的生活环境和不断提高的生活质量不仅依靠当地藏民吃苦耐劳、精益求精的精神品质，还与村政府和乡政府的政策扶持分不开。拉茸肖巴说，当地政府数次为黑陶工匠组织培训活动，让他们与外界的手工艺者多交流、多沟通，取长补短。

星罗棋布的村落点缀在阡陌田野之间，汤堆村藏民匠人在不断完善黑陶制品功能性和实用性时，不忘创新黑陶工艺的制作和提升陶器的美学性和可观赏性，平衡陶器制品的实用性和审美性两大方面的特征。

拉茸肖巴说道，藏民匠人能够制造出薄却硬的黑陶作品，一部分原因在于他们在制陶的过程中只用很少的红胶土；但就手艺相对不那么精湛的学徒而言，虽然在制陶过程中会出现浪费原材料的问题，但是他们会有意识地将头一次生产浪费的原材料重新"回炉"加以循环利用。

此外，老匠人通常还会在村里种植绿植，从源头上保护当地生态环境。

拉茸肖巴还补充道，凡是来汤堆村学习黑陶手艺的学徒都是不收学费的。无论什么民族，都是手足。

尼西汤堆村受气候的影响，这里只能够种植简单的粮食作物，像青稞、小麦、苞谷、洋芋之类，其他的经济作物在这里很难种植，为了在这些仅仅解决温饱的粮食之外还可以有一定的收入以购置必须的生活家用，尼西塘堆村的藏民一直沿袭着一种古老的手工艺——烧制黑陶。

说到尼西黑陶的历史，不得不从20世纪70年代至90年代说起，当时，文物考古工作者先后在德钦永芝、纳古、石底，香格里拉县尼西、幸福、奔东等地发掘了300余座春秋战国时期的石棺墓葬，出土了大量的黑陶随葬品。

其中出土器物的典型器大鉴耳陶罐，与尼西汤堆村现今烧制的黑陶罐无论是从制作工艺、器型、质地等都具有众多的相似处，这也从实物上说明了在春秋战国时期，迪庆的土著先民就已经熟练掌握黑陶制作烧造技艺，而且一直被尼西藏民遗存至今。

很有幸，在这次尼西之行中，我们得以拜访了目前尼西黑陶烧制匠人中级别最高的艺术家、国家级的非物质文化遗产传承人孙诺七林老师。

年逾六旬的孙诺七林做黑陶已有50多年，据他自己介绍，在他11岁时，他开始跟爷爷学习黑陶制作，制作出的陶器主要给家里日常使用。没承想这门手艺日后竟成了全家的经济支柱，也让他成为国家级的非物质文化遗产传承人。

目前孙诺七林家有四个人在制作黑陶，除了自己的大儿子外，女婿和侄子都在家里制作各种各样的黑陶产品。

从早上9点开始，直至下午6点，是孙诺七林家制作黑陶的时间，春夏秋冬不变，这也使得我们同时亲眼见识了一块泥巴如何在孙诺七林老师的手中变身成为一件工艺品的全部神奇过程。

阳光从狭小的窗口照进来，孙老师每日就着这方光线，拍打拿捏着手中的泥土，制作出一件件造型朴拙的陶器。春夏秋冬，天天如此，至今已整整51年。

雕花很考技术，在泥胎上雕刻的技术都是在日复一日的练习揣摩中练就的，孙诺七林一般喜欢在黑陶上雕些花儿、叶子、麒麟、龙等动植物图案，美观又吉祥。

他最为得意的雕刻代表作品是藏八宝，宝伞、金鱼、金瓶、牡丹、海螺、吉祥结、法轮、经幢等八种图案的方形浮雕。复杂的浮雕工艺堪称黑陶雕刻中的经典。

孙诺七林烧制黑陶不需土窑，只要通风地带，架起松柴点火烧上一个小时，黄褐色粗坯在火中逐渐变成深红偏黄颜色，再在锯末灰中闷上三十分钟，粗坯就魔术般地变成了黝黑的颜色，这就是黑陶的蜕变。

孙诺七林说，数十载黑陶生涯，最让孙诺七林得意的还是教徒弟。

汤堆村130多户人家，有20多户做土陶制品，而且全是跟他学的。甚至一些外国人也有慕名而来的，不管哪里来的，只要肯学，他都倾囊相授。两个儿子也是他的徒弟，十来岁就开始跟着做黑陶，如今也都成了做尼西黑陶的高手。孙诺七林感叹，与宜兴紫砂陶、建水紫陶相比，香格里拉黑陶或许显得很土，但它的价值就在于质朴与纯手工制作。

数十载光阴过去了，孙诺七林带着徒弟们依循着古老的土法，安安静静地做着黑陶。

汤堆村郭家第七代陶艺传人郭军华（藏语名：当珍批初）正是尼西黑陶技艺的传承人之一。

40年前，年仅7岁的郭军华便一边读书一边跟着父亲上山背土、筛土、和泥、做胚、烧陶，学习制陶技艺。从学会到精练，再从充分继承家传制陶技艺到发展创新，他坚持了大半辈子，并且硕果累累。

2008年，他被列入了云南省非物质文化传统技艺类代表性传承人名录。去年，他的儿子郭文亮（藏语名：拉茸肖巴）从云南民族大学毕业后，也选择回到家乡开拓属于自己的黑陶事业，成为了郭家第八代陶艺传人。

郭文亮对于黑陶有着发自内心的喜爱，曾在外接受过高等教育的他表示"黑陶制品的创新发展一定不能忘根"！

在藏族传说中，有一种很凶猛的动物叫"鲨鱼窝"，它见到什么动物都会吃，后来，有一活佛时刻教育它，使它改邪归正。因此，藏民把"鲨鱼窝"雕刻在自家经堂的第一排横柱上。

1977年开始，一些陕西、山东人来到了汤堆村，他们对这种雕刻喜爱不已。应顾客的要求，郭军华把"鲨鱼窝"刻在了土锅的盖上、锅身上、茶壶上，这些作品深受藏民欢迎，也成为了郭军华的重要代表作之一。

后来，郭军华成立了属于自己的黑陶制品公司，致力于挖掘抢救和保护尼西黑陶传统工艺，他也集结了数位资深陶艺师对汤堆黑陶的历史和制作工艺进行了研究，对新产品的开发进行探索并在技术上取得了突破，使得黑陶制品发展到3大类190余种，其黑陶制品做工精细，外观古朴厚重、粗犷大气、特色浓郁，有"现代古董"之称。

随着黑陶事业的希望之光日渐明朗，越来越多的尼西年轻人选择了回到家乡学习制陶，并以此为生。

汤堆村的降初西洛就是其中一员，曾放下黑陶在外开过数年翻斗车的他最终还是选择了回来继续他的黑陶事业，因为这才是让他感到舒适自在快乐的事情。

从前的日子，尼西乡因为地理上东北群山横列，西部金沙江环绕，道路险阻，交通不便，与外界交流很是困难，虽处在茶马古道上，但经济发展非常缓慢、生活环境十分恶劣，尼西黑陶制品养在深闺人未识，主要销往德钦、丽江、康定等藏族和纳西族聚居区域。现在，尼西黑陶已经被越来越多的人熟知和喜爱，甚至已经走出了香格里拉，走出了中国，走到了全世界。

一场大雨留住了我们的脚步，雨下得出奇大。

一群来学手艺的外国学生，很安静地坐在孙诺七林周围，认真看孙诺七林做一只小口长颈大肚罐子。四下散放着制作好的生活器具，如土锅、酥油茶壶、烟灰缸等几个原色土陶。另一间陈列着若干黑陶制成品，有笔筒、佛像和茶壶，有的雕着藏传佛教的吉祥八宝图，造型朴拙有古意。黑陶以制作当地日常器具为主，如火盆、罐子、酥油茶壶等，在藏族人家可以见到。其中的藏式火锅含几个部件组合，设计别致。

手工、古老、非遗，这些标签成为新时代的特色和卖点。

一群外国儿童从雨中跑进来，这一群喜雨的儿童仰着湿漉漉的头发和脸蛋从人群缝隙中挤进去，孙诺七林把备好的泥团分给每人一小份，每份分成两份，一份压成饼状，另一块摊扁成长方形，围成一圈就成了杯身。再把杯身和杯底融为一体。

他话不多，低头专注手头的活儿，交替着不同的工具，揉、捏、拍、打、转，如同蝴蝶翅膀震动翻飞。照着心中的模样，一个规整圆润的杯子在双手之中，从无到有，逐渐成型。没有转轮工具，弧度和咬合全靠手感和巧劲。

从远方城市来的外国人，大概没有玩过泥巴，觉得新鲜。有一家三口边做边学，爸爸做得歪瓜裂枣，孩子的歪歪扭扭，妈妈则手巧。完了大家拿着"作品"雀跃着和师傅留影。

土与火的转化，勾起遥远的儿时记忆——自家烧砖盖房。

小时候捏泥巴，长大了盖房子。这是一个集体参与的大工程。在泥田里开工，就地取材，用模具做出刀削般整齐的砖头，晾干之后，垒一个山包似的砖窑。上面盖上山石，底部有若干门洞，添柴烧火。掌控温度，烧制几天几夜，不眠不休，砖窑一直冒烟。

待冷却后开窑，石头成了石灰，砖头变了色。老家房子的砖头就是自家烧制的，孙诺七林如今想起都恍如隔世了。

"法律只能约束人外在的行为，信仰可以约束人的灵魂。"随着经济的发展，很多人开始"失去信仰和道德，商业化越来越重。假如你来到香格里拉，上当受骗的话，绝对是上当受骗在外地人手里。一个地方火起来需要旅游，但死亡可能也是因为旅游。"

他谈兴愈浓的是对藏地的民风信仰。

民族的信仰，若只为满足一己私欲，于人于己又有何益。

孙诺七林盛情而不做作地邀请我们参观他的佛堂，推开佛堂的门，我还是傻眼了。和刚才阴暗湿冷的作坊相比，这里明媚澄亮，雕刻精美的大佛龛，红绿蓝黄巧妙的搭配着，衬托了如礼供奉的佛像之庄严，慈祥。

藏民的家里，最美的地方永远是佛堂。

目光浏览着，突然一亮，"联波活佛"，一张照片上，有一位僧人和各莫寺联波活佛的合影，太惊喜了，我望向他，想要听故事。他微笑着跟我们介绍到，照片上的那位僧人是他的弟弟，原来是松赞林寺的堪布，曾经跟着兰仁巴大师在拉萨修学了13年，又在北京藏语系高级佛学院修学了3年。

讲到他弟弟的时候孙诺七林是满眼的自豪和骄傲。如今他的弟弟已经辞去松赞林寺所有职务归隐在故乡一座山头上，一间不大的屋子，无电无外界任何信息。弟弟的选择是对的。弟弟从小就对钱不爱，有自己的方向。

　　走出佛堂再看孙诺七林一组陶制吉祥工艺，他告诉我保护人们免受酷热之苦避开欲障疾病和邪恶的宝伞，方便与智慧的吉祥双鱼，代表三界与涅槃的吉祥宝瓶，表示纯洁无染之心的吉祥妙莲，寓意法音远播的右旋海螺，提示我们了之诸法皆由因缘而生的吉祥盘长，鼓励我们战胜一切障碍的吉祥胜幢，体现佛教教义完美与完整的吉祥法轮。

　　雨后的阳光齐齐折射出银色的微光，第一次，感受到用黑色表达的佛教祥物给我如此的震撼。

　　尼西黑陶是连接民族团结根脉的纽带。

第六章

西双版纳，理想而神奇的乐土

"西双"是傣语"十二"的意思，"西双版纳"意为"十二个行政区"。古代傣语为"勐巴拉纳西"，意思是"理想而神奇的乐土"。

对西双版纳的认知是因为傣族叙事长诗《召树屯》。

两千年以前，傣族地区勐板扎国王召庄香有个儿子叫召树屯，年轻英俊，机智勇敢。他厌弃宫廷生活，热爱自由，在森林里，与岩坎追猎金鹿时，一只金鹿化身为二，其中一只金鹿把召树屯引向金湖边。他见到了天际飞来的七位孔雀公主。她们是勐奥东板国王的女儿，定期飞到金湖游泳。召树屯在金湖边与嫡木诺娜相见，并喜结良缘。

李秀明扮演的孔雀公主，那双深邃而传神的眼睛，神采飞扬，有着玉雕似的纯净，撼人心魄。她成名时只有20出头，但是表演老练到位，而且充满了激情，有一种年轻人特有的朝气蓬勃，这种精神气让看她戏的观众觉得非常痛快、爽利。那时，很多出道比她早的女演员都在模仿她的表演风格，连发型都向她"靠拢"。

一位汉族女子扮演了傣族公主，让一代人惊叹很久。

如果把神奇古老的西双版纳比作一个根深叶茂蓊蓊郁郁遮天蔽日的大榕树，那么舞蹈、音乐、雕刻、图画……都如同这棵千年古榕树上一条条纷披下垂的树枝，入地生根。这众多树枝在大地里面息息相通，吸收着版纳大地母亲宽广厚实的胸脯和身体给予这诸多艺术丰厚的食粮的供养，才使得这诸多树枝在大地里面息息相通。

傣族源于古代的百越族群，主要聚居在云南省西双版纳傣族自治州、德宏傣族景颇族自治州和耿马傣族佤族自治县、孟连傣族拉祜族佤族自治县。语言属汉藏语系壮侗语族壮傣语支，大体分为西双版纳方言和德宏方言两种。有本民族文字，但因居住地域的关系，各地方使用的文字略有不同，可分为傣泐文（西双版纳傣文）、傣那文（德宏傣文）、傣绷文和金平傣文（又称傣端文）4种。

傣族是跨境而居民族，是一个具有悠久历史的民族。生活在中国境内的傣族，主要分布在中国西南部，多信仰南传上座部佛教，部分信仰原始宗教。云南省傣族人口有102.5万人，2013年西双版纳州傣族总人口32.7万人，占全州户籍总人口的33.6%。一年中有三个重大节日，即"桑堪比迈"（傣历新年，阳历四月中旬）和"毫瓦萨"（守夏或雨安居，俗称关门节，阳历七月中旬）、"奥瓦萨"（出守夏或出雨安居，俗称开门节，阳历十月中旬）。傣雅支系和部分傣那支系则过"比迈楞叁"（即过春节）。

澜沧江流过西双版纳，这条发源于中国西南地区，流经缅甸、老挝、泰国、柬埔寨，由越南注入南海的国际河流，滋养了云贵高原两岸风姿妖娆的民族。

澜沧江的上源扎曲、子曲，均发源于中国青海省唐古拉山北麓，东南流至西藏昌部与右岸支流昂曲汇合后，称澜沧江。澜沧江南流穿行于他念他翁山与宁静山之间，高山深谷，水流湍急且多石滩，为横断山脉狭窄的南北孔道之一。再南流至云南省境内，先后汇集漾濞江、威远江、补远江等支流，于西双版纳傣族自治州的景洪县流出中国国境，流出中国国境后称湄公河。

这条东南亚第一长河，一江连六国（中、缅、老、泰、柬、越）。澜沧江流经西双版纳景洪港是中国国家一类口岸，与老缅泰三国商船通航，开辟了多条国际水运航道。

民谚说，"泡沫跟着波浪漂，傣家跟着流水走"。

西双版纳傣族，是与水有缘的民族，被称为水的民族。

"水创世，世靠水。"

傣族心目中的水，是孕育万物的乳汁，是生命的血源。傣族创世史诗《巴塔麻嘎捧尚罗》中讲到，开天辟地的英叭天神，就是用水混合其他物质造出了地球。

所有傣族村寨都傍水而建。傣族对水的依恋，还与风俗习惯和居住地气候有关。傣族过新年节时，有浴佛、泼水、划龙舟等活动，都离不开水；亚热带的高温，人们要一日几浴；傣族开水田种稻，灌溉也要水。傣族的生活离不开水。

历史悠久，在长期的生活中创造了灿烂的文化，傣历、傣文和绚丽多彩的民族民间文学艺术著称于世。

早在1000多年前，傣族的先民就在贝叶、绵纸上写下了许多优美动人的神话传说、寓言故事、小说、诗歌等，仅用傣文写的长诗就有550余部。《召树屯与嫡木诺娜》《葫芦信》等是其代表作，被改编成电影、戏剧等，深受群众的喜爱。傣族的舞具有很高的艺术水平和鲜明的民族特色，动作为多类比和美化动物的举止，如流行广泛的"孔雀舞""象脚鼓舞"等。

世界上最宝贵的是人心，世界上最难做的事情是争取人心。

做好民族团结工作，就好比在各族人民心中建造一条流畅欢歌的澜沧江，沐浴在河水中的各民族同胞，用关心、真心、诚心来争取各族人民的善心。

一、总佛寺，是联系信众的纽带

西双版纳南传上座部佛教规定男人一生中要过一段脱离家庭的宗教生活，在社会生活中凡遇到难事，才能解除苦难，从降生到成人后才会有社会地位。

凡是男孩在七八岁时都要时佛寺里当一段时期的和尚，称为"小和尚"。"小和尚"在佛寺里生活要自理，要劳动，还要学习佛教经书，进行严格的修身教育。两三年后可以"还俗"，还俗后的男子才可以结婚成家。

按传统习惯，未当过"和尚"的男人，被视为生人或野人，在社会中没有地位被人看不起。在寺院修身时，不准与女人谈笑，不准外人抚摸小和尚的头（这和汉族喜爱儿童抚摸头完全相反），若被外人（特别是女性）摸过头，"小和尚""修身"时间一切作废，必须从头开始。

中央民族工作会议指出，做好民族工作，最关键的是搞好民族团结，最管用的是争取人心。这一论断是对我国民族关系历史经验的深刻总结，为我们搞好民族关系指明了方向，提出了明确要求。

西双版纳总佛寺位于景洪市坝吉路，傣语称为"洼坝吉"，迄今已有1000多年历史，是西双版纳建立最早的南传佛教寺院之一。

西双版纳总佛寺大约在700年前被确立为西双版纳的最高等级佛寺，是举行西双版纳佛事活动、批准高级僧职晋升、举行新任宣慰使及各勐土司宣誓仪式的地方，也是召片领及属下各勐土司头人拜佛、各地佛寺住持朝拜的圣地。西双版纳总佛寺是州佛教协会、景洪市佛教协会和云南佛学院西双版纳分院驻会和办公场所，是联系信众的纽带，同时也是西双版纳佛学院办学，为社会输送高素质僧才的地方。

从西门进入寺庙，一幅幅图文并茂的宣传画，展示了总佛寺近年来与各相关部门合作开展的各类宣传活动。作为西双版纳建立最早的南传佛教寺院之一，多年来，总佛寺一直注重与相关部门合作，多形式进行"民族团结进宗教场所"建设。

为了唱响民族团结主旋律，云南省积极在宗教活动场所开展"和谐寺观教堂"创建活动。总佛寺现任住持祜巴龙庄勐大长老说，信仰佛教的傣族，与信仰伊斯兰教或基督教的其他民族团结友爱，从没有发生冲突。

"宣传法律法规，是我们讲经弘法的重要内容。"

祜巴龙庄勐大长老介绍说，总佛寺充分利用民族节日，与有关部门共同开展法制宣传活动。2012年，为了加强西双版纳禁毒宣传力度，提高傣族群众的防艾滋病意识，总佛寺与西双版纳人民广播电台民语中心联合制作节目，在两个月的时间内滚动播出傣语禁毒防艾歌曲。

以总佛寺为代表的西双版纳佛教机构，除了做好自身建设外，还积极投身社会慈善公益事业，捐资助学、慰问灾区，以回馈社会大众。据统计，2006年以来，仅由祜巴龙庄勐大长老担任会长的西双版纳佛教协会和云南佛学院西双版纳分院，就资助了100多名品学兼优的贫困中小学生。

"民族团结是我国各族人民的生命线，做好民族工作，最关键的就是搞好民族团结。要广泛开展民族团结教育，着重把建设各民族共有精神家园作为战略任务来抓，使各民族人心归聚、精神相依，推动各民族和睦相处、和衷共济、和谐发展。"

在创建全国民族团结进步示范区过程中，云南深入开展民族团结进步宣传教育活动，从"大水漫灌式"向"滴灌式"转变，在农村推广民族团结公约，在宗教活动场所开展和谐寺院建设，在城市创建民族团结进步社区，推动民族政策和民族知识进机关、进社区、进学校、进企业、进农村、进寺院，努力营造着"民族团结人人做，民族团结大家亲"的浓厚氛围，使之深入人心。

西双版纳傣族自治州（以下简称西双版纳）是我国唯一的傣族自治州，成立于1953年1月，是云南省成立的第一个少数民族自治州。自治州内江河纵横、山川挺拔、气候多样，自然资源丰富、景观独特、民族风情浓郁，世居着傣族、汉族、哈尼族、拉祜族、布朗族、彝族、基诺族、瑶族、回族、佤族、苗族、壮族、景颇族等13个民族，主要宗教信仰有传统原生性宗教、佛教、基督教、伊斯兰教。

全州总人口118万人，少数民族约占三分之二以上，大部分少数民族都会讲傣语。

开展"双语教育"是增进民族交流、促进民族团结的重要途径。针对双语师资力量弱、教学质量低和经费保障少等问题，自治州首府景洪市制定实施了"进一步加强少数民族聚居区中小学双语教育工作的意见"，在少数民族聚居区小学中普遍开展"双语教育"，不断探索创新双语教学机制。

傣族信仰南传佛教，长期以来形成佛寺即学校、佛爷即老师，僧人就是学生、经书就是课本的习俗，为消除听不懂汉语和看不懂汉字的现象，景洪市开展了"傣语进课堂、汉语进佛寺"活动。

"傣语进课堂"活动，是在以傣族学生为主体的学前教育阶段，从母语教学入手，让傣族学生学会傣文的声母、韵母和拼读、拼写规则。

"汉语进佛寺"则是组织双语教师配合云南省佛学院西双版纳分院、佛教协会，采取送教育到佛寺的方式，帮助未完成九年义务教育阶段的学僧补足文化教育。

"双语进机关、进社区、进村寨、进家庭"，在党政机关的公章、门牌和文件头均使用傣汉双文，在社区和村寨开办双语夜校，为群众进行双语学习辅导。

通过"双语教育"和"傣语进课堂、汉语进佛寺"活动，景洪市增进了民族文化交流与共享，引导群众牢固树立"汉族离不开少数民族、少数民族离不开汉族、各少数民族之间也相互离不开"的思想观念，有力促进了当地民族团结进步事业发展。

特殊的区位优势和历史文化，使西双版纳的民族宗教工作任务艰巨繁重。全自治州各级党委政府和有关宗教工作部门密切配合、通力协作，创新宗教管理，发挥宗教在和谐社会建设中的积极作用。

传统原生性宗教在西双版纳少数民族聚居地区较为普遍。

伊斯兰教约在明清时期传入西双版纳，融入傣族聚居地区后，逐渐形成独具西双版纳特色的"回傣""帕西傣"等人群。

1917年，基督教传入西双版纳的景洪，经过中国化，已成为西双版纳经济社会建设的一分子。

宗教信仰自由、尊重多元、满足人们发展需求的"并存互通""多元通和"的模式，部分傣族人转向信仰基督教，信仰南传佛教的姑娘嫁给信仰基督教的小伙子；传统原生性宗教在南传佛教地区并存；回族讲傣话穿傣族服饰等现象，各民族像石榴籽一样紧紧抱在一起，相互包容、相互欣赏、相互学习、相互帮助，共同唱响了宗教和谐、民族团结的主旋律。

历史上，南传佛教属于印度佛教，与缅甸、泰国、老挝以及柬埔寨等国家的南传佛教关系密切。共同的族源宗缘，使西双版纳的各大宗教秉承与澜沧江、湄公河流域国家友好往来的历史，为我国与这些周边国家建立友好睦邻的关系起到了民间外交的作用。

2014年6月13日，由泰国清迈省瓦莱蚌寺住寺阿渣苏望领导的代表团，向西双版纳总佛寺赠送巴利语三藏经书全集。从2004年开始直到逝世，泰国国王普密蓬·阿杜德每年都向西双版纳总佛寺布施御制袈裟，以示中泰国两国人民的友谊。

慈善事业在社会发展中扮演着重要的角色，佛教的慈悲济世和基督教爱人如己的社会关怀让人倍感温暖。

西双版纳州佛教协会下属的"佛光之家"不仅以慈悲济世之心关爱和疏导困难群众及特殊人群、关注不同群体的发展需求，还与西双版纳边防支队开展"法治走边关"联合普法活动。

结合佛家五戒中的"不杀生、不邪淫、不偷盗、不妄语、不饮酒"，运用民族语言，广泛宣传普及党的民族宗教政策、禁毒防艾、反恐维稳知识、国家法律法规、户籍政策及边防政策法规，全力维护辖区安全稳定。

南传佛教历史悠久，佛寺佛塔遍布西双版纳各地。例如，曼春满佛寺是西双版纳历史悠久的寺院之一，是勐罕镇橄榄坝的中心，1998

年被列为云南省文物保护单位。目前，该寺正在筹建贝叶文化展示传习所。

挖掘宗教文化资源，促进民族生态旅游。以"中缅第一寨"勐景来为例，该村是一个100余户、500多人的傣族村寨，信仰南传佛教。2006年，该村通过国家3A级景区评定，2013年被列为云南省"十县百乡千村万户"工程示范村。

敬畏自然，洗涤心灵。傣历七八月的"祭佛山"仪式，就是一个敬畏自然、崇拜自然的仪式。2014年，西双版纳的3个县市已通过省级生态文明县市验收，31个乡镇全部被命名为"云南省生态乡镇"，其中26个乡镇被命名为"国家级生态乡镇"，保持了西双版纳在我国热带生态系统面积最大、保存最完整的地位。

西双版纳宗教节日丰富，其中最传统、最隆重的是"傣历新年——泼水节"，南传佛教称之为浴佛节。除各佛寺举行浴佛仪式外，还举行傣历新年泼水节民族文化大游演，表演"傣族万人手势舞""傣族万人伞舞""傣族民间传统架子孔雀舞"等，展示出边疆稳定、民族团结、宗教和谐的大好局面。

二、召存信的一生是西双版纳的一部近现代简史

从封建领主到人民公仆，召存信一生的华丽蜕变，给西双版纳带来是政通人和的繁荣与发展，给傣乡群众送上的是希望与幸福，"老州长"这个特定的称谓，已经被西双版纳老百姓永远珍藏在心中。

经历过20世纪的人们不会忘记，"蛮荒之地""瘴疠之区"这些曾经是西双版纳的代名词。

解放初期，西双版纳群众一直沿袭着刀耕火种的生产方式，境内没有公路、没有汽车，"山间铃响马帮来"，就是当时的交通写照。

打破交通瓶颈的制约，成为召存信上任后的首要任务。在党中央的支持下，在以召存信为首的政府领导班子的积极努力下，1953年12

月16日，昆洛公路修到景洪，打开了西双版纳的发展之门。

为解决吃粮问题，召存信采取"靠党的政策调动广大农民的生产积极性，靠科学技术进步提高劳动生产率，靠增加农业投入改善农业生产条件，增强发展后劲"的措施，鼓励农民复垦荒地、精心耕种，使粮食产量连续5年持续增产。为培育地方支柱产业，造福百姓，召存信带领各族人民艰苦奋斗，致力于基础设施建设、经济社会发展。

十年间，第一条公路、第一家银行、第一个邮局、第一所卫生院、第一个农家厂、第一个糖厂、第一个水电站、第一座澜沧江大桥等多个第一，载入了西双版纳的史册。

"召景哈"是召存信60多年前的官职，即车里宣慰使司议事庭庭长。在封建领主制度下，这是仅次于西双版纳统治者"召片领"的职位。

在西双版纳，在景洪城郊的各个村子，及当地政府、事业单位，随便向人打听"老州长"，他们都能很清楚地告诉你，老州长是指谁。

召存信出生在20世纪20年代，云南省江城县景董镇的土司家族。当时，景董镇属于西双版纳管辖，由于家族对所辖地区管理有功，同时又有力地支持了西双版纳最高统治者召片领反对异国入侵，被召片领授予"孟"的称号。"孟"在傣语中是指人的头盖骨，意为至高无上的人。在西双版纳，获得"孟"称谓的仅有召片领的直系亲属。

从小，父亲就对召存信进行了傣文教育，又专门请了汉文老师到家里来教学。家中的汉文老师用孔子的"仁、义、礼、智、信"5个字，分别给他的5个儿子取了汉名，轮到最小的召孟翁罕就叫召存信。

1937年，震惊中外的卢沟桥事变爆发，日本侵略者侵占了我国东北、华北、华中等地区，同时侵占了我国西南部的周边国家，如马来西亚、新加坡、泰国、缅甸、老挝，并从缅甸北上，妄图从中国的西南面打开缺口。日本飞机在西双版纳的打洛、勐海、猛龙、景洪等地狂轰滥炸，还有日本傀儡军打到了打洛江对岸……西双版纳立即成为了抗日前线。

勐捧是一个大坝子，周围都是密密麻麻的原始森林，其中勐满和勐润与老挝接壤。中日甲午战争后签署了《马关条约》，1895年，法国人逼着清政府将勐乌、先西里等地割让给法国，让其签字承认上述几个地方属于老挝地界。在勐兴接壤处，界碑掩映在茅草、灌木之中，白天法国人将界碑从勐兴以南移到这边，半夜里，当地老百姓又悄悄将界碑移回去。双方搬来搬去僵持了一个多月，可由于清政府的命令，老百姓不得不停止这种"弱小"的抗争。

1950年2月9日，中国人民解放军进入西双版纳，拉开了全面解放西双版纳的序幕。召存信积极响应，配合野战部队行动，他的民族自卫队还担任向导、翻译、发动群众等工作。3月上旬，西双版纳宣布解放。

解放后，毛泽东主席亲自签署任命书任命他为西南军政委员会民族事务委员会委员。

曼峦龙，西双版纳嘎洒机场旁边的一个小村庄，站在村民家傣家木楼的二楼，能清楚地看到远处的机场，还有不时起降的飞机。

许多老人都表示，在机场第一次试飞时，为了犒劳大家曾经贡献出土地，政府让一批村民代表免费坐上飞机，在版纳城上空盘旋一圈。

村长70多岁的老母亲就是第一批坐飞机的村民之一，她表示，第一次坐飞机看到村庄在脚下变成一个火柴盒大小，感觉很害怕。

召存信是西双版纳连任40年的老州长，每一次选举中，召存信都高票当选，最后是因为年纪太大了，才不参选了。

召存信竭尽所能，为西双版纳的发展作出了卓越贡献，"老州长"不仅是一个身份，更是一种象征，是我国坚持民族区域自治的标杆式人物。

从封建领主到投身革命，再到人民公仆，召存信的一生是为人民服务的一生。他始终坚守一心一意跟党走的执着信仰,恪守"团结第一、工作第二"的民族团结信念,秉持爱民、为民、造福一方的为官信条。

虽然老州长已经走了,但我们相信,他用一生为西双版纳种下的爱党忠诚之树将更加挺拔,民族团结之花将永远绽放。

三、民族团结进校园、进寨子

景洪市民族中学是景洪市唯一一所面向全市十个乡镇招收优秀少数民族学生的寄宿制初级中学,1998年定为云南省二级二等初级中学。

它坐落在美丽的澜沧江北岸,景洪市景亮路4号,与国际码头——景洪港毗邻。走进景洪市民族中学,首先看到的是学校操场旁有一个展示各民族大家庭的"民族林",是学生课间休息活动的主要场所。

在"民族林"中,一张张宣传画,用汉语和少数民族语言详细介绍了西双版纳13个少数民族的情况。

8年级的布朗族学生岩应香说:"每年的开学典礼上,校长会用很大篇幅向新同学讲解民族团结的重要性。老师们在上课时,也总会特别强调民族团结。"

岩应香最喜欢课间做的"民族操",因为民族操拉近了她与其他民族同学的距离。

岩应香所说的"民族操",是由该校音乐教师何雨蔓在2006年创作的,融合了傣、布朗、基诺、哈尼4个少数民族的舞蹈。

有着30年教龄的何雨蔓说:"云南少数民族众多,通过音乐将各具特色的民族舞混合编排,可以促进各民族同学之间情感交流,消除彼此间的隔阂。"

"民族课间操",使学校的课间操成为了民族团结教育的大舞台。根据学校安排，学生每周星期二、星期四做民族课间操，星期一、星期三、星期五做全国统一课间操。

伴随着音乐舞蹈，从童年的记忆开始，友谊在课间活动中温暖了孩子们的心身，在认知健康的环境学习中成长，让他们感受世界是一个大家庭。

注重各民族学生的课外文化生活，重视学生民族艺术兴趣爱好培养，学校还专门开设了绘画室、民族手工艺品制作间、图书室、绘制作品展览室、室内篮球场等场所。并购置了相关民族乐器等设备，定期开放供学生使用，极大地丰富了学生的课外文化生活。

走进绘画室里，看到学生们专心致志地描绘着心中的梦想，一群穿着各民族服装的儿童手拉手，我问学生画的是什么？他们异口同声说："画的是我们一家人。"

在民族手工艺品制作室里，在聘请的傣族慢轮制陶艺人的指导下，学生们揉泥操刀，聚精会神雕刻着自己的作品；运动场上，生龙活虎的体育健儿挥洒汗水释放青春的活力。多种形式的兴趣培养，促进了学生向复合型民族文化人才进一步成长。

西双版纳开展的民族团结进校园、进宗教活动场所的活动，是云南推动民族团结"六进"活动的一个缩影。一系列活动的开展，践行着绵绵用力、久久为功的民族工作方法论，凝聚了民族团结正能量。

从景洪市出发，驱车2小时，就抵达了有着"中缅第一寨"之称的勐景来傣寨。

一条平整的水泥路直通寨子，路两边是连绵起伏的大山。

勐景来既是一个村寨，也是一个国家3A级旅游景点。这个由110户、539人组成的村庄，因其突出的民族特色，被旅游集团投资开发后，变身为游人如织的热门景点。

进入勐景来，傣族风格的小楼尽收眼底，走在鹅卵石拼出吉祥如意画风的小路上，仿佛置身于世外桃源。

在"景来赶摆场"上，30岁的傣族妇女玉香和她的老公，正在向游客推销手工制作的红糖和从缅甸购入的棒棒糖。

因为靠近缅甸，这里绝大多数村民都会做些边境贸易。

"每个月能有两三千元的收入。"玉香开心地说。

傣族村民岩英拉家的农家乐于开业以来，经过十几年的不断发展，如今已经可以容纳100多人同时就餐。"每年寒暑假时，游客更多，通常还要雇一两个人来帮忙。"岩英拉说。

曼峦勒，是西双版纳州景洪市的一个傣族寨子，该寨子在民族团结工作上有着悠久的历史，以喝鸡血酒吃团结饭的传统习俗来真切推动民族团结进步，其实是傣族人民团结和美的悠久传承。

7月21日（傣历1380年9月9日），是勐罕镇曼累讷村曼峦勒村小组，一年一度的盟誓仪式。

上午11时许，盟誓仪式正式开始。村里德高望重的长者身着传统傣族服装端坐在盛有酒的金钵前，口中念着誓词，两名青年男子手中各持一只红公鸡，一名青年男子手持刀具站在一旁。待长者念完誓词，持刀者将公鸡宰杀，让鸡血流入盛有酒的金钵中，不停搅拌。

随后，长者和村干部一起拿起酒杯，从金钵中打出一杯酒来一饮而尽。接下来，村里15岁以上的男子轮流从金钵中打酒而饮。

传统盟誓必有传统故事发生。相传，帕呀达拉、岩罕尚、岩丙龙、岩哈南屋、岩迈糯5个农民找到了一块土地，土地上有一株大树名叫峦果勒龙。他们于傣历1261年在这片土地上共建了一个村寨，村寨因土地上的大树而取名曼峦勒。

当时只有他们5户人家，他们5人开会民主推选岩罕尚为寨主，并立誓共建共治村寨。

傣历1271年，村寨被一次大火烧毁。在村民的努力下，又在原址上重建了曼峦勒村寨。沿袭先祖先辈的誓言与盟约，村寨后人共同立誓要共建共治村寨，并建立了村规民约。

曼峦勒村小组一直延续下来的这一古老盟誓始于1890年，后来由于村寨搬迁，中间间隔了5年，从1896年恢复这一盟誓后就再也没有间断过，至今已有121年的历史。

曼峦勒村小组共有农户56户275人。全村村民信仰南传上座部佛教，保持着良好的民族传统，村民间互相尊重、互相帮忙、团结融洽。2016年被景洪市委、市政府评为"景洪市民族团结进步示范村"；2017年被州委、州政府评为"州级文明村"。

在曼峦勒村小组，"共栽民族团结之花、共享繁荣发展硕果"字样的民族团结标语格外醒目。

为保障曼峦勒村小组村民正确行使民主权利，加强自我管理、自我约束和自我服务，曼峦勒村小组结合本村实际制定了《村规民约》。

禁止赌博是《村规民约》二十三条中的一项。

《村规民约》还规定，村民之间要和睦相处、互相帮助，禁止诽谤讽刺、打架斗殴、酗酒闹事或偷窃行为；违者除赔偿损失之外，每出现一次当事人要承担违约金200元以上500元以下，情节严重者移交司法机关查办。

《村规民约》中规定，村民有责任送子女上学接受九年义务教育。村小组拿出资金对考上大学本科的学生一次性奖励2000元，考取专科的奖励1000元，村里先后走出了5名大学生。

关爱老人一直是曼峦勒村小组的优良传统，现在全村共有5位80多岁的老人，88岁的咪香康朗是村里目前最年长的老人。妇女小组长玉应章的奶奶咪涛章今年86岁，跟儿子住在一起，平时儿子外出做农活，老人就在家帮着做饭、照看孩子，一家人幸福地生活在一起。

为了让村民看得懂、记得住这些规定，《村规民约》还用傣汉两种文字对照书写，并将《村规民约》印制成宣传牌竖立在村小组活动室。

曼峦勒村小组以种植橡胶为主要产业，冬季农作物开发种植为辅，土地出租逐渐兴起，经济条件越来越好，住房仍然保持着二、三代干栏式傣民居建筑特色，均为砖木结构住房；全村实现"五通"，即通路、通电、通水、通广播电视、通信息；进村道路为沥青路面，村内道路均为水泥路面，宽敞整洁的村道路四通八达；基础设施建设日益完善，村内建有篮球场、办公室和老年活动室，极大改善了村民的文化娱乐生活，丰富了村民的精神生活；村民们保持着日出而作、日落而息的良好生活习惯，农忙时节重于农活，农闲时节外出务工。

据说，喝鸡血酒吃团结饭的习惯自1890年就沿袭传承至今，已经有一百多年的历史。每逢傣历的9月9日，村民们就会欢聚一堂，开会议事，总结过去一年村里的事，发扬好的，批评坏的，修正那些违规违约的事。

总结、修正之后，大伙通常会一起喝鸡血酒、吃团结饭，共同筹划迎接新的一年。喝鸡血酒的人，包括全村15岁以上的男青年；妇女们则是一同参与吃团结饭，场面较为热烈。

男人们将调制好的鸡血酒倒满酒杯喝下，就意味着要求男人要做好表率；在村里要睦邻友好，不惹事生非，不伤风败俗；吃团结饭，男女老少都参加，一起铭记祖辈对团结和睦友善的传承，加强村民对建好和谐家庭和秀美村寨的信心。

曼峦勒村的《村规民约》订得极为细致——如何过好家庭生活，端正社会行为，传承好优良风俗等，《村规民约》都作了规范。

除了用汉字书写表达，在所有公开的章程和栏目里，包括村社财务、干部履职情况、土地租赁、建设项目实施等，都用傣族文字做出对应的解释。甚至1890年以来至今担任或主持过该村事务者的名单也列示在墙上。

喝鸡血酒，吃团结饭，传承的不仅仅是一个民间的风俗习惯，还是促进群众互助、友好、团结，能够达到心连心、情相通的一种交流与盟誓。

在几千年的历史长河中，民族团结的种子冲破现实藩篱的重重阻碍而生根发芽，经受分分合合的刀风剑霜而开花结果。

依灵山而寨，择好水而居，傣族寨子，远看，是一幅散淡的水墨,简洁的素描;俯瞰,是一幅意境深邃的蜡染……手挽手的棕榈,庇荫着每一条缠绵而又清幽的小径;肩挨肩的槟榔,高挑着丝绸般柔软的雾霭,羽毛般轻盈的烟岚。佛塔,在散淡随缘中耸峙。佛像,在大彻大悟中静穆。古老的菩提树,枝枝叶叶都蕴藏着参不透的禅机。

在傣家寨,最教人心荡神驰的,是爱意氤氲的姑娘茶;在傣家寨,最让人刻骨铭心的,是风情万种的孔雀舞。

一颗炽烈的太阳,始终鲜亮在傣家人清醇的竹筒酒里。香竹饭的清香,随微风四处飘荡。小伙子深情的葫芦笙,夜夜如溪水般潺潺流淌,直把阳台上那一个个纺线的少女,浇灌得春风满怀,月色融融。

在傣家寨,只要采撷到一滴相思豆的殷红,你的心便会潮起潮落。随意抚摸一把凤尾竹的枝节。你的手指便会长出忧郁而婉约的箫声。即使是一片平凡的树叶,也会让你浮想联翩,魂不守舍。只要走进了傣家寨,你就扣开了真、善、美的大门。

四、打洛边防战士胡鑫是布朗人的小福星

从西双版纳自治州首府景洪市市中心出发,西行约两小时后,终于抵达120多公里外的云南省边防总队打洛边防检查站。

打洛是一个边境小镇,位于西双版纳自治州勐海县,常住人口以布朗族、傣族、哈尼族为主。事实上,在傣族语中,"打洛"的意思就是"多民族聚居渡口"。这里紧邻缅甸,打洛边防检查站与中缅边境之间的直线距离,仅3公里。

胡鑫是一位身材健硕、阳光帅气的年轻边防战士,说起自己的师傅,布朗弹唱人依坎腊,他一脸迫切想让我去见他的师傅。他说:师傅是一个不喜热闹,喜欢做事不愿意宣传的传承人,有一身故事。

依坎腊住在打洛镇曼山村委会曼芽村,该村有90多户450多人。去往寨子的路上,胡鑫给我讲起了他的拜师过程。"布朗弹唱",唱的是布朗族民歌,弹的是布朗族一种传统乐器。胡鑫与"布朗弹唱"

结缘，还得从2011年底说起。

打洛镇不大，常住的有布朗族、傣族、哈尼族等多个民族的群众。部队的营区正好与布朗族聚居地相邻。布朗族能歌善舞，事实上，平日里也经常有弹唱声从他们的聚居地传到部队营区来，十分美妙、动人心弦。

2011年底，打洛边防检查站计划与当地群众共同举办一场联欢晚会。在同事建议下，胡鑫决定拜布朗族群众为师学习"布朗弹唱"，然后在联欢晚会上"露一手"。

第一次走进布朗族村民聚居的村寨，第一次零距离感受"布朗弹唱"的质朴与美妙，胡鑫就被深深打动了，有一种相见恨晚的感觉。

他虚心求教，先后拜"布朗弹唱"传承人村民岩瓦洛、玉喃坎、玉康拉为师，后来固定和师傅依坎腊学艺。一次次抽出时间前往村寨，认真学习"布朗弹唱"，时间长了，他甚至还学会了一些布朗族语。

他的师傅依坎腊站在院子里，身后是正在建筑的新房子。瘦小的女人，穿着本民族服装笑意盈盈。新房子起了一半，看上去很有感觉，我问她，一座新房盖下来需要多少钱？她说：50多万。院子里混凝土、水泥散落在四下，她腾空一块空地让我们坐下来。

依坎腊给我们讲布朗族故事，讲到现在的布朗族孩子们都不会母语了，有一丝难过。她作为布朗弹唱的传承人，每一次教布朗族孩子们唱民歌，她都用母语布朗语唱，甚至教孩子识歌词也用布朗语。

布朗弹唱明亮清晰，具有独特的音调韵律，其韵律中又根据不同的演唱内容用不同的调式演唱。演唱的内容广泛，有唱本民族古老的迁徙历史、传说故事、生产知识、缅怀祖先、人生礼仪、祭祀等古歌，还有相当一部分是山歌、情歌、劳动生活、儿歌等。

演唱方式以本民族的特色弹拨乐器——四弦琴加以伴奏，音调委婉动听。布朗弹唱按体裁分类，有结婚歌、迎客歌、回家歌、生产节令歌、丧事歌、宗教歌、人生礼仪歌、儿歌等。

布朗族也是一个跨境而居民族，在缅甸、泰国等东南亚国家都有大量的布朗人居住。

在我的恳求下依坎腊用汉语给我们唱起了布朗民歌：

"茶花开了会有凋谢的时候，欢乐的人儿没有老的时候；树长得再高也有枯萎的时候，欢乐的日子没有完的时候。把所有想的这些变成一杯水一杯酒，大家一起喝一起分享快乐……"

胡鑫用布朗语和唱。

两个民族，两代人，欢歌笑语声中，演唱着的默契让再坐的我感动。

2013年，胡鑫和布朗族村民组队代表打洛镇参加在布朗山乡举办的全县布朗弹唱邀请赛，他表演的歌曲《歌唱共产党》获特等奖。

由于胡鑫学会了许多布朗族村民都不会的"布朗弹唱"曲调，当地一些布朗族人，给他取了个与他的名字谐音的外号叫"小福星"。

但真正让这个外号在当地传开的，还是胡鑫组织的系列"爱心包裹"活动。

2011年底，胡鑫听说附近一个名为"曼丙"的布朗族村寨里，有位村民得了白血病，急需救助。热心的他立即发起募捐，大家你给5元、我拿10元，很快凑了一笔善款。

曼丙村寨距离打洛场镇40多公里远，虽说通了公路，但路况极差，开车往返一趟需要4个多小时。胡鑫当天便驱车前往，将这笔善款送到了那位罹患白血病的村民手中。

胡鑫在村里意外发现当地一些小孩在大冷天也光着脚，十分心疼。回到营地后，他便思谋着要为这个村子的孩子做点什么，但一直没想到合适的方法。

一段时间后，当地一位教师得知后建议他将那个村的情况"发到网上去"。

胡鑫觉得这个办法很好，随即上网发帖介绍了曼丙村寨的情况，呼吁网友向当地家境贫困的孩子捐赠旧衣物和书籍。帖子发出后，一个个"爱心包裹"很快从全国各地络绎不绝地邮寄到打洛边防检查站。

短短几个月时间里"爱心包裹"的总数达到了3000个。胡鑫说,每次去村寨送爱心包裹,村里的老人孩子都会整整齐齐站成一排,一边鼓掌一边热情喊着:"小福星来了,小福星来了!"

军爱民,民拥军,军民鱼水一家亲。

"以后我的西瓜就叫'爱民瓜'了!"打洛镇曼蚌村村民岩拉叫带着憨厚、喜悦的笑容,送上精心挑选的西瓜给边防官兵。

岩拉叫与同村其他5户人家合伙向信用社贷款8万元,以每亩300元的价格租用了100亩土地种植西瓜。由于持续干旱,种下去的瓜苗如不及时浇灌,很难成活,岩拉叫将遭受严重损失。

打洛边检站监护中队官兵得知这一情况后,立即派出20人的帮扶小组,带上水桶等盛水工具,从几百米外水源地取水后不断向瓜地浇灌。经过持续4天的奋战,100多亩瓜苗得到了及时补水,岩拉叫避免了巨大损失。

西瓜丰收时,官兵们又自发组成20人的帮扶小组,帮助岩拉叫采收西瓜。

勐海县友谊学校是一所民办学校,创办初期教学设施相对较差、师资力量薄弱。当了解到学校的实际困难后,打洛边检站将友谊学校列为"一对一"结对帮建对象,倾心助学,坚持每月派出官兵为学生进行辅导授课,每学期开展军训等活动,不定期组织官兵对校舍进行修缮,并积极与县、镇职能部门沟通协调,给予学校建设更多的政策支持。

官兵们还在学校设立了"边防爱心助学点",成立了"爱心助学基金",对家庭贫困的学生给予长期资助。

打洛镇与缅甸掸邦东部第四特区勐拉县城接壤,中缅边民贸易往来十分频繁。每天清晨6点半,天还没亮,一排排赶早市的边民就已经在口岸门前排好队准备通关。

按照规定，口岸每天早上8点开关，晚上6点闭关，边民早上到达缅甸，一些鲜活农产品已经不太新鲜，很难卖出去。面对这一情况，打洛边防检查站为互市边民专门开通了"便民互市绿色通道"，每天早上6点半开关，把开关时间提前了一个半小时。同时，对持有效《中华人民共和国出入境通行证》从事边境贸易的人员，一年只在其首次出入境时对证件加盖一对"验讫章"，大大方便了边民贸易。

胡鑫讲到学习布朗语时，因为没有文字，他只能用手机录下来，回去用汉语标注读音，然后再跟着旋律唱。

师傅依坎腊说，他发音非常标准。

胡鑫在警营里大力推广布朗弹唱，他挑选了几名对民族歌曲有兴趣的战士，成立了"布朗族民歌合唱队"，让官兵的业余文化生活变得丰富起来。

对于做善事，胡鑫说他将尽全力继续做下去，每当看到受助者对他微笑，他就觉得活着有十二分的幸福。

五、八个民族36口人组合的和睦大家庭

今年45岁的布朗族人张敏，是勐腊县职业高中的一名语文老师，也是第十三届全国政协委员。

她的父亲是汉族、母亲是布朗族、丈夫是彝族、弟媳是白族、妹夫是彝族，丈夫的堂嫂、堂弟媳中又有哈尼族、基诺族、拉祜族、傣族。

2004年，张敏调到勐腊县职业高中工作。当时因为自己家在勐海，她刚到勐腊县工作时，面对陌生的环境，有诸多不适应，是丈夫及其家人给予了她鼓励和支持，使她很快适应了新环境。

张敏说，自己加入到丈夫的这个大家庭后，晚上住在公公、婆婆家，白天吃饭在姐姐家。他们在生活中都关心和照顾她这位布朗族媳妇。她自己除了上班、洗衣服之外，几乎不用做什么家务。这使她得

以全身心投入到工作中，并利用课余时间完成了本科函授学习，通过自学取得了云南省普通话测试员资格证书、心理咨询师资格证书，这也为她成为一名优秀高中职业教育工作者打下了坚实基础。

"走进丈夫郑能军这个民族大家庭17年了，这一路走来，不仅丈夫始终如一爱着我，丈夫的这个多民族大家庭成员相互包容、互帮互助，解决了我工作生活中许多后顾之忧。也正是他们的无私付出，鼓舞着我努力工作，用更优异的成绩回报社会和亲人。"

勐腊县职业高中是勐腊县唯一一所融职业教育、成人教育为一体的综合型学校。学校在职在编教师60余名。这60余名老师由傣族、哈尼族、彝族、瑶族、苗族、布朗族、佤族、汉族等组成。张敏能跟多民族教师融洽相处，在工作中时常得到大家的关心和帮助。张敏因为责任心强，专业素养高，很快就成了学校的政治教研组长。

学校校长刀荣明是傣族，张敏在工作中遇到什么困难，只要找到刀荣明校长，他都会耐心地给予指导和帮助。近年来，学校抓住国家提出"一带一路"倡议机遇，配合勐腊（磨憨）重点开发开放试验区规划建设，进一步扩大对外教育合作，从2001年起学校每年都面向老挝招收汉语培训班。

截至目前，勐腊县职业高中共开办老挝汉语培训班16期27个培训班，培养老挝学生1264名。

担任政治教研组长的张敏和她的同事们，按照老挝的风俗对老籍学生在吃住行方面给予精心照顾，使他们充分感受到中国人民的博爱与友情。

2017年5月份，毕业于勐腊县职业高级中学汉语3班的11位老挝籍学生，相约回到阔别12年的母校——勐腊县职业高中，看望张敏和她的同事们。

当年的汉语3班班长龚林金说："我们重返母校，感到无比激动。老师们当年给予我们无私的关爱，才使我们成长成材。"

现就职于老挝人民革命党中央纪律检查委员会的申通深情地说：

"当年汉3班的毕业生回老挝后成为了各行各业的骨干,为促进中老文化交流发挥了桥梁作用。毕业12年了,我们仍然怀念勐腊县职业高级中学的老师们,是他们给予了我们跨越国界的关怀。"

张敏的父亲是20世纪60年代从昆明到农场支边的知识青年。父亲吃苦耐劳,加之勤学好问、上进心强,被调到勐海县布朗山当教师。父亲在工作过程中结识了她母亲依么坎,父母自由恋爱并走到一起。1979年恢复高考后,张敏的父亲考上了云南师范大学,毕业后先后调到勐海县四中、勐海县民中教书,之后又调到勐海县职业高中教书。张敏的父亲无论到什么单位、从事什么工作,从来都不忘记布朗族山寨的乡亲们。在张敏的印象里,家里从来都是"人满为患"难得清静,布朗族乡亲们看病、修录音机、修手表等都会来找自己的父亲。她的父亲都会热情接待、笑脸相迎,竭尽所能地帮助布朗族乡亲,从来没有怠慢过。

因为来找父亲的布朗族乡亲太多了,为此上初中的张敏还跟父亲顶过几次嘴。那时候,张敏责怪父亲爱多管闲事,搞得家里不得"安宁"。父亲总是笑着告诉她:"他们都是我们的布朗族亲人,我们应该互帮互助呀!"如今张敏的父亲已经离开了人世,但张敏听从父母的教诲依然跟这些布朗族乡亲常来常往。

谈起父亲,张敏动情地说:"父亲留给我们的最大财富就是和各民族友好相处、互帮互助的家风,这让我受益一生!"

团结的家风不仅在张敏父亲身上体现,同样也体现在张敏丈夫郑能军这个民族大家庭中。

郑能军的父亲郑光荣是退休干部,退休前长期在乡镇工作,他能讲民族语言,能和各民族兄弟友好相处。退休后郑光荣常常教导郑能军和张敏,要求他们跟各民族组成的家庭成员友好相处,相互包容,相互理解,团结友爱。正是这种家风,让张敏这个布朗族媳妇很快融进了丈夫的这个多民族组成的大家庭。

说起团结友爱的家风,张敏说:"我要把父亲、母亲及公公、婆婆这种倡导各民族之间互帮互助、团结友爱的家风告诉儿女和学生，让这种良好家风世代相传！"

每逢节假日，张敏的亲戚们就会聚在一起。她自己的弟弟、妹妹，丈夫家的父母及弟弟、妹妹，加起来一大家子。张敏骄傲地说："我们是一个多民族组成的大家庭，有汉族、布朗族、彝族、白族、哈尼族、基诺族、拉祜族、傣族共8个民族36人，三代同堂。"

看吧，布朗族的茶叶、傣族的包烧鱼、彝族的牛干巴、哈尼族的手抓饭、基诺族的野菜汤……错落摆开的4张餐桌上摆满了来自热带雨林的诱人美食。

艳丽的布朗族裙子、蓝色的彝族上衣、黑色的哈尼族包头、朴素的白族围腰……身着民族服装的30多口人围坐在一起，各种民族语言的歌声此起彼伏，各民族语言的笑话汇聚一堂。

张敏说，一个家里生活着这么多民族，每个民族都有自己独特的习俗、文化、禁忌，要想让这个大家庭和谐，就得做到相互平等、相互尊重、相互包容。我们能够成为一家人真是要感谢党和政府，感谢爱情，是爱让我们走在了一起。

我们的传统文化中把家看得很重，于是，就有了"家和万事兴，家宁国泰平"的千古流传；如果说中华民族大家庭是皎洁星空，那么每一个小家庭就是闪烁其间的星辰。

"湖水平静，鸿雁就平安。"

六、直过民族，守着桂花树的窝棚

雪山夹峙，激流奔腾的怒江峡谷，险峻的道路边一排排背篓排成一溜，里面都装满了山货，可是见不到一个卖货的人。但是，只要你上前去翻翻背篓，就会有人来。原来，卖东西的傈僳族人感到害羞，躲在远处等客人……

这是20世纪70年代，新华社云南分社记者刘远达在怒江傈僳族自治州福贡县见到的场景。其实，缺乏商品意识，羞于经商，不会讨价还价，是云南直过民族的普遍特点。

直过民族没有本民族的第一代商人，在他们聚居的地方也没有初级市场，只用自己的实物产品在村社或部落内换取自己所缺物品。

"商品价值从商品体跳到金体上，是商品的惊险的跳跃。这个跳跃如果不成功，摔坏的不是商品，而是商品的所有者。"这是马克思在《资本论》中对商品向货币的转化的形象比喻。对于到改革开放初期还缺乏商品观念，自给自足，没有商人，更没有市场的"直过"民族而言，这样的跳跃尤为"惊险"。

改革开放是中国一场伟大的革命，既有像深圳等一批"杀出一条血路"，令人瞩目的开路先锋，也有许多在边疆民族地区，于无声处听惊雷的追赶者，他们一同构成了改革开放40年波澜壮阔的画卷。

但是，"做买卖""讨价还价""赚钱"，对于一些民族而言，曾经都是羞于启齿的事。

独龙、德昂、基诺、怒、布朗、景颇、傈僳、拉祜、佤族等少数民族是云南特有的少数民族，1949年之后他们从原始社会末期跨越几种社会形态，直接过渡到社会主义社会，几乎"一夜之间"跨越了其他民族上千年的历程，因此被称为"直过"民族。

社会制度可以跨越，但生产力发展阶段无法跨越。

对于"直过"民族而言，如何从刀耕火种、自给自足的自然经济过渡到商品经济，并融入市场经济的大潮，这是改革开放进程中非走不可又艰险的一步。

1984年6月，基诺山举行了第一次农产品交易集会。但是，基诺族村民背着各种土特产转来转去，羞于出售，也不会讨价还价，有的交到供销社，有的晚上又背回家。

怒江峡谷往南一千多公里的西双版纳基诺山，热带雨林茂密，气候温暖湿润，如同北回归线附近一颗"绿宝石"。

我国最晚认定的一个民族——基诺族就生活在这片600多平方公

里的山林中。

"在传统观念里,多余的东西应该送给没有的人,或者以物易物,拿去换钱是不道德的。"70岁的基诺山基诺族乡原文化站站长资切说。

村民"有肉同吃,有酒同喝"的观念根深蒂固,过去猎到野兽"见者有份",谁家杀了猪也是寨子里平分。为了换取盐、布匹等生活必需品,基诺族才下山用药材、茶叶与其他民族进行以物易物的交换,完全没有"生产东西卖钱"的概念。

1984年6月,基诺山举行了第一次农产品交易集会,这是基诺族历史上破天荒的事。但是,出售产品的人却很少,基诺族村民背着各种土特产转来转去,羞于出售,也不会讨价还价,有的交到供销社,有的晚上又背回家。

"现在看来简直不可思议,但当时就是这样,迈出这一步感觉比登天还难。"资切说。

为什么封闭的自然经济对直过民族会有如此强的影响力?冲破自然经济壁垒如此之难?

这既有自然条件和生产力发展水平的原因,也有思想观念的原因。

云南高山峡谷相间,河流纵横,交通不便。云南94%的面积都是高原、山地,中间零星分布的各种"坝子"(盆地、河谷)仅占全省面积的6%。坝子之间,山川阻隔,可耕地少,限制了各农业区域的联系和分工合作,商品交换主要也是本坝子的"街子",以鸡羊猫狗龙马等日为街期,日中为市,附近农民以易有无,坐商及客商极少。

"与自然环境造成的壁垒相比,打破思想观念的壁垒更难。"

77岁的云南省社科院原民族学所所长、纳西族学者郭大烈,20世纪80年代中期曾主持"云南民族地区商品经济研究"课题。他调研发现,"直过"民族的原始共产主义、绝对平均主义观念很强,加之过去受"左"的思想影响,片面追求"一大二公",把"大锅饭"看作是社会主义制度的优越性,两种思想一拍即合,严重阻碍了民族地区商品经济的发展。

生活在中缅边境澜沧县的拉祜族，被称为"猎虎的民族"。

从原始社会末期直接过渡到社会主义之后，原始共产主义风俗仍然浓厚。村中谁家杀猪，听见猪叫其他人便会纷纷赶来，连吃带拿，300多斤重的猪一天就消耗完毕。一家人烤酒，全寨男女老少都来喝，喝到酒干人醉才散场。

20多年前，新华每日电讯记者在澜沧县曾采访到这样一个故事：木嘎区的一户拉祜族群众看见别人开餐馆赚钱，自己也开了一家羊肉汤锅店，结果亲戚朋友一见都来吃，他高高兴兴地还倒酒给他们喝，外面寨子的亲戚朋也纷纷来吃喝，结果不到几个月便亏本关门。

如今，布朗族、拉祜族等民族已不再羞于"卖东西"，妇女们也已不像过去按"堆"来卖菜，而是麻利地拿出秤，称斤论两

"有钱狗咬，有粮好在。""钱多钱少都能活，粮食少了过不得。"

这些"直过"民族的谚语体现了"以农为本、以粮为纲"的传统观念。改革开放之初，西双版纳开发基诺山、布朗山"两山"资源，提出"以林为主、多种经营"的发展思路时，就与传统观念产生了碰撞。

"村民说我们吃粮食，不吃砂仁，当时大家的观念是以吃饱肚子为原则，认为种砂仁不能当饭吃。"当科技人员第一次进基诺山推广砂仁种植时，遭到了群众的反对。资切回忆说，群众过去饿肚子饿怕了。

地处热带的基诺山自然条件十分优越，确实适宜发展砂仁、橡胶等经济作物。

为打消群众顾虑，当地政府通过减免公余粮、提供无息贷款、科技人员帮扶等措施，逐渐推广砂仁、茶叶、橡胶种植。仅仅几年时间，基诺族村民就尝到甜头，不仅吃饱了饭，手里还有钱。

"我小时候上学的费用，家里盖房子，都是靠种砂仁的收入。更

重要的是，种砂仁逐渐培养起群众商品意识，成为日后基诺山发展的关键。"

基诺山基诺族乡乡长白兰说，现在砂仁、茶叶、橡胶依然是基诺山的三大支柱产业，而且越做越大，农民人均纯收入去年达1.1万元，是1978年的一百倍。

位于中缅边境的布朗山，比基诺山更为偏远闭塞，是全国唯一的布朗族乡。1000多平方公里的莽莽原始雨林与崇山峻岭间，生活着1.7万名布朗族、拉祜族、哈尼族同胞，不少人到20世纪60年代还过着刀耕火种、采集狩猎、结绳记事的原始生活，是西双版纳自治州的"贫中之贫，困中之困"。

布朗山过去除人马驿路外，没有公路。1965年，1500多名各族群众一同上阵，用3个月修通了布朗山历史上的第一段公路——从区公所驻地到勐混的43公里山路。

"改革开放之后，布朗山经济发展最大的制约还是路。"

68岁的岩坎章20世纪80-90年代一直在布朗山工作，并于1987年担任了第一任布朗山布朗族乡党委书记。在他的力主下，1987-1988年全乡掀起了群众性开挖乡村公路的高潮，基本改变了过去村寨之间交通闭塞的状况。1990年，当地修通乡政府到勐海县城的新公路，第一次开通布朗山到县城的班车，布朗山向外面的世界敞开了大门。乡政府组织了布朗山历史上第一次集市贸易活动，古老的民族终于有了集市。

"我们应该感谢那些第一批到布朗山来做生意的外地人，是他们活跃了市场，教会了我们布朗族经商。"

回顾历史，曾担任两届全国人大代表的岩坎章深有感触地说。

1998年，布朗山乡政府附近建起可遮风避雨的农贸市场，来自四川、贵州、湖南来的几名个体商户，从附近村寨收购活猪屠宰后出售，平均每天可以卖出两头。看见外地人做生意挣钱，村寨里的一些妇女迈出第一步，每天背蔬菜到集市卖，赚了钱又扩大种植规模，其他村民也陆续加入。此后，乡政府所在地陆续开了8家餐馆、24家小卖部……

恩格斯说："商人对于以前一切停滞不变，可以说由于世袭而停止不变的社会来说，是一个革命的因素。"

40年改革开放，也催生了"直过"民族第一代商人。他们走出高山峡谷，靠着勇气、智慧与机遇，在市场经济的大潮中搏击风浪，成为一个古老民族的先行者与开拓者。

"过去布朗山是封闭的，像青蛙在井里，现在像在大海里。只有开放，不断向前，各民族才能得到更好的发展。"

24岁的小洪是基诺山亚诺寨的一名基诺族"新茶商"。看起来满脸稚气的他，仅用3年时间就颠覆了父辈的模式。

基诺山是云南普洱茶古六大茶山之一，其保存至今的数千亩古茶树近年受到市场追捧。

过去，村民们大多给广东、福建的茶商"打工"，帮其收购鲜叶并加工成毛茶，赚取加工费。

2015年，小洪大学毕业回到基诺山，"现在互联网和电子商务如此发达，为什么不自己做高端普洱茶呢？"他向父亲借钱开始创业，选择最优质的古茶树资源，按单株定价，与村民签订5年收购合同，并通过微信、网店的方式销售。虽然古树茶产量低，小洪一年只能做500公斤左右，但价格平均达2000多元/公斤，做一年超过父亲加工毛茶三年的收入。

市场经济的"魔力"和互联网的普及，缩小了"直过"民族与发达地区的"代差"与鸿沟，过去连汉话都不会讲的村民，现在能用普通话跟人交流，谈起生意来更是头头是道。

当年走路到乡政府都要一天的村寨通了柏油路，曾经赤脚走路的村民开上了汽车；过去仅有一台"摇把子"电话的山乡，如今4G信号全覆盖；家家户户盖起了新房，窝棚茅屋变成了美丽乡村；刀耕火种的荒山变得郁郁葱葱，成为生态有机绿色茶园；过去读书识字的人屈指可数，如今村村寨寨都考出了大学生……

20年，变化翻天覆地，发展日新月异。

市场经济的"魔力"和互联网的普及，缩小了"直过"民族与发达地区的"代差"与鸿沟，古老的民族更加开放，更加自信；过去连汉话都不会讲的村民，现在能用普通话跟人交流，谈起生意来更是头头是道；"绿水青山就是金山银山"在不少村寨变成了现实，村民们保护生态的意识比山外还强。

老班章村，布朗山原始雨林中一个毫不起眼的自然村。"班章"的意思是"有桂花树的窝棚"，从名字就知道这是个"守着绿水青山受穷"的贫困村。

村里数千亩平均树龄几百年的古茶树从过去无人问津到市场追捧，原生态的"老班章"成为普洱茶第一品牌。

市场的无形之手与政府的帮扶，使古茶树成为村民增收致富的支柱产业，户均年收入在百万元以上。每年春茶收购季，来自全国各地的茶商云集村寨，因现金流量大，云南省农村信用社专门在此设了云南首个自然村营业点。

老班章村，坐落在距昆明远达700多公里的边境原始雨林中。别墅式的小洋楼鳞次栉比，一个个现代化、标准化的"茶叶初制加工所"敞亮整洁。村民卖茶已进入了电子商务时代，不再背着麻袋现金存银行，而是通过手机扫码微信、支付宝做生意。

绿水青山变成了金山银山，村民更加爱护生态环境，对每棵古茶树都严加保护，禁止使用农药化肥，并制定统一的管护标准。

作为一个少数民族学者，郭大烈退休之后还一直关注"直过"民族的发展。让他感到欣喜的是，民族地区的发展速度和巨大成就，已经远远超出了当年调研时的设想。

这位纳西族老人说："当年我们还担忧'直过'民族能否顺利地实现'惊险的跳跃'，现在看来，不仅跳跃成功，而且实现了跨越式发展。"

第七章

丽江，诗歌与音乐心跳的地方

纳西族男人一生只做七件事："琴棋书画烟酒茶"，而纳西女人开门也有七件事："油盐柴米酱醋茶"。我不知道现在的纳西人是否还继续着传统的生活方式，但有一点是没有改变的，那便是纳西女的"披星戴月"：一块青蛙形象的背垫，上面还有七个圆形的图案，青蛙是纳西人的图腾，七个圆代表北斗七星。

上穿大襟宽袖布袍，袖口捋至肘部，外加紫色或藏青色坎肩，下着长裤，腰系用黑、白、蓝等色棉布缝制的围腰，上打百褶，下镶天蓝色宽边，背披"七星羊皮"，这是纳西族的传统服装，而羊皮披肩是丽江纳西妇女服饰的重要标志。

据说每家有女孩子的，都会养头黑山羊羔，到时候用整块的黑山羊皮做披肩，剪裁为上方下圆，上部缝着6厘米的黑呢子边，两肩处有用丝线绣成的日月图案和一字排列的七个彩绣的圆形布盘，圆心各垂两根白色的羊皮飘带，代表北斗七星，羊皮上端缝有两根白色长带，披时从肩搭过，在胸前交错又系在腰后。羊皮披肩典雅大方，既可起到装饰作用，又可暖身护体，以防风雨及劳作时对肩背的损伤，像这个季节早晚都很凉，背后的黑羊皮垫很暖和。

"披星戴月"也象征纳西族妇女早出晚归辛勤劳动，以示勤劳之意。纳西族妇女劳动时，不习惯用肩挑，多是喜欢用背驮，因此披肩又可当垫肩使用。另有一种看法认为，上方下圆的羊皮是模仿青蛙的形状剪裁，而缀在背面的圆盘纳西人称为"巴妙"，意为"青蛙的眼睛"，这是崇拜蛙的丽江土著农耕居民与崇拜羊的南迁古羌人相融合形成纳西族后的产物。

纳西族是氐羌系统民族，据说，纳西族的男人是世界上最幸福的男人，人说：娶个纳西婆，胜赛十头骡。

以前纳西族由女人外出打工、干活，哪家男人抛头露面了，便是这家女人的耻辱。所以，在纳西族里，所谓的美女，就是身强力壮、肤色黝黑、能干活的女人。

纳西女人从体力活到小生意，从收拾田地到杀猪，从缝补衣服到生火做饭，样样都能干，而男人们则舒散犹闲，弄乐写字去了。

丽江男人一生有三件大事：盖房子、娶媳妇、晒太阳。丽江男人对种花、养鸟、写字、画画、打麻将有着特别的嗜好和特别多的时间，而纳西女人一年当中只有在大年初一才能睡一天的懒觉。

一、马帮古道，一条民族迁徙的文化走廊

茶马古道，不仅是一条古道，一条商道，它更是一条各民族交往融合和经济往来、文化交流的大通道。是内地连接西部、西北通往内地和中国与东南亚、中国与南亚连通的国际性大通道，它更是地处边地的云南走向中原、走向世界的大通道，承载着十分厚重的历史文化内涵。

提起茶马古道，就不能不说起马帮。他们作为这条古道上主要的运输载体可谓兴盛一时。只是由于现代交通的发展，只有在古道一些偏僻的角落，我们还能看到他们风餐露宿的影子。

"从丽江经拉萨到印度的卡里姆邦，三个月的跋涉，如果要牲口存活下来，驮子轻、路程短和饲料足是必要的。途中没有大道，只有一条弯曲山路，通过阴暗多石的峡谷，沿着陡峭的大山忽上忽下，涉

过咆哮的冰川溪流……"

俄国人顾彼德曾在《被遗忘的王国》中，描述了20世纪40年代茶马古道上马帮的勇敢。

追溯历史，古道上的马帮，多由四川、云南按地域组成。云南进藏的马帮，产生在滇西各县，大理白族人组成的称"喜洲帮"，因赶马人以喜洲为主；鹤庆白族、汉族组成的称"鹤庆帮"；腾冲汉人组成的称"腾冲帮"，丽江纳西人组成的称"丽江帮"；中甸、德钦藏族组成的称"古宗帮"，巍山、宾川回族人组成的"回族帮"等等。

随着运载货物品种的增加，出现了专门驮运某种货物的马帮，有的马帮即以货物命名，"盐业帮""糖业帮"等。

滇西马帮除了上述统称，还有各自的帮名。帮名一般以姓氏为标志写在帮旗上。由于马帮多系商业性营运，都有自己在各地的东家。如鹤庆帮专为张家在西藏、印度开设的商号"恒盛公"服务，古宗帮则听命于中甸马家的"铸记商号"。商业马帮的规模庞大，一般都在百匹以上，有的多达四、五百匹，还有一种临时性"散帮"，又称"拼伙帮"，由有零散骡马的人家联合而成，开展短途季节性运输，马匹数最有限，一般不逾百匹。

俗话说："行船走马三分命"，旧时边疆匪患迭起，天灾不断，加之路途艰难，在长达数千公里的跋涉中，随时会遇到危险。

为此，马帮在运行中逐渐形成了一套严密完整的组织管理制度，全体成员按分工有不同的职业身份：大锅头一人，总管内务及途中遇到的重大事宜，多由能通晓多种民族语言的人担任；二锅头一人，负责账务，为大锅头助理；伙头一人，管理伙食，亦行使内部惩处事宜；哨头二至六人，担任保镖及押运；岐头一人，为人畜医生；伙首三至五人，即马帮的"分队工"；群头若干人，即"小组长"；么锅一人，即联络员，对外疏通匪盗关系，对内是消灾解难的巫师；伙计若干人，即赶马人，每人负责骡马1至3匹不等。

在人员庞大的马帮里，有的还设置"总锅头"一人，管理全盘事宜，实为东家代理人。马帮成员分工详细，奖惩严格，但不像其他行业有过分的特权和等级界限，长时间的野外艰苦生活，炼就了人们团结友爱、坦诚豁达的性格。

马帮，堪称多民族"桃园结义"的群体，平时互相亦以弟兄相称。

为了便于管理，骡马也有编制。9匹为一群，由群头负责，9匹中挑选一匹为群马，额顶佩戴红布底黄色火焰图案途标，耳后挂2尺红布绣球，脖系6个铜铃，鞍插一面红色白牙镶边锦旗。三群为一伙，由伙首负责，选一匹伙马，额佩黄底红色火焰图案毡绒途标，耳后挂4尺红布绣球，脖系8个铜铃，鞍插一面红底黄牙镶边锦旗。骡马组成一帮，选三匹健走识途好马，组成头骡、二骡、三骡带队。

首次提出"茶马古道"一词的云南大学茶马古道文化研究所所长纳西族教授木霁弘认为，茶马古道是唐宋以来汉藏等民族之间进行商贸往来的重要通道，是中国藏区连接祖国内地和南亚、东南亚的重要纽带，是中国民族文化最富集的地区之一，是西南各少数民族共生共存的历史见证。它不仅是世界上海拔最高、最险峻的驿道，也是目前世界上仍在部分运行的古道。

"抗战时期，茶马古道是唯一向国内运输生活物资的国际陆路运输线，与中华民族的命运紧紧相连！"中国茶马古道研究中心理事蒋文中说。"茶马古道像一条吉祥的红绳，将大西南众多少数民族连接到了一起。"曾任云南省社会科学院副院长的纳西族学者杨福泉如是感慨。

历史上，马帮一直是中甸（今香格里拉）当地及通往外界的运输主力，村村寨寨都有马帮。

马帮规矩严格，有专人负责敲铜锣，以锣声长短缓急和声数为号令，以统一行动。

领头的骡子叫头骡，脖子上挂有大铃，二骡挂有串铃。长途运输时，马帮常联合行动，三四百匹马队，穿行在山间蜿蜒曲折的驿道上，场面非常壮观。

据资料记载，在清乾隆年间，丽江商业十分繁荣，每年进出货物不下6万公斤，还有进入香格里拉和康区的普洱茶等等。马脚子进藏一趟，只要能安全回家的便可得到约8两银子的收入。

听当地的老前辈说，在修公路以前，原来公路的位置，全部是原始森林，稍不留神就迷路了。

马帮的经营讲究信誉和信用，马锅头从来都是说一不二，十分干脆果断，而且说到做到，绝无戏言。他们有着宽容、亲和与合作的精神，马帮的利益就是大家的利益，就是每个人的利益。在路上碰到其他马帮，大家都很亲切，遇到困难相互都会彼此帮助。他们最忌讳争抢道路，争抢草场，争抢顾客货物。

众所周知，云南地区是我国茶叶的主产区之一，云南的茶叶虽然早在唐朝就已经见于文书记载，但毒虫猛兽的自然环境和峭壁深涧的地理条件还是阻碍了滇茶的运输，使得大量的茶叶一直待沽山中，而马帮的介入，则为云南茶叶的大量外运提供了便捷的交通运输工具。

茶马古道所穿越的横断山脉是世界上地形最复杂的高山峡谷地区，其崎岖险峻的路况更是世所罕见，而沿途那些高耸入云的雪峰、浊浪滔天的江河、蜿蜒绵延的山岭更是行者的噩梦，因此马帮每次踏上征途，就是一次生与死的体验之旅。所以，干马帮就等于冒险，就等于拎着脑袋找饭碗。只要走上了马帮路，就等于立了军令状，是死是活，是荣华富贵还是血本无归，就全靠马帮自己的运气和能耐了。马帮这种长期在野外风餐露宿的生存方式赋予了茶马古道浪漫而传奇的色彩，也锤炼出马帮们为人称道的精神。

茶马古道历来都是一条民族融合之道，它见证了中国乃至亚洲各民族间千百年来因茶而缔结的血肉情感，而且茶马古道还是一条民族迁徙的文化走廊，它为人类寻找心灵的乌托邦提供了便利的交通条件。

此外，茶马古道还是一条连接世界主要文明的文明通道，多元文化在这条绵延的古道上交流与融合，并向外扩散，将多元文化的种子播撒到世界的各个角落。

茶马古道贯穿整个横断山脉，并跨越中国西部多省区，向北连丝绸之路，向南连瓷器之路，其间连接着几十个民族、上千万人口，其影响力甚至能够波及世界更远的区域，而在茶马古道的融合之路上，横断山脉不可不提。

三江并流的奇观和神奇的地质作用，最终造就了无比壮观的大峡谷，而高山深谷的地理条件也阻碍了当地民族与外界的交流，所以该地区的少数民族文化保留得非常完整。

沿着这条蜿蜒在峡谷悬崖间的古道旅行，就会发现随着沿途自然地理景观的不断变化，沿途的民居样式、民风民俗、衣着服饰、语言文化，乃至当地人所信仰的宗教也都随之发生着变化。

因而，这种诞生在茶马古道沿途的多元文化特点，使茶马古道成为了一条多姿多彩且极富魅力的民族文化长廊。

行走在茶马古道上，就仿佛是行走在一座立体的民族文化博物馆中，其蕴含的丰厚文化遗产，令人惊叹不已。

例如，通过这条古道，不仅使来自雪域高原的藏族人民获得了生活中不可或缺的茶，而且让长期处于比较封闭环境的藏区打开了门户，将藏区的各种土特产介绍给内地，从而形成了一种持久的互补互利的经济关系。这种互补关系使藏汉民族形成了在经济上相依相成、互相离不开的格局。

由此进一步推动了西藏与祖国的统一、藏族与汉族的团结。因而在历史上，内地始终与藏区保持不可分割的关系，其中茶马古道发挥了至关重要的作用。

在茶马古道上的许多城镇中，藏族与汉族、回族等兄弟民族亲密和睦，藏文化与汉文化、伊斯兰文化、纳西文化等不同文化相互吸收，互相交融。

在茶马古道沿途的康定、巴塘、甘孜、松潘、昌都等地，既有金碧辉煌的喇嘛寺、清真寺等少数民族文化建筑，也有气势雄浑的关帝庙、川主宫、土地祠等典型的汉文化建筑。

各地来的商人还在城里建起秦晋会馆、湖广会馆、川北会馆等组织机构，并将川剧、秦腔、京剧等戏剧介绍进藏区和其他民族聚居区，而来自藏区的藏传佛教也通过茶马古道传入云南及中原地区，因而茶马古道是一条融合了多民族文化的交融之路，更是一条各民族间的文化交流长廊。

这条传承古今、沟通内外的崎岖古道，仍为我们现代人留下了一些难以磨灭的记忆。在这些遗留下的记忆中，我们将感受到中国人血液里流淌着的那生生不息的奋斗精神。

二、男匠女耕，普通人的日子没有小事

顾彼德在《被遗忘的王国》中赞誉云南的手艺人为"天生的艺术家"，并描述说："他们建盖任何东西，从简陋的乡村屋舍直到宫殿或大寺庙，其手工之精巧一定会得到西方任何建筑师的称赞。渗透世世代代的传统，通过实例和口授，父传子、子传孙地继承下来。"

在历史上，云南各地的木匠、皮匠、石匠、铁匠、泥水匠等，凭着口传心授学得一技之长，四处闯荡。他们喜欢饮酒、吃辣椒，过着不算富裕但淳朴的生活，大多数生产、生活资料基本上是自给自足，与神奇而美丽的大自然保持着和谐的关系。

云南丽江束河是个名副其实的"皮匠之乡"，纳西语中有"少坞习日奔"之说，意思是"束河皮匠之村"。

许多在滇藏地区发达出名的束河人最初是靠当皮匠起家的。

相传束河皮匠的祖师是南京应天府的著名皮匠，因在明初某年元宵节上独出心裁做了一个靴形大灯笼，被人诬告是影射明太祖皇后的大脚，被判充军云南，其中的一支流落到了丽江，仍操旧业。

由于他们手艺高明，很快生产出适合滇川藏高原特点的产品，如

藏靴、皮鞋、皮口袋、皮条索等，购货者踊跃、从师者如云。到20世纪40年代末，束河的仁里、街尾、松元等村，从事皮革业的人员达到336户。

而今，发展旅游业，皮匠就更多了。只要有一把锥子，一扎纱线，束河人就敢走天下。束河人携这两件谋生之物，浪迹于滇藏地区，远的到拉萨、昌都、康定、木里、巴塘、理塘等地，近的到迪庆、怒江以及丽江城乡各地，皆有束河的皮匠高手传艺谋生。

束河是木氏土司从明代开始扶掖来自中原各地的能工巧匠安家落户、传艺谋生的发祥地。作为游牧迁徙的氐羌民族后人，纳西族古时即有"四时羊裘""男女皆披羊皮"的传统。至明朝，木氏土司从外地引进一批工匠，安置在束河村，自此，束河也有了"皮匠村"之名。

滇藏路上"半日之内必有束河人"，时至今日，在香格里拉、盐井、拉萨等地都保留有皮匠村、皮匠街。而最让束河皮匠们感到自豪的是那句"一把锥子闯天下"的美赞。

束河皮匠怀揣一把锥子（制作皮具的主要工具），跟随"滇茶进藏"的马帮走遍滇川藏三角区。

束河皮匠历史展览馆里有一张1913年摄于印度的王之典的个人照。据照片注释可知，100年前，一位叫王之典的束河马锅头带领马帮驮着中国的皮革制品、茶、盐等商品，一步步走到印度，在印度加尔各答的照相馆里留下了这张老照片。

据夫巴在《丽江束河——雪山脚下的千年古镇》一书中介绍，这批皮匠到丽江后，在边陲创办皮业，并跟随马帮在茶马古道一路传播精湛手艺。1942年以后，仁里村皮匠李习耀等向"工合"组织贷款，集资开办了皮革合作社，先后有32位工人入社，所产藏靴、皮鞋、皮口袋、皮条远销藏族地区。到新中国成立前夕，仁里、中和、街尾、松元等村从事该行业的计336户，日产皮鞋约500双。其中最多的是仁里村，120户人家中有80户是皮匠。

那时的束河村，家家门口都钉着一排木桩，整条九鼎河每天定时泡皮子，男人制革、做鞋模，女人做些细活，有的就地营销，有的批发给外地客商。尽管如此，束河人非常注重保护水质。

今天，游人可以在束河一条水道旁看到三口井：第一口井取水饮用，第二口井淘米做饭，第三口井水用来洗衣服。当地人的智慧从中可见一斑。

昔日俯拾皆是的束河皮匠，如今只余李金凤和张绍李两人，在束河皮匠村博物馆，两人的生平资料赫然陈列其上。

早在李金凤祖父那一辈，李家就背井离乡到了澜沧江边的维西，在县城附近一个叫洛鲁的地方开起了皮匠铺，制作皮鞋、藏靴和其他马帮用具，为茶马古道上的藏客们服务。

父母为李金凤取了个女孩名，希望他能继承家传的手工皮匠活儿。李金凤12岁就开始学皮匠活儿，至今他的皮匠生涯已超过半个世纪。20世纪50年代茶马古道上的生意终止后，他家又迁回了束河。后来皮匠成了资本家，不能公开做了，李金凤只有私下里接活干。直到1985年，李金凤才公开开张了自己的皮匠铺子。

虽然是祖传，但束河村有个不成文的规矩，上辈人不直接传授儿孙技艺，而是等他们年龄稍大些，读了几年书后，送他们到中甸、德钦一带亲戚朋友处学艺。因为这些地方气候严寒，哪怕冰天雪地，当徒弟的也要照常洗泡皮子，辛勤劳作的同时也练就了吃苦耐劳的精神，三年学成回来才能与家人共同操作。

束河人"一根锥子闯天下"，除了表彰其精神而外，投资成本低廉也是这一行业的实情。

皮匠是个祖传的技术活，它需要的成本不多，一根锥子、两张皮、几根麻线，便可以开张了。而鞋子是所有人都离不开的生活用品，只要肯吃苦，肯学习，就有他们的脚下路。

从丽江市区出发，出城过拉市海继续往虎跳峡和香格里拉方向走，中途向南约一个半小时后便到了海拔3000米的吾竹比村。

吾竹比村已有千年历史。村民人均五六亩地，村中大片种植油菜和洋芋（土豆），当地人笑着自称"吃的是洋芋，穿的也是洋芋"，意即村民的大部分收入来自洋芋。

吾竹比村隐匿在一片大山中，举目望去，山上尽是成片的树林。村民住着木头房子，屋里摆着木头家具，农田里用着名为"二牛抬杠"的木制犁，正是由于生活离不开木头，"会一点木工"成为吾竹比村男人的基本功。45岁的村民和相龙笑着说："家里的木工活求别人干就有点丢脸。"全村两百多户、一千多人中，单是木匠就有六七百人。

吾竹比村家家户户都有一扇六合门，以求和和顺顺。站在同族长辈和志军的院中，和相龙指着木门说："你看这六扇单木门中，雕刻的花纹有孔雀顶兰、鹭鸶穿莲、猫看菊（或金鹰护菊）、喜鹊闹梅，象征一年四季；还有富贵牡丹、松鹤延年，福寿之意。"

木匠有粗木匠和细木匠之分，起房盖屋、制作粗重农具者称粗，做精细家具、镂花雕刻者称细。谈起祖辈的木工活，和相龙思考片刻后说："特点不一样，我爷爷伍锡是当时香格里乡的乡长，人称'乡长锡'，算是个知识分子，他会盖房屋，做些简单的木头家具和农具等，我父亲和汝林是乡村医生，倒是会做屋檐的狮子头，但也不算好。"相比之下，擅长雕刻精美六合门的和相龙，显然是较高水准的木匠了。

在当地，起房盖屋、装修隔整的木匠比别的工匠更受人尊敬。起房盖屋单靠自家力量很难完成，亲戚、邻居都会出工出力，只要主人家管三顿饭就成。这也是吾竹比村的年轻男子学习木工的最佳时机，"先帮着造房子的人家干干活，打打下手，看久了也就会了"。

通常，造房子的人家要提前准备木料，吾竹比村人最常用的木料是青皮木。抬头环视满山的绿色，和相龙说，村民自家建房所需木料可以去山上找，选些树干直、树节少、外皮花纹不扭曲的，但是只有冬天才能砍树，吾竹比村深信"七八月不能砍，砍了会有自然灾难"。村民砍树时不能集中在一个区域，而是这里一棵、那里一棵。"没有树，就会刮大风。"和相龙说，"砍树前得在心中默念几句，大致说不是故意要砍树之类，也不能拢在一个地方砍，那样树就不会再长，分散开来砍，大树周围的小树很快会蹿起来。"

除此，村民们还坚守着一个不成文的规定，被砍伐的树木不能拿到市场上去交易。

在老木匠师傅的指导下，和相龙借着给人帮忙的机会慢慢学会了木工活，也认识了斧、锯、锛、刨、凿、曲尺、墨斗、锤、锉等工具。有一天，和相龙为村中一户人家做了一扇四季百宫六合门，拿了150块钱，远高于当时干农活二三十块钱的月收入。

1992年，和相龙在朋友的推介下，怀揣100块钱到丽江城发展。他的行为招来村民的种种"非议"，在村民的意识中"做生意的人都比较坏"，村里祖祖辈辈都是安分守己的庄稼人，这里流传着一句古话："斧头扛在肩，不见有人富；锄头扛在肩，不见有人穷。"和相龙的爷爷和父亲对他的选择没有明确表态，"爷爷和父亲既不支持，也不反对。"因为随着农业机械化程度的提高，地里已经不需要那么多劳动力。

顶着压力，和相龙在丽江城里开了一个木门店，月租50元。虽然来往的游客多，但面对笨重的六合门，许多客人表示"有心无力"。直到有一天，店里来了一个金发碧眼的外国游客，他拿着一张照片比划着说，能不能做一个雕刻版画。照片中，一个农妇正弯腰割稻，背后是玉龙雪山。

这笔生意最终谈到了500元，客人拿到成品后满意极了。

面对这500元，和相龙突然开窍了，他开始转向做工艺品，把六合门做成了手掌般大的木门模型，标价800元。此外，他还将纳西文化中东巴师木偶、法杖等转为工艺品，如此，生意蒸蒸日上。

匠人的世界没有"小事"，他们存一颗工匠般的心去做事，去生活,对于手工匠人来说,细节向来是最重要的"小事"。

他们靠做小事来热爱这个世界。

三、宣科,让纳西古乐名扬世界

纳西古乐是700年前创自纳西族民间的大型风俗性安魂乐曲,她的历史可追溯到1000多年前,纳西古乐也是最古老的音乐之一,被誉为"音乐化石"。

纳西古乐演奏有三个特点:一是曲目(音乐)古老;二是乐器古老;三是演奏的人老,大部分都是七八十岁的老年人(但近年也有少数青年知识分子热衷于纳西古乐)。听过这种三老古乐的人们不仅会感到纳西古东的古老和文明,而且还能体味到纳西族文化的博大精深。

高寿的老人、老人手中古老的乐器、古老乐器演奏的古曲,可谓是纳西古乐的"稀世三宝"。

这些老人们端坐着并以淡然、宁静的神态演奏,他们沉浸在自己的音乐世界里,丝毫不为下面的闪光灯和掌声所动。

舞台上方横梁处悬挂着一排十几位老先生的照片,这些都是已经去世的为纳西古乐作出贡献的老艺人,生命最后定格在舞台上,如同他们热爱古乐的精神高扬。

据考证,纳西古乐起源于公元14世纪,它是云南省最为古老的音乐,也是中国或世界最古老的音乐之一。纳西古乐是纳西族人民在接受以儒道文化为代表的中原文明影响下而创建的艺术结晶。

纳西古乐虽然古老,但500多年来却久盛不衰。其原因是它庄重典雅,是一种高雅的文化艺术。对此,它不仅深受纳西族同胞的喜爱,而且也受到了世界许多国家的青睐。

坐在丽江中国大研纳西古乐会的二层古院里,面前是一个古朴而稍显简陋的舞台,舞台两侧有一副"乐尤药也,能活人亦能杀人;礼乃理焉，可治世亦可乱世"的对联。

音乐有净化提升与再造、进化生命的功能，同时将修身的成果以及智慧的觉悟，转化成为社会行为，让"活人、杀人，治世、乱世"促成体内身外同步一致地良性转化，体内身外同步符合尊道贵德地转变，建设道德家园，也就是音乐可修身治世的大理。

那天的音乐会是在黑暗中进行的，宣科讲话后就全场熄灯，宣科说真正的音乐只能用心灵去演奏和倾听。

音乐会是在"开元"一个苍凉、悲悯的声音中开始的。一位80多岁的老人敲响大锣："锵"——随后是鼓瑟齐鸣、琴弦大作，千年的古音古韵石破天惊、排山倒海扑面而来。

20多年前，我到丽江，在一间低矮的、陈旧的老房子里，观众坐的是老式的长条凳子，那时刚66岁的宣科穿一条牛仔裤、白衬衫，头发散乱，但却两眼发光。他既是演员，又是主持，他先用中文、英文幽默诙谐地介绍了纳西、介绍了他自己、介绍了纳西古乐，然后音乐会才正式开始。

那时便知道了纳西族原是1000多年前的中原大族（据史学家考证，纳西族原是中国西北古羌人的一个支系，大约在公元三世纪迁徙到丽江地区定居下来）。

那一次是一声苍凉、嘶哑的"八卦"曲开始。

"八卦"这首曲很有名，是大唐玄宗皇帝风流天子李隆基于唐开元二十九年御书的两首法曲之一（另一首"霓裳羽衣舞曲"已失传）。"八卦"在中国音乐史上居于无可替代的位置，这首曲子确实是恢宏大气、无与伦比，可以由此想象当年盛唐的辉煌。

接着演奏了"浪淘沙"，这是原唐朝教坊的曲律，其词曲是南唐后主李煜填配的。当时的李煜处在失意状态，所以这首曲子抒发的全是怀旧、哀伤的情绪，让人听了不由得不悲从中来。这首曲子更出彩的是三位女声的伴唱，那宛转、怨尤、穿云透帛的呐喊，真让人心尖发颤，透不过气来。

"没有我宣科就没有纳西古乐。"

在宣科正式恢复古乐社之前，演奏纳西乐的老人们只是每个月聚在一起玩玩，他们是屠夫、裁缝、皮匠、养羊人、种田者，宣科改变了纳西古乐和他们的命运。

丽江纳西古乐，与其说是音乐，不如说是历史！

一群颤颤巍巍缓缓走上台子的老艺人，其中一位失明的老艺人更是被搀扶了上来。表演虽然还未开始，但已经感受到了古乐的历史和沧桑感。

老房子、老礼数、老规矩、老味道在一个边城被保存了下来，是因为这里的人们依然认定这些老旧的东西是有价值的；而这些老旧的东西在它的原创地，已经被翻来覆去地反思、批判、扬弃了不知道有多少个回合，那里的人们甚至把它当作扑向现代化的负累，必欲除之而后快。

但是，老是永远的价值。

"曲奏阳春弘扬国粹玉龙骄子宣科呕心沥血，词吟白雪大启人文唐宋遗音雅乐过海漂洋。"

演奏台两侧的楹联精炼、高度地概括了纳西古乐和宣科的情感勾连。

宣科介绍纳西古乐的时候，稍微谦虚了一下："不敢说这是世上最好的音乐，但绝对是世上没有经过改编的原汁原味的音乐"。

如果不是原版，不是从年轻时就口口手手相传的烂熟于心的曲子，这些现在连坐都坐不稳的老人是操练不来的。从这个意义上讲，今天我们听到的"八卦""浪淘沙"，就是当年皇上听到的"八卦""浪淘沙"，因此，完全可以毫不夸张地说，纳西古乐把时空浓缩了。

演讲完毕，宣科就在第一排坐下来，操起一把二胡和乐队一起演奏最后的两个曲子。

一首乐曲并非一泻千里从他手中流过，并非是只有曲谱没有音符，而在于宣科把每一个音符都演奏得这么仔细，这么用心。他把每一个音符都当成一个亲爱的朋友和士兵，士兵经过将军面前时，将军叫他们一个个出列，叫着他们每一个人的名字，深情地凝视，动情地抚摸，然后对它们说："我认识你们每一个音符，你们每一个音符都是有生命的都是懂得情感的，都是不能替代的……"

最后这两个曲子一个是"清河老人"，一个是"笃"。"清河老人"是对老子、文昌帝君的颂歌，通常用于开经、收经和道教演讲仪式中。

"笃"作为白沙细乐第一章，是从元代流传到丽江的，这是一部音乐、歌舞融于一体的大型民间"安魂曲"。

没有几个人能把这些乐曲融会贯通，流传千年，所以纳西古乐是纳西的，更是中国的，也是世界的。

宣科有一句名言：西方有贝多芬，东方为什么不可以有宣科？！

宣科父亲是丽江第一个牧师。宣科从小上教会小学。受过良好的环境影响，4岁学钢琴，20来岁就担任过云南交响乐团指挥，和傅聪共过事，后来被打成"反革命"，身陷囹圄二十多年。

宣科说："音乐来源于恐惧。"

追忆似水年华有一种无可奈何的心灵契约，是对于昔日芳华的斜阳系缆，对于遥远的童心的痴情呼唤，当然，也是对于眼前时光走远的心灵抚慰。

"那时候纳西古乐不叫古乐，是我用老师的身份把他们一个一个找回来。找回来就是想重新组建大研纳西古乐会。"

"那些乐器都是藏起来的，藏在天花板上面的，有的在乡下，就赶紧拿回来。"

"外国人还在吃早点的时候，我就给他们宣传了。"

这些都发生在1978年之后，三中全会已经开过了，改革开放了。人民生活境况马上就要好起来了。喜好音乐的纳西老艺人们有事没事凑在一起拨弄一些乐器，那些听起来很感动的音乐，最早吸引的街坊邻居，他们也许不懂，但是演奏下来各自都赞不绝口。那时还没有旅游的人，旅游只是叫旅行。

后来这些人开始对外演出，但是一个礼拜只演出一场。演出之前宣科骑着单车去召集人来听，主要是去宾馆这些招待外国人的地方。

那时丽江只有一家宾馆，或叫招待所。到了宾馆，外国人还在吃早点，这时候宣科就给他们开始宣传了。因为懂外语，宣传起来很接地气。

"我们丽江有一个民间的音乐团体，它的历史很长了，差不多在丽江有六七百年了。原来是皇家音乐，你们听不听？"

外国人说要听，在什么地方？宣科就马上写给他们地址。

集合完了，每一次都要来四五十个人，但通通是外国人，没有中国人。80岁以上的老人，很平静的演奏，让外国让吃惊不小。

"外国人觉得惊奇，中国的音乐原来在西南边陲这样一个小地方。"

由于外国人的喜欢，纳西古乐开始走向市场。

1998年他们首先到英国去演出，一群暮年老人手拿乐器走出国门，本身就是一道风景。他们先是去了英国伊丽莎白女王演奏厅，然后又到了英国的曼彻斯特皇家北方音乐学院。接着又到了赫尔，赫尔市是伊丽莎白女王母亲的降生地。

去英国之后又去了美国、法国、挪威等，挪威是由国王哈拉尔五世邀请的，去国王的家里面演奏。国王有大厅，很有名。他的曾祖父的名字叫哈康，他们就在哈康大厅里面演出。全挪威的政要、大臣通通参加，表演很成功。然后他们到了美国的西雅图，又到了德国的法兰克福。瑞士，还到了意大利的都灵市，还有葡萄牙的里斯本，爱沙尼亚的塔尔图，塔尔图市大学邀请我们。

"去了好几个地方，我们回来的时候，钱带回来一包包。人家赞助的太多了，真正的票房他们操作，我们得不到。但是人家专门赞助我们这个古乐团的钱就全部归我所有,到了北京我马上就办了一张卡存户,那一年我就存了800多万。"

出国回来后宣科就变成了丽江非常有钱的人,一年差不多要赚到1000万。

但是钱到哪儿去才是好地方呢?

学校。

这个学校的奖学金、那个学校的奖学金。奖学金并不是两块钱就可以解决的问题,每一年一个学校至少要有50万,现在一共13座学校接受了宣科的奖学金。

这么多国家演出下来,大部分老外都觉得惊奇。都认为中国的音乐原来在西南边陲这样一个小地方,并不是在北京,也不是在天津,更不是在上海。

宣科说:"纳西古乐的本质就是中国的国宝。为什么呢?因为中国古代的音乐,特别是唐宋元的一些音乐,中国都没有了,一点都没有了。但是很多人大吃一惊,在丽江是原型,演奏的是原型。并不是穿唐装的演奏才是那样的,比方说西安,我听说西安还有一点古乐,我就去看了,第二天我就打道回府,他们是完全用现代的音乐编出来的。只不过他们穿唐装演奏,他们唯一可取的一个节目是什么呢?鼓乐,鼓的边上钉子'刷刷'的,搞得好。比方说他们有一个曲牌,'老虎磨牙',那个还可以,那真正是古代的。"

"'歌舞升平',唐代的唐明皇他们在宫廷里演奏的,一直都没有证据。而我们这个的就是本质的,证据一代一代到现在,680多年在纳西族这里。因为这个地方没有战乱,这是第一个。第二个它不在大城市的范围。"

率真,口无遮拦,风趣,偶尔仰头大笑,一双亮亮的眼睛很天真地看着你,然后自问自答说:"你和我的想法为什么是一样的。"

纳西古乐有着一套严格的传承方式,演奏者多为年老艺人,乐器也很古老。他们遵循以师带徒或父带子的方式，使古乐代代相传，并用工尺谱为媒介以口传心授的方法传教。

师傅口唱工尺谱，一曲曲一句句地教，徒弟一曲曲、一句句地背。边背工尺谱边学习演奏一件乐器，然后逐渐实践，边学边奏，直至逐曲熟练。

正是由于这种严格的传承方式，纳西古乐才得以流存至今。乐队所用的古乐器有苏古笃、曲项琵琶、双簧竹管乐器波伯（芦管），还有竹笛、大提胡、中胡、小叫胡、三弦、五音云锣、中锣、小镲、铙、大钹、锣、板鼓、提手、木鱼、磬等等。

纳西古乐由"洞经音乐""皇经音乐"以及丽江本土音乐"白沙细乐"组成。乐曲古老，乐师们手上所持乐器，都有上百年历史，如"芦管""苏古笃"（波斯诗琴）、"十面云锣"等。

纳西族先民在约七百多年前创制的"崩石细哩"，汉译为"白沙细乐"，是流传在丽江纳西族乡间中的一种古典音乐技术形式，"白沙细乐"里有歌，也有舞，但它的主要成分是器乐合奏。

"白沙细乐"用于丧事或是重大的祭祖节的活动中进行奏乐，是一部风俗性的音乐套曲。当时更有专门的乐工，其演奏技艺也该是相当高超。

云南的很多地方都有洞经音乐，洞经音乐是一种传统道场音乐。纳西是讲究礼仪的，它在顽强保持自己的"礼仪"。在它们的礼仪中大概有一条，不论尊、卑、长、幼，所有的人和事都得给"传承者"鞠躬和让路。

大概就是得益于这样的规矩，纳西东巴文化才得以能这么罕见的原汁原味、毫不走样地传承。

曾经，加利福尼亚州立大学的学生来丽江学了两个月古乐，因为加利福尼亚州立大学里有一门课程，是需要去中国学纳西古乐。

他们走时为了感谢丽江还登台演奏了，并且在四方街的人群里演奏。

很多人都觉得奇怪,外国人也喜欢这些古东西?难道宣科是鬼怪之才?

"这个不好定位,我又不是鬼,又不是怪,公民宣科就很好了。"宣科笑着说。

明清时期不少文人迁徙于丽江,儒家文化在纳西有着厚重的积淀。饱学西书的同时,宣科也看四书五经;曾经是才华横溢的指挥家,那时傅聪被誉为白马王子,而宣科则是黑马王子。不过因为父亲属于"专政对象",他本人在21岁的时候被送进大牢,一坐就是21年,人生最好的时间是在监狱里度过的,所以他说自己什么也不是,就是"公民宣科"。

纳西古乐,如果没有宣科亦庄亦谐的"脱口秀",如果没有他合乎市场营销法则的推广(包括利用一些政治人物作为招徕),究竟会有多少人知道它,走进它?被火热的现代生活鼓噪的当地年轻人还愿意学习和继承这一门古老的技艺吗?

比起丽水金沙和印象丽江,纳西古乐已经算是保留得很原生态了!不然,以宣科自己的资本,随便都可以把纳西古乐更加规模化,更加商业化,至少去听纳西古乐的人,还是知道自己是去听什么内容,是感兴趣而去的!

宣科,这位音乐民族学家,由于有着多民族血缘,故富有颖悟的天秉和进取的气质,不仅具有运用多种语言的能力,还惯于以多民族的不同方式理解和思考问题。他在饱经忧患之后所表现出来的振作有为的生活态度,及锲而不舍的求知精神,为世人所瞩目。

90岁的宣科精神矍铄,热情洋溢,思维敏捷,行动自如,似乎在他的生命中,21年的空白应该在岁月中减去一般。

宣科先生像火山一样释放自己的激情与能量。

1986年《音乐起源于恐惧》在《天津音乐学院学报》《中国音乐研究》等刊物发表之后,在音乐界引起了轰动。他以翔实的资料,独特的见解,有力的论据,向早已成定论的音乐艺术的起源论,发起了强劲的挑战，他新奇的观点为人们打开了另一种独特的视角之窗。

他还成功论证了流传于丽江地区的"紫微八卦"是唐朝皇帝李隆基亲自谱曲的宫廷音乐，与已失传900多年的"霓裳羽衣曲"为同期御制；论证了"浪淘沙"是南唐后主李煜所作……他享誉中外，是近半个世纪以来，登上牛津大学讲台的第一位中国大陆学者。

古乐会老人的数量每年以1.4人的速度在减少，他们在音乐中，在千百年前的四季轮回中走完了自己的历程。

对他们的离去宣科十分难过，生命也许是不公平的。

曾经的老艺人王华山（音）演出的时候闭上眼睛走了。80多岁，死在音乐中，乐器还在手里。

补缺进来的还是老艺人。也许学会演奏音乐太容易，但是，难度在韵味，古色古香的韵味和老人的岁月沧桑感，这些对于年轻人来说是不可能的。

那些演奏古乐的人，树桩一样，坚定地对抗着时间，并让我感觉到，在工业文明的时代灵魂还活着。

他们做着身体力行能做的事情，没有超越也没有悲凉。

四、九色玫瑰小镇住着九个民族

金龙村是云南省一库八级电站移民规模化示范点，也是为了支持国家水电开发建设，自2008年陆续从金安桥、龙开口水电站淹没区所涉及的5个乡镇、28个村民小组搬迁过来组成的移民新村，是古城区唯一一个由移民组成的村委会，距离丽江古城28公里。

截至2016年底，全村共有农户444户，1893人，全村总面积2.3平方千米，有耕地836亩。村里居住着白族、纳西族、苗族、傈僳族、彝族、藏族、回族、拉祜族和汉族9个民族。

村民为金安桥电站和龙开口电站的库区移民，统一安置到了七河镇金龙村。

金安桥片区搬来的叫"金竹村",龙开口片区来的叫"龙竹村"。

因电站建设搬迁而来的移民,搬离了世代居住的故乡,离城市近了,但田地少了,原来的生活方式也在搬迁中出现了变化。

"我有白族的骨,纳西族的血,既会白族话又能讲纳西话,傈僳族的话也会几句。"移民新村来了九个民族,聚居于此,经过村企合作成了旅游景区"九色玫瑰小镇"。

采访中了解到,村民移民来到金龙村后耕地面积大大减少,以前一个人有1.5亩的土地,而今每人只有5分。

许多村民说,以前在江边气候好,水果出产多,还可以放牛养羊,江边水果早熟,好的年景卖卖水果,一年都有八九万的收入,而现在虽然离城市近了,但田地少了,水果也不占优势,传统农业已经不能满足家里的开支。

5个乡镇、28个村民小组的移民,大家又来自不同的地方,为了能让各民族和睦相处,在村里9个民族的民族节日期间村里都会举办活动,让大家聚在一起,交流感情,促进融合。

金龙村村委会主任张银宝说:"我们平时少数民族节日也比较多,某一个民族节日的时候,刚开始我们还做工作尽量让其他的民族相互参与进来,现在大家不约而同,只要是节日不管是哪个民族的节日,大家都会自觉参与进来融合在一起快乐。"

金竹7组的金秀喜说:"自己是纳西族,2011年嫁到了金龙村,婆家则是苗族,生活在一起有8年了,为了尊重我,平日里家里人在一起都说纳西话,这样反倒我觉得更应该对婆婆好一些。少数民族基本上风俗、节日都是相同的,不同的就是纳西族的三多节还有苗族的爬山节,但是这两个节日我们都会很认真地一起过。"

2014年,丽江玫瑰小镇旅游开发有限公司与村里签订紧密型合作协议,共同建设"九色玫瑰庄园"。

9色玫瑰也是村里有9个民族的象征。

小镇所在的地段曾经是一片荒地，随着金沙江流域的村民迁移过来，村民以农耕劳作为主，由于当地耕地面积有限，村民家庭收入不高。在丽江市移民局的扶持下，九色玫瑰小镇旅游开发有限公司考察了小镇的土壤及气候等系列情况，决定开发旅游并引导小镇的村民种植玫瑰经济作物。

"玫瑰花与传统农作物的种植不同，玫瑰花对土地很挑剔，但玉龙雪山融化的天然水分对土地的滋养，形成了玫瑰花生长的优厚土壤，加上丽江优质的日照更利于玫瑰花的生长。"张银宝解释说。

"只要不遇上下雨，玫瑰花是不容易凋谢的。通过人工对花枝的裁剪，可以控制花期，让花儿保持在不同的时期成片开放。"

不过花枝修剪有很多讲究，不能伤其茎，不同剪法还会造成花朵的营养不良。由于村民一直从事农作物种植，缺乏种植玫瑰花的经验和技术，玫瑰小镇公司成立了专门的园林技术中心，手把手培训村民玫瑰花的种植技术。

金竹4组和玉群说："我们从原来的不习惯到现在的离不开，平常见面开开心心，偶尔有事不多见面还挺想对方的。谁家有事，无论人口多少，我们只要知道了就一定要去帮忙。"

金竹6组虎丽芳说："我是大东搬过来的，到了七河是过上好日子了，在这里种玫瑰，玫瑰一亩多出粮食五六千，我感谢搬迁。"

张银宝说："大家同工同劳，包括我们平时的文化方面也好，或者是现在互相通婚等等，这些都已经比较频繁了。"

金龙村村委会主任张银宝说，为了发展经济，他们引进了丽江玫瑰小镇旅游开发有限公司，对他们村进行旅游包装，建造"九色玫瑰小镇"，发展旅游业。同时，也有效解决了村内剩余劳动力，现在到公司上班的员工大部分都是村里面的人，村民既可以照顾好家里的人，又可以在家门口上班，双向增加收入。

范永明家的房子位于村子中央，房子外墙已经被涂成橙色，他和妻子则在整修家里外墙的石脚。

"这里以前是种菜呢，不过现在种成玫瑰了，以前有围墙，现在为了统一的景观，也拆了。"范永明说。

全村搬迁结束后进行了整体规划，房前屋后的菜地没有了，因为要种成玫瑰，围起来的果树还没有成熟怕就被孩子们扯完了，自己有的时候还是会担心以后的生活，不过墙体彩绘才画了1个多月就吸引了那么多人，心也就慢慢踏实了。

伴随着音乐，一群身穿民族服饰的村民在广场跳起了纳西族舞蹈。

"我们跳舞都是不分民族的，村里这几个民族的舞蹈我们都会跳。"纳西村民薛大妈说。

在当地，9个民族就是说着9种语言的弟兄姐妹，大家亲密无间，不分彼此。

每天晚上有着不同民族、不同语言、不同服饰的村民相聚在村内文化广场一起跳民族舞，最多达到300-400人。全村充满着各民族相互融合、团结友爱的良好氛围。

"在村里，有免费提供的玫瑰苗，家里负责管护和采摘，鲜花由公司统一收购。今年我家种下了3亩玫瑰，每亩能挣两万元左右。"发展起玫瑰种植产业的村民张菊开开心地说。

村民利用自家的房屋开铺设店，经营着时尚的旅游产品与各种特色小吃。大家的收入渠道不仅有土地入股门票分成、玫瑰花种植收入、就业收入；还有房屋出租收入、土特产销售收入、区域旅游参与收入等。

李金开就在自家前院开了一个餐饮店，30平米见方的铺子干净整洁，她正有条不紊地做着开店的准备工作。

"现在前院开着铺子，后面养着家禽，上餐桌的食品都是我们自家种的，绿色生态无公害。"

李金开是汉族，丈夫是白族，搬到金龙村已经8年了。她在政府的帮助下建了新房，农忙时她就去种植玫瑰，平时打理饭店，比起以前出去打工的日子，现在守着家又有收入，家里两个女儿也上大学了，很是舒心。

自从九色玫瑰小镇开发旅游项目成功落地以来，村民们走上了以玫瑰为主题的旅游之路，金龙村从原来的"移民村"变成了富裕时尚的"玫瑰小镇"。人们共同分享着安居乐业的快乐，共同享受着增收致富带来的幸福。

2016年村民人均收入9000多元，2018年已经超过了12000元。

现在的九色玫瑰小镇，共有442栋传统庭院房屋，刷成了9种颜色。村民们为自家的房子挑选颜色，相邻的院子配色大胆，红的配绿的，粉的配橙的，艺术感十足，一眼望去既活泼又热烈。

从远处看，小镇整齐地排列在绿色田野和树林的环抱中，搭配上凌乱的色彩，倒是有一种乱中有序的美感。走近看，每一户人家都保留着丽江村落民居的样子，感觉既传统又很跳脱。

走在街巷中，还可以欣赏墙上的3D画。也许你刚路过一片"破墙而出"的玫瑰，转过街角又会看到一个美丽的傈僳族姑娘，再后来碰见龙猫在那时有时无的铁轨边向往着诗和远方。

村民墙上的3D画，有许多取材于生活，不少壁画把大山、电站大坝、人背马驮的移民景象留在了墙上。

目前，金龙村的3D彩绘已完成50多幅，除了3D彩绘外，墙上也有紧紧围绕着玫瑰爱情主题小镇而写的文字和普通绘画。

张银宝介绍，玫瑰小镇的建设，是农村发展的创新模式，"村子整体搬迁而来，一开始就做了规划，道路、房屋、间距都合理建设，玫瑰小镇是移民村的一条出路。"

"首先要保证老百姓的收入，在3至5年间让村里的百姓收入翻1-3倍。现在有30余户村民开展玫瑰花的种植，公司向农户收购鲜花，从行情看，每亩地收入比传统农业可翻10倍。"

9个民族聚居形成的村落，从一开始的陌生现在变得亲同一家人。

今年69岁的和良老人是古城区金山办事处东元社区德为村小组村民，1995年和大妈老伴就去世了，由于孩子们都在外工作，平时家里就她一个人生活。

李志强是藏族人，23年前从香格里拉搬到德为村居住，跟和良大妈成了邻居，也是大妈儿子的发小，和良大妈家里有事人手不够他都会过来，帮着打扫院子，拾掇柴火是常事，大妈身体不舒服需要到城里看病也都是他开车送到医院，两家人相处得就像一家人一样。

和良老人说："他就是我家儿子的发小，他们经常跟我讲要好好过日子。"

德为村居住着纳西、藏、白、苗等少数民族，长期以来，民族之间从未发生过矛盾，村里各民族都相处和睦，而这一切都得益于德为村的民族团结示范村建设。

古城区金山办事处东元社区德为村小组村民和文昌说："我们村民晚上可以在广场跳广场舞，跳各民族的舞，还有打气排球、篮球，每天下午都有门球队打门球，所以我们这个村是非常和谐的。"

德为民族团结示范村是从2013年到2015年之间建成的，先后完成了民族文化活动广场、纳西特色照壁、气排球场的改建，活动中心的改建、宣传栏、居民墙壁的彩绘和太阳能维修等项目。

项目实施后，村民们的房屋变漂亮、村子变干净了、文娱生活丰富了，大家的联系更紧密了，哪家有个什么事，全村的人都会前去照顾。

在全省民族团结进步先进区创建工作中，丽江市牢牢把握"抓项目、促发展"的工作思路，着力实施项目带动战略，不断增强民族地区的"造血"功能。

5年来，共实施42个"十县百乡千村万户示范创建工程"，受益21609户87868人，其中少数民族人口61428人。

民族团结示范创建点的农民人均可支配收入从2011年的3259元提高到2016的7258元，实现了倍增。

此外，还实施人口较少民族综合保险项目工程，人口较少民族的保险保障水平得到进一步提升。不断加强民族文化的保护开发和与旅游业融合的互动发展，建成一批民族特色示范村，使民族传统文化的知名度和影响力大幅提升，有力促进了全市旅游文化产业发展。全市形成了各民族和睦相处、和衷共济、和谐发展的大好局面。

第八章
洱海苍山秀，大理好风光

大理白族自治州位于云南省中部偏西地区，是全国唯一的白族自治州。

白族起源于泛洱海地带的古代人群。苍山马龙峰4000年之久的洞穴人遗址，其居民——马龙人被认为是考古能发现的最古老的白族先人。

根据历史学博士、日本名古屋大学、大学院文学研究科准教授林谦一郎的说法，叫"洱海人"。

洱海人包括泛洱海地区的苍山马龙人，宾川白羊人，祥云大波那人和剑川海门口人。他们是白族的共同先人，并创造了云南最早的青铜文明。

洱海人在漫长的历史长河中，融入了不少不同来源的人群。其中包括来自北方的氐羌系统的民族，也包括来自南方的濮人，以及自汉以来陆续迁入云南的汉人。这些不同来源的人群携带者他们本身的文化特点，丰富了白族文化。

在晋朝时期，于今天大理州弥渡县境内的一个叫白崖的地方产生了一个国家性质的联盟，称为白子国。"白族"的族称"白"即源于此。白子国延续了400多年传了17代国王，后被崛起的南诏取代。

在南诏时期，国力强盛，大量与汉文化互动，再加上佛教在南诏中期传入，白族作为一个新的、稳定的民族共同体得以形成。

大理白族自治州全州辖一市十一县，是一个居住着汉、白、彝、回、傈僳、藏、纳西等26个民族的地区，全州总人口330万人，少数民族人口约占50%，其中白族人口110万人。但在全州12个市县中，有三个民族自治县，即：漾濞彝族自治县、南涧彝族自治县、巍山彝族回族自治县。

白族主要分布在云南省大理白族自治州，丽江、碧江、保山、南华、元江、昆明、安宁等地和贵州毕节、四川凉山、湖南桑植县等地亦有分布。白族绝大部分居民操本族语言，通用汉语文。属汉藏语系藏缅语族。元明时曾使用过"僰文"（白文），即所谓"汉字白读"。

秦汉时期，洱海地区同内地关系日益密切，公元前109年，西汉王朝向这里大批移入汉民，将汉族先进的生产技术传到这里。东汉时改属永昌郡管辖。唐朝在此设立姚州都督府。后建立了以彝、白族先民为主体的南诏奴隶制政权。又于907年，建立了以白族段氏为主体的"大理国"，并与宋朝以臣属关系相处。1253年，元朝在云南建立行省，在大理地区设置大理路和鹤庆路。明朝改为大理府、鹤庆府，实行改土归流政策。清代继续沿袭明代这一政策，但在边远山区委任了一批土官和土司。

洱海是高原上的湖，与苍山相依相偎，盘桓在大理古城能够伸展得到的地方。

洱海没有接纳过任何一条大江大河，那一域透明的清澈在时光里留下靓影，人们只要瞅上一眼，便永远被锁住，相信自己就生活在神仙的国度里。

苍山点点，白云飘飘，水天相接，再也看不见和天之间的空隙，小普陀似人间仙境若隐若现。晨光破晓，万缕霞光穿过云层撒在洱海上，波光粼粼，二三海鸥在海面竞翔，划过天空，苍山洱海挽手——团结就是力量。

多民族的自然融合是民族间经济、文化以及生活习惯密切联系的结果,是一个互相渗透的过程。几千年来,古代文明滋生在苍山洱海,古代各民族之间的文化交流和相互借鉴,促成了大理白族同胞的辉煌历史。

1956年11月17日至11月22日,大理白族自治州第一届人民代表大会第一次会议在下关胜利召开。会议讨论和通过了"大理州七年来的工作情况和1957年的工作意见"的报告,通过了"大理白族自治州人民代表大会和人民委员会组织条例",选出了大理白族自治州人民委员会州长、副州长、州人民委员和州中级人民法院院长,正式成立了大理白族自治州。

历史走到现在的2018年9月7日,大理白族自治州决定将每年11月22日自治州成立纪念日设立为"大理州民族团结进步日"。

"民族团结进步日"期间,将围绕年度主题,组织开展全州少数民族文艺汇演决赛暨颁奖仪式、少数民族非遗技艺展演、民族团结进步"七进"活动,民族宗教政策法规、洱海保护治理等系列活动。

多民族地区,不谋民族工作就不足以谋全局。

一、七个民族一个庄

洱海水清澈透亮,好似一面玉镜,镶嵌在苍山脚下。湖光山色,秀丽无比,宛若无瑕的美玉,素有"银苍玉洱"之誉。

从洱海溯源向西北约40公里,群山之中镶嵌着一块翠绿的坝子,郑家庄就坐落在这个叫三营镇的地方。

郑家庄的美,不仅在山清水秀,还在融洽的民族融合之情。

郑家庄,七个民族一个庄。

车转进一条平整的村道,路尽头矗立着一座高大的牌楼,上书"郑家庄"三个大字。牌楼顶上立着傣家的宝葫芦和彝家的牛头,柱头上则是藏族宝瓶纹饰和白族山水画。走进村里,清泉淙淙,树影婆娑，一座座藏、白、傣、纳西等风格的民居掩映在绿荫里，青瓦白墙边，山茶花开得正艳。

郑家庄村历史悠久，是六诏时期的施浪诏故地。元世祖忽必烈入大理时以三营为吐蕃襟喉，留军三百户镇守，其中两名郑氏将军郑指挥、郑冠军驻扎于此（郑家庄），由此成为滇藏茶马古道上南北奔走的各民族交流、融合的地点。

繁衍生息，形成村落，村内居民以郑姓者居多，故名郑家庄。解放初期，因本村内有一石龙庵、一石龙井，曾被更名为石龙村，"文化大革命"期间受当时政治气候影响，曾名朝阳生产队，后恢复原名郑家庄至今。

多民族"大杂居、小聚居"的特点导致各民族在宗教信仰、生活习惯等方面都存在较大的差异，但是淳朴、谦和、文明、向上的良好风俗却是相同的。

在离郑家庄村不远的茈碧湖上，湖水与天共成一色、白鹭结伴在水中嬉戏、渔人泛舟与鹭鸟同行、茈碧成群竞相开放的美景，呈现给了世人一幅美丽的画卷。村民郑文虎告说，郑家庄虽然村子不大，但生态和治安环境都很好，20余年来从未发生过一起刑事案件，郑家庄的村民们多都夜不闭户，东西放在院子里也不会丢失。

2006年，郑家庄被列为云南省第一批民族团结示范村；2014年10月26日，云南省委书记深入郑家庄农家宣讲党的十八届四中全会精神，给予郑家庄"依法治村一面旗"的高度评价。

2015年2月，郑家庄被中央精神文明建设指导委员会授予大理唯一一家第四届"全国文明村镇"荣誉称号。

与村民的亲切交谈中，处处感受到他们的热情好客，感受到民族之间的和睦相处、和谐氛围。

年过七旬的村民郑晓东介绍，20世纪50年代末，藏、傣族迁进了郑家庄，纳西、彝、傈僳族也陆续来落户；现在全村有125户、525人，分属7个民族。

多吉是郑家庄村民小组组长，汉名杨秀弟，是一位壮硕、精干的康巴汉子。几十年前，多吉的父母赶着牛羊来这里落户。

"从游牧到定居，地里的活儿全是汉族和白族邻居手把手教我们的。"多吉说，"阿爸临去的那天，交代我们要记住教过你农活让你知道收获粮食的这份情谊。"

虽然信仰和风俗各异，共同的生活经历却培养了深厚感情，村里各民族间通婚普遍。"都是亲戚了，不好意思打闹。"郑晓东的两个侄女都嫁给了村里的傣族小伙子。

"每个民族各展本领，互帮互助，村里的事就好办。"多吉举例，傣族把良好的卫生习惯带进来，影响了其他民族；藏族善于经商，多吉自己做起药材生意，还动员村民一起经营。郑家庄如今形成了"农时为民，闲时为商"的习惯，全村人均年收入近7000元，是三营镇有名的富裕村。

在这里，每逢汉族春节、中秋节、藏历新年、彝族火把节等重大节日，全村各族群众都要聚在一起欢庆。村里先后成立了民族文艺队和中青年联谊会，建起了民族文化活动中心。

春节是汉族人的年节，这个日子的到来，喧闹的鞭炮声中藏族迎风招展的五色经幡升起在村庄上空。供奉本主原是白族群众的传统习俗，据郑晓东说，年三十一大早，全村各族群众都会到村里的本主庙进行祭祀，用本民族过节的形式和汉族人一起过大年。

手足相亲，守望相助，"淳朴、友善、互助、尊老、爱幼"。

郑林森家的纳西族小院是各族邻居100多个义务工日盖起来的，傣族媳妇赵凤和的婆婆去世，是白族老汉高汉云他们帮着装殓的；段林伟和王盛荣两家的宅基地纠纷是村里的藏族干部调解的；村里的青石板路是全村青年自发铺成的，没要一分报酬……

"村里成立了议事小组，由村里每个民族各派出一位代表组成，对村内大小事务进行处理，派出来的代表都是我们信任的人，代表的是公平和道理。"

郑家庄村民小组组长杨秀弟介绍，郑家庄村内已经形成了良好的习惯，所有纠纷争端等事务都自觉上报村民小组，交由代表来处理。

通过"多民族议事决策、多民族当家理财、多民族约定村规、多民族群防群治"的方式，郑家庄民主管理更加健全，管理方式更加新颖。

在郑家庄，发展是民族团结的推动力，也促进了"相互嵌入式"社会结构的自然生成。这个过程中，美美与共的文化既得以生动体现，又成为民族团结的纽带。

这里，人人秉持"我为全村守一周，全村为我守一年"的信念，村民义务巡防长达24年之久；20多年来没有发生一起刑事案件，就连邻里纠纷也已"绝缘"。

"7个民族一家人，只有团结才能发展。"多年来，郑家庄紧紧围绕民族共同团结奋斗、共同繁荣发展的方针，全村呈现出民族团结、经济发展、社会和谐的喜人景象。"民族不团结，发展就无从谈起。民族不团结不讲理偏心，万事都会由小弄大。"

藏族小组长杨秀弟说：汉族大嫂去市场，出门时总会问一下藏族阿妈需不需要捎点什么；藏族阿妈闲聊时，也会帮忙照看彝族大姐家在广场上玩耍的小孩……过日子搭把手，友爱互助、和睦相处成了村民们的日常习惯。

在郑家庄村里有一个规模不小的阅览室，在一个小小的自然村子里，有这样一个阅览室，说明这里的村民在忙于生计外，还能用心学习，真是很难得。这是一个非常有文化氛围的村子，7个少数民族群众聚居在一个村子，每家都有代表自己民族特色的文化，要形成这样的文化氛围，说明郑家庄村民族间非常团结，民风也很淳朴。

郑家庄，兄弟民族和睦相处，共同守望平安之路，勤劳致富共同富裕，二十多年的磨砺，平安建设依法治村已经成为一张名片，但愿这张名片带给全国城乡更多的福音。

"我三岁时跟随父母从丽江老家来到这儿的，过去进出村的路都是泥巴土，每到七八月份雨季的时候，一出门回来就是满脚泥。村里的屋子也都是茅草房。"

今年40岁的郑荣辉一家是村里唯一的纳西族，也是这个小院的主人。郑荣辉家里有6亩田，从前家里的经济来源主要依靠田里的庄稼，年收入也就2万块左右。

郑荣辉家里有一株老木瓜树，大理人煮鸡做鱼都喜欢拿木瓜调味，郑荣辉的父母为了增加家里的收入，想到了种植木瓜这种经济作物，就在家门外的3亩地上嫁接起了木瓜树，到现在已有50多株了。

随着村里这些年的不断发展，道路拓宽修平，村民们的生活逐渐好了起来。郑荣辉一家还在木瓜园外开了一个小商品点，每年八月木瓜成熟时，村里人也都来家里买木瓜，还有一些城里的饭店随着郑家庄成为民族团结文明示范村，慕名而来的外地人多了起来。郑荣辉计划着把小院再修整打理一下，做成纳西特色饮食、住宿、休闲为一体的民族民俗农家乐。

"现在一家人的生活开始好起来了，随着整个郑家庄的建设发展越来越好，今后的生活挺有盼头。"郑荣辉说。

郑家庄有两个村民小组，村民选出了两个小组长，分别是藏族同胞杨秀弟和汉族同胞王庆荣。

在村民活动室旁，一个蓝色的钢架设施略显简陋地搭起了一个吃饭聚餐的活动场所。见到这样一个设施，凭经验问王庆荣："这是村民办红白喜事时吃饭的地方吧。"

王庆荣说："这不仅是村民办红白喜事的地方，更是我们全村人每年中秋节吃团圆饭的地方。每年中秋节晚餐，全村男女老少都要来，可热闹哩。"

郑家庄今年中秋节是来的人最多的一年，出嫁的媳妇儿，带着女婿和孩子回来了，出外打工、读书的年轻人带着同学朋友回来了，整个中秋团圆饭一共办了将近100桌。

中秋节那天下午3点多钟，村民就聚起来，把酒言欢，其乐融融。这是由郑家庄村党支部倡议的一个"众筹式"聚餐，每年办一次。

中秋节团圆饭，怎么筹办？

"村里家家户户凑份子，有肉的凑肉，有蔬菜的凑蔬菜，有钱的凑钱，团圆饭就成了，简单得很！"王庆荣说。

藏族同胞何国祥是郑家庄党支部书记。他说："不但中秋节有团圆饭，正月初六也要这么吃一顿。这不是简单的吃饭，而是促进村民间的沟通和交流，更重要的是，还可以召开村民大会，就全村的整个发展向全体村民汇报，征求意见。"

在郑家庄村口，一个湿地公园颇具规模，公园里小桥流水，美人蕉生机盎然，三五个老人坐在凉亭下闲聊。

作为洱海的源头区域，郑家庄湿地公园的主要功能是消除污染，减轻洱海的污染负荷。

"但作为一个生态公益公园，产生不了经济效益，征地会不会困难些？"我问。

王庆荣笑了："不存在，在我们郑家庄，凡涉及公益集体用地，征到哪家的是哪家，不需要补偿，也不要做什么工作。通知到就行了。"

由是，300多亩土地顺利就成了生态公园。

王庆荣还说到，几年前的一个修路项目，其他村还在受征地之困时，郑家庄已经热火朝天干上了，"不仅高高兴兴交出地，还生怕投不了义务工。"

郑家庄村庄中心的民族文化广场上，汉族的石狮子、白族的本主庙、藏族的佛塔等分布在不同的角落，民族团结共荣的痕迹已经深深镌刻。

村民自称郑家庄是"7个民族1个人"，既指郑家庄真实的民族成分构成，也寓指7个民族团结和谐，如同1人。

杨秀弟说，郑家庄中民族间相互通婚占60%以上，很多家庭由3个不同民族组成。藏族过藏历新年，村里各民族就欢聚在一起按藏民的习俗过年；彝族火把节、白族本主节，大家都欢聚在一起唱歌、喝酒、吃饭。中秋节和大年初六，全村所有人聚集在一起共庆佳节，其乐融融，这种做法已坚持了20多年。

由于村寨民族之间、邻里之间和睦相处，相互理解，彼此尊重习俗、信仰、习惯，在同一个地方各敬各神也相安无事，甚至有些仪式还互相帮助，互相"凑趣"。

在这个多民族杂居的村子里，汉语与纳西话此起彼伏，藏歌和着白族调子欢快吟唱……谈起共同的家园，听到最多的是这样一句话：

"生活在一起就是一个大家庭。"

二、古生村迎来最尊贵的客人

古生村是洱海之滨众多白族村庄中的一个自然村落，隶属大理市湾桥镇中庄村委会。该村有2000多年历史，白族占总人口的98%以上。村子里民居古朴，街巷整洁，溪水环绕，绿树成荫，建于明代的福海寺、凤鸣桥，清代的古戏台、龙王庙等古迹至今保存完好。

20世纪90年代，由于家家户户垃圾、废水的随意排放，导致洱海水质变差。水体的富营养化导致蓝藻曾两次暴发。

"那时候，沿岸都是绿油油一片，能闻到浓烈的腥臭味。"村支书何桥坤回想起来，那番景象依然历历在目。

在下了很大力气治理好蓝藻之后，大伙儿的想法也悄然发生了变化。

"自己就住在洱海边，水不好了，首先影响到的当然是自己。"在意识到家里的4头奶牛和8头猪的排泄物可能给洱海带来污染后，老李做了一个决定：不养猪和奶牛了。

在村干部用黑板报、广播等方式的宣传下，与老李一样选择做"牺牲"的村民越来越多。

在村子里沿洱海一带的村民家里虽然还能看见曾经的猪圈，但几乎都有了别的用途。老李现在做着轮胎、砂石生意，小日子也算红火。

为了进一步保证洱海的水质，在2009年洱海流域"百村整治"工程启动后，一个覆盖全村家家户户的污水管网紧锣密鼓地规划建设起来。

大理市环保局依托当年环保部下发的关于在云南省大理市开展的"中日合作小城镇分散性污水处理示范项目"，在古生村旁边的向阳溪村建了一座污水处理系统，由大理市负责管网设计配套及地勘工作，日本方面负责污水处理系统的建设。

工程历时半年，服务范围涵盖古生村及向阳溪村共1094户、3691人。

"此外，针对部分分散型居住的村民，我们选择建设小型庭院式污水收集处理设施，一共安装了42座，服务78户村民。"

一开始，村民们有着"前怕茅厕后怕井"的思想，虽然污水井只是浅挖地表，与真正的深水井非常不同，但是都叫"井"，还有些村民认为污水井就相当于厕所，这些误解让他们产生了抵触情绪。

为此，村干部们耐心讲解、晓之以理，下了很大的功夫，终于做通了思想工作。现在，村民们家里的污水从附近的排污支管道、村里的主管道，到污水处理厂出来、进入湿地，最后才真正排入洱海。

通过对污水的及时收集、层层处理，洱海目前已经恢复到了常年Ⅲ类水质，2014年有7个月达到了Ⅱ类水质。

原本的古生村就这样获得了"新生"，留下了村民浓郁的乡愁。

正是大理一年中最热的时节，对来到老李家的客人特别是北方的朋友来说，这个时节大概找不到比在院门前的栈道上吹着舒爽干净的风，一边观"海景"一边"烤太阳"更享受的事情了。

在距离老李家不到50米的地方，有鲜艳醒目的垃圾箱，这样固定摆放的垃圾箱在古生村许多地方都能看见。

垃圾处理，向来是农村的难题。对此，古生村没少下功夫。从2014年开始，村里的人还想出了"流动式"垃圾收集法，每隔一天的早上8点，村民在家就能听到远处传来的音乐，这便是给大伙儿的预告——垃圾车要来了。

家家户户拎着垃圾出门等车来，逐渐成了一个习惯。洱海管理局赵育峰介绍，与古生村一样，洱海沿岸村落都分别配备了垃圾收集员、河道保洁员、滩地管理员，大家分工合作，共同维护村容整洁。

说到古生村村容干净整洁，当地人说，自己哪怕是吃完饭散步走到洱海边，都会不由自主地去看今天的水清不清澈、水面有没有垃圾。平时在村子里也都是"低着头"，眼里容不得一点儿不干净的地方。

如今，保持环境洁净已经成了全村人的意识。在将自己在海边的房子以百万元的价格租给一个外地人开客栈以后，本可以享清福的村民赵光明，却仍然是一个普通的滩地管理员，整天来来回回在滩地上巡逻和清洁，拿到的工资是每个月720元。

"这些工作总要有人做呀。没关系，我勤快，也没有别的事情。"对于村民调侃的"百万富翁"的身份，他露出了自豪而朴实的笑，"钱留给孩子，我没啥用处。"

大家看着自己生活的地方越来越美，以往杂乱无章的民居在整治中也统一成了老李家的白族风格，远远望去，一色的青瓦白墙，与秀美的自然风光相互映衬，浑然天成。

横贯南北的"村村通"路平坦宽敞，一棵几百年的大青树、一座历史悠久的本主庙和一座保存完好的古戏台，大大方方地托起了这里的漫长岁月。

对于日渐增多的陌生游客光临的新生活，老李无意于听从一些人善意的建议：将自家这块"风水宝地"改造成商业用途的"客栈"。

现在的他，生活别无他求，日子也渐渐慢了下来。他愿意就这样敞开自家大门，供人们歇息、喝茶，让更多的客人感受苍山下、洱海边特有的自在和惬意，让他们从古生村一点一滴的变化中，感悟人与自然的融洽与和谐。

2015年1月19日、20日,正逢大寒节气。在云南省昭通市鲁甸县龙头山镇和大理白族自治州大理市湾桥镇古生村,习近平总书记深入调研的身影和话语带给当地干部群众浓浓的暖意。

20日上午,习近平总书记来到云南大理洱海边的湾桥镇古生村了解洱海生态保护情况,走上木栈道,湖水荡漾,苍山云绕,他同当地干部合影后说:

"立此存照,过几年再来,希望水更干净清澈。"

他叮嘱当地干部一定要改善好洱海水质。

一水绕苍山,苍山抱古城。在云南九大高原湖泊中,洱海人口密度最大,有80万人一直饮用洱海水。

习近平来到古生村村民李德昌家。

小院正房坐西朝东,旁边连一偏房,对面是一个高大的照壁,上面写着"福、禄、寿、喜"4个字。院里的三角梅红艳艳,大富贵树枝繁叶茂。

李德昌是古生村土生土长的白族村民,今年48岁。习近平做客时,他们夫妇俩、父亲母亲、儿子儿媳和小孙子,一家七口和习近平围坐在院子里拉家常。

"我做梦都没想到,总书记能到我家做客!"李德昌至今回忆起来都是一脸激动。

总书记参观了他家客厅,念诵了他给孩子起名时的诗句,还仔细询问农村的医疗、卫生、养老情况。

我问:"你拿什么招待远方来的客人:"

李德昌说:"有清茶、苹果、橙子,还有我们当地的洱宝话梅、喜洲粑粑和核桃……"

这些都是大理当地老百姓经常吃的。

有村民说,"酸辣鱼、水晶虾、海菜芋头汤"洱海三道菜,以及喜洲粑粑,弥渡卷蹄都是大理的特色美食,老百姓的家常便饭,希望习近平能记住"美味大理"。

清风习习,湖水荡漾。

望着水质不断改善的洱海,习近平说:"要把生态环境保护放在更加突出位置,像保护眼睛一样保护生态环境,像对待生命一样对待生态环境。"

看着古生村整洁的环境,古朴的形态,习近平感慨地说:"留得住绿水青山,记得住乡愁。什么是乡愁?乡愁就是你离开这个地方会想念的。"

对于从小在洱海边长大的李德昌来说,小时候下洱海玩水,上岸时身上不沾一丝泥沙,与纯洁的洱海亲密接触就他的乡愁。

房子雕梁画栋,院落干净整洁,植物生机勃勃,看到一家七口"四代同堂",习近平说:"这里环境整洁,又保持着古朴形态,这样的庭院比西式洋房好,记得住乡愁。"

艳阳高照,天气晴朗。习近平和乡亲们在院子里拉起家常。

习近平说:"我是第一次来大理,从小就知道苍山洱海,很向往。看到你们的生活,我颇为羡慕,舍不得离开。"

他叮嘱大家:"云南有很好的生态环境,一定要珍惜,不能在我们手里受到破坏。"

我来古生村是2018年夏天。

古生村每家每户门前的沟渠上方,都架了一根黑色的排水管,通向村口的污水处理厂。"这是为了保护洱海'母亲湖',村里实施的污水处理工程。"古生村村支书何桥坤说道,目前已在村内主干道、巷道铺设排污管网,推进庭院污水处理和卫生厕所改造。

"村里启动污水处理工程后,每家每户补助3000元修建化粪池处理生活污水。我家原来有一个,2017年又新建了一个,专门收集厨房里的生活污水。"古生村村民杨万斌说,"我们世世代代生活在洱海边,在保护洱海这件事上,全村人都团结一心。"

村民何利成急忙点头赞同,"没有洱海,我们发展不起来,生活不下去。"今年51岁的何利成生长在古生村，曾以捕鱼为生，后来在洱海边发展养殖业，近年来依靠自家民房临近洱海的优势开起了客栈，见证了洱海从最初的清澈美丽，到蓝藻暴发，再到全民保护的不同时代，感触颇深。

"一开始还是有点想不通的，但是为了子孙后代，我们必须支持政府、保护洱海。"2017年4月8日，何利成响应政府号召，主动关停客栈，在歇业的8个月零两天中，对客栈的污水处理系统进行全面升级，实现污水"零排放"，经过相关部门的多次审核，终于在2017年12月10日正式开业。

"洱海保护让大家心往一处想，劲儿往一处使，更加团结了。"何桥坤称，2017年11月古生村被命名为"全国文明村镇"。

未来，古生村将继续把环境保护治理贯穿美丽乡村建设全过程，把保护洱海"母亲湖"作为"留住乡愁"的生命线。

在大理，习近平总书记指出，新农村建设一定要走符合农村实际的路子，遵循乡村自身发展规律，充分体现农村特点，注意乡土味道，保留乡村风貌，留得住青山绿水，记得住乡愁。

言必信，行必果。"人民对美好生活的向往，就是我们的奋斗目标。"

这是习近平总书记对全国人民作出的庄严承诺。

上午10点，阳光正暖。看见有游客模样的人走进自家院子，李德昌忙起身，将茶叶洒进杯，拎来暖壶倒上热水。

这是李德昌这天招呼的第三批慕名来访的游客。

对李德昌来说，发生的一切都印象深刻。媒体报道习近平来过他的小院后，追寻而来的游客络绎不绝。

这是白族民居中典型的"三坊一照壁"——院子三边都是二层小楼，主房坐西朝东，正对着一面画有白族特色"大墨画"的照壁。院子里种着小树和青菜，照壁下是假山和池塘，几条鱼时不时冒出吐泡。

这种古朴舒适的庭院被总书记赞为"记得住乡愁"，在古生村并不少见。

又一拨客人走进来坐下,和李德昌合照,院子里气场很足,他们真心诚意地称赞大理气候舒适,赞美村庄安静环境优美。

走出院子,洱海在阳光的映照下,旖旎多情,在洱海畔生活了一辈子的李德昌知道,此番美景几乎是洱海与古生村的"新生",也是这些年全村人共同努力的结果。

三、南涧"跳菜",千年传承中的歌舞升平

"跳菜"诞生于南涧,南涧因"跳菜"而出名。

无量山与哀老山之间的宝华镇便是"跳菜之乡",这一带的彝族举行喜庆、婚礼、丧事等活动之时必不可少的一种习俗。

相传这是古时期彝族人敬奉帝王在宫中表演的一种舞蹈艺术,后来慢慢流传于民间,成为彝族民间艺术之独秀,饮食文化之奇葩。

彝族村寨,逢喜事,以"跳菜"助兴,遇丧事,以"跳菜"化悲。

彝家人办客事,桌子往往迎面摆开,中间留路,宾客三方围坐。眼花缭乱之际,这些彝家汉子以迅雷不及掩耳之势,瞬间把小碗筷撒毕。

"跳菜"开始,只听数声锣响,大号、唢呐齐鸣,主持办事的"总理"一声令下,"跳菜"大师从厨房里相继而出,他们头顶托盘,手里还撑着托盘,在托盘里面装满了菜碗,在忽高忽低、忽急忽缓的音乐声中,一前一后,一摇一晃,根据音乐节拍,迈着轻柔而敏捷的步子,缓缓入场。

"跳菜"者多为男人,一般两人一对,一对跟着一对跳,姿势各异,变化多端,刚柔相济,旋转自如,不断地把装满菜肴的托盘在他们手中花样翻新。有的用头顶,有的用手托;更有的用肩抬,有的一人骑在一人身上,下方两手托盘,上方吹奏金唢呐,头还顶着大菜。伴随着激越的唢呐声,他们时而"苍蝇搓脚",时而"鹭鸶伸腿",

时而"金鹿望月",时而"野鸡吃水",翻转踩脚,大步舞盘,竞献绝技。

最精彩的要数"口功送菜"和"空手叠塔跳"。"口功送菜",只见"跳菜"者的口中紧衔着两柄大铜勺,勺上各置一碗菜,头顶托盘,盘装满了菜,面带笑容,满怀激情,边跳边上菜。

"空手叠塔跳",只见"跳菜"顶级高手们,头顶托盘,盘装八大碗,双手十指分开,每只手分别托起重叠在一起的四大碗菜,踏着节拍,合着节拍,甩开矫健而优美的舞姿,边跳边舞,穿梭席间,还有一前一后,一左一右的搭档们,手舞毛巾,一张一弛,一招一式,以合拍的舞步,将迎接"跳菜"的到来,此时,"跳菜"便达到高潮,宾客心惊,碗里肉跳,客人们的心仿佛提到了嗓子眼上,生怕掉下一碗菜来。

"跳菜"要有功夫,摆菜也有讲究,均按传统规矩一一摆放常见的摆法有"回宫八阵""四方形""梅花形""一条街"等。待上四大碗菜,宾客方能动筷,一边欣赏"跳菜"者变换无穷的舞姿和欢快诙谐的表演,一边品尝彝家山寨风味,既饱口福又饱眼福。

"跳菜",是南涧彝族特有的古香古色的饮食文化,它把粗犷豪爽、古朴生动的民间艺术亮点融汇其中,堪称"东方饮食文化之一绝"。

看过南涧"跳菜"的客人、朋友们,有的将其看作艺术、有的将视作文化、有的将其当作杂技、更有的将其想象为神话……总之不论谁都有他自己对南涧"跳菜"的独特理解和认识。

彝族是能歌善舞、热情好客的一个民族。彝族人对客人的情,就像"火把节"的火一样热。

从大理出发,走了将近三个小时的路程,去南涧看"南涧无量山系雄鹰民间跳菜艺术团"跳菜。山路颠簸,景色很美,好风景是偏僻的。在通往村庄的坡道上看到一队人马,男人穿着羊皮褂子,女人穿着民族服装,陪同我的州文联朋友左家琦看着走来和我们打招呼的人说:"跳菜艺术团团长鲁朝全,国家级跳菜非遗传承人。"

穿着羊皮褂子的鲁朝全看上去气质非凡。南涧随处可见身穿羊皮褂子的人。据史料记载,羊皮是彝族最早的服饰。羊皮褂子,不仅是历史最为古老、最为适用的御寒物,而且对千年演变发展着的彝族服饰和彝族歌舞都有着深刻影响。

当历史悠久的羊皮褂遇上古老浓烈的彝族舞,就衍生出了充满原始而野性的具有浓郁地方特色的舞蹈——跳菜。

也有穿羊皮褂子跳羊皮舞,通常由十几人或几十人组成,不分年龄性别,以跳为主,三弦、芦笙、竹笛为主要的伴奏乐器。跳舞时用手有节奏地拍打羊皮褂子,统一步调,以甩步、跺脚、跳步、转身等动作为主要特征,舞步轻快、舒展大方,沉淀着丰富的彝族文化底蕴,常在讨亲嫁娶、节日喜庆、乔迁新居等隆重日子里举行。

"羊皮一穿,气势如山;弦子一响,双脚发痒;调子一唱,浑身舒畅。"这是对安定彝族羊皮舞最生动的描绘。

我们参加的是一家女主人的祝寿仪式,地面铺着松针,取"青松上千年"之意,象征吉祥长久、深情永存。

等待吃饭之前的空档里我和鲁朝全聊了几句。他出生在"跳菜"世家。鲁朝全的爷爷、父亲跳到了80岁,鲁朝全则8岁开始学"跳菜",成年后成了"跳菜"的带头人,1992年跳到了北京,2002年被云南省民委和省文化厅命名为省级非物质文化遗产传承人,2009年被国家文化部命名为国家级非物质文化遗产传承人。鲁朝全为了发扬光大"南涧跳菜",冲破了不传外人的祖规,于2006年开始收徒弟,如今有10多名徒弟成了"南涧跳菜"的骨干。

他还到拥政村小学任教,教授2年级到6年级8个班的"跳菜"课,每学期每班教授一个星期,他现在成立了一个有30人的"跳菜"艺术团,使"跳菜"后继有人。

在人口约为20万的南涧县,已经有数百名跳菜艺人,60%的村庄都有娴熟的跳菜艺人,仅无量乡一地,3.5万人口中就有1万人会跳菜。当地文化专家认为，南涧跳菜起源甚早，最初可追溯到原始部落狩猎和战庆活动进奉行为，创造了这一奇妙宴席艺术的彝族后裔，在自然宗教、道教和多神教的图腾崇拜中将之承袭下来。

南涧彝族的两个分支在表演起跳菜来也相应表现出不同特质。黑彝居于高耸险峻的无量山，跳起舞来粗犷、豪放，白彝居于相对平缓的哀牢山，舞姿就显得绵软、温柔。

寿星出场，所有来宾坐在装点充满喜庆氛围的院子里，开始是举行祝寿仪式，晚辈给寿星贺寿上寿礼，然后磕头，接着上糕点，在简单的吃喝中等待跳菜开始。

跳菜人穿黑衣黑裤羊皮褂，穿一双绣花鞋，头顶上一律留一撮"天菩萨"式头发，很妖娆地穿梭在人群中成为风景。

当三通锣鼓声响过，人们翘首以待的跳菜师傅闪亮登场。大师傅们依次从厨房走出，他们手里托着托盘，盘中摆满菜碗，一般两人一对，一对跟着一对跳；有的一人骑在一人身上，下方两手托盘，上方吹奏金唢呐，头还顶着大菜；那"口功送菜"不亚于杂技分毫，令人惊叹、叫绝。

伴随着激越的唢呐声，大师傅们迈着轻柔而敏捷的步子，缓缓入场，一摇一晃，姿势各异，变化多端，时而"金鹿望月"，时而"野鸡吃水"，翻转跺脚，大步舞盘，竞献绝技，刚柔相济，旋转自如，不断地把装满菜肴的托盘在他们手中花样翻新。

看到碗里菜跳，宾客心惊，客人们的心仿佛提到了嗓子眼上，生怕掉下一碗菜来。跳者随着舞姿，自上而下，自下而上，忽前忽后，忽左忽右，不断变化着位置，始终稳稳当当，一点菜也不撒出来。

在宾客的一片赞叹叫好声中，"跳菜"者神不知鬼不觉已把菜陆续摆到桌上。落菜时，按所开的8碗宴，摆成回宫八卦阵，每一碗菜都是一粒"棋子"而自有定位，先放哪碗菜，再放哪碗菜，最后放哪碗菜，全按古有成规布阵落桌，有条不紊，丝毫不乱。

他们的动作轻松、优美、流畅、连贯；刚劲、雄浑、粗犷的气势和幽默、洒脱、矫健的舞姿令所有人眼界大开。

"跳菜舞"起源于原始母系社会时期的南涧无量山地区，盛行于南诏国时期。

南涧彝族的先人们聚居在深山里，由于生产力的低下和自然环境的恶劣，捕猎困难重重，食物总是来之不易。为了表达捕获猎物的喜悦，先人们围聚在火堆旁，开心地喊着、唱着，情不自禁地舞动着。崇信万物有灵的彝族先人们发明了木制托盘，用三个手指作倒三角架状托住托盘来回送菜，伴随着充满节奏感的乐声和歌声，变换着步伐和动作，将来之不易的食物供奉给神明的同时，又用舞蹈的方式既单纯又直接地把自己的喜悦、欢乐、幸福与神灵分享。

"跳菜舞"的伴奏乐《南诏奉圣乐》被列为唐朝十四部乐礼之一，"跳菜舞"轰动长安，曾经盛行中原。

时过境迁，中原地区的"跳菜舞"早已湮没在历史的长河中，唯有南涧无量山地区的彝族人将它传承和发展。千百年来，南涧的彝族人生活中重大的仪式都少不了"跳菜"的身影。不论婚丧嫁娶还是年节庆典，都用"跳菜"的方式来进行庆祝、祭拜。"跳菜"已然成为南涧彝族人民心中不灭的火把！

四、白族扎染，濡染了多民族妖娆静好的岁月

扎染古称"绞缬"，是我国古老的纺织染色工艺。大理市周城镇、喜洲镇和巍山彝族自治县的大仓、庙街等地至今仍保留着这一传统工艺，其中尤以周城白族扎染最为著名，是1996年国家文化部命名的"民族扎染艺术之乡"，产品畅销国内外，是大理外贸出口产品的主要种类之一。

蝴蝶泉边的周城镇，是一个白族较大的聚居村落，有1500多户人家，8000多人，村中的白族女子尤擅长扎染和刺绣，几乎"家家有染缸、户户出扎染"，有扎染之乡的美誉。

扎染，古称杂花布，又叫绞缬染，是民间古老的手工印染工艺，起源于1000多年前的中原地区，如今主要保存在大理市周城和巍山县城、大仓、庙街等地制作。

一件成品，从缝扎、浸染、漂、凉、晒，一道道工序，一份份勤劳，创造出"不用针线的刺绣，不用纺织的彩锦"，一针针缝扎，一缸缸浸染，显示出白族人民精湛的技艺和优秀的品格，它将世界一切美好融入到扎染的图案里，记载着扎染发展的历史和丰富多彩的生活，给其他民族带来无穷的遐想和回味。

据唐代《南诏中兴画卷》和宋代大理国《张胜温画卷》中的人物服饰研究显示，早在1000多年前，白族先民便掌握了印染技术，到了民国时期，居家扎染已十分普遍，以一家一户为主的扎染作坊密集而著称的周城、喜洲等地，已成为名传四方的扎染中心。

扎染与蜡染和镂空印花并称为我国古代三大印花技术。扎染曾一度较为兴盛，技术成熟，花色繁多，很多地区都生产使用。唐朝尤为兴盛，后来由于历史原因，扎染濒临绝迹。现在扎染除了在印度、柬埔寨、泰国、印度尼西亚、马来西亚等国保留外，仅在中国的西南少数民族地区仍旧保留使用。

今年43岁的白族女子段银开出生于云南省大理白族自治州喜洲镇周城村的扎染世家。她从小耳濡目染，熟练掌握扎染技艺。

段银开的丈夫段树坤同样来自扎染世家，他们因为共同的兴趣追求而走到一起。

1998年，段树坤夫妇在继承白族传统扎染技艺的基础上，重建祖上传下来的家庭作坊"璞真染坊"。

丈夫段树坤绘图制版，段银开负责创新针法和扎花技艺，夫妻二人共同完成的作品曾多次获奖。多年来，段银开和段树坤致力于扎染工艺的传承和推广，在当地非物质文化遗产保护部门的支持下，"璞真染坊"已陆续开办了十余期扎染技艺培训班，为周城村千余名白族妇女提供免费扎染技艺培训，并为她们的作品寻找销路。

2008年，段树坤收购当地一处老厂房，将其改建为以白族民居"三坊一照壁""四合五天井"为基本建筑形式的扎染博物馆。

夫妻二人在周城村挨家挨户走访收集，整理、挖掘、抢救传统图谱1800余张、模版3600余块、传统扎染品700余件，使大批珍贵藏品得到保护和展示。

2015年底，"大理璞真白族扎染博物馆"开始试运行，将扎染作品展示与扎染技艺示范相结合，推向旅游市场，并成为多所大学的教学实训基地。段银开说，"白族扎染已有上千年历史，我们俩都想将这份手艺一直坚持传承下去，这是一份责任。"

"璞真"，有三重含义，苍山、洱海和扎出来的疙瘩花。

段开银说：大理扎染全靠手工制作，经过手工绘图、扎缝、染漂、扎花、碾平等工序制而成。多以家庭小作坊的形式出现，采用对人体有益的纯植物——板蓝根为原料，真正的保留了纯朴和完全的手工制作。色彩上，扎染以白、青两色为主色，白色在白族地区是吉祥的象征，青色则象征希望、纯朴和真挚，青白结合就表示"清清白白，光明磊落"。

这从一定程度上体现出了白族人淡泊、宽容的心态及对至善人生理想的追求。

扎染在制作过程中倾注了民间艺人的艺术匠心，每一件扎染品也就是一幅生动的美术作品。特别是大理周城生产的扎染布与其他扎染布在图案上有很大的区别，一般的扎染图案多以不规则图案以及其他简单几何图形组成，而周城扎染的图案则取材于常见的动植物形象，如蜜蜂、蝴蝶、梅花、鸟虫以及神话传说中的人物、百兽等。

蓝底白花图案产生自然晕纹，青里带翠，凝重素雅，形象生动，布局丰满，构图严谨，多为二方、四方连续的纹样在色彩上，周城扎染比一般的扎染更加绚丽多彩，丰富多样，越洗越明晰、鲜艳。

一身民族扎染服装的段开银，清新素雅，韵味独特。对于扎染而言，她告诉我，无论扎花还是浸染，均需手工，现代机器设备难以代替，因而扎染图案细腻，变幻无穷，形成以花形为中心的多层次晕纹，古朴雅致，凝重大方，有一种强烈的艺术感染力！尤其是缝扎针脚的松紧细密的毫厘之差，浸泡蒸煮染色的温度时间点滴差别，都会让扎染呈现出不一样的色彩与晕纹，可以说世上不可能有完全相同的扎染饰品。

我看到头顶上悬挂着的被太阳晒旧的扎染布，那些蓝，随着时间的流逝一点点地淡下去，蓝与白的边界，看上去越来越模糊，可奇怪的是，这时的扎染反而更好看了，时间，真是这世间的魔术师。

追溯着扎染悠久的历史，从不同角度记载着人类社会发展的历史辉煌；蓝底白花的件件扎染品，像繁星点点闪烁在苍山洱海之间，闪现出白族先民的勤劳与智慧，讲述着人世间美好的生活很动人的故事。"白族扎染之乡""国家级非物质文化遗产""国家级非物质文化遗产生产性保护示范基地——璞真综艺染坊白族扎染技艺"，"国内第一个白族扎染博物馆"，大理市科普教育基地。顶顶桂冠无不闪现出优秀民族传统文化的荣耀。

白族后代在"保护为主，抢救第一，合理利用，传承发展"工作方针的指导下，义不容辞地担当起普及科学知识，传承白族扎染技艺，延续民族文脉的责任，为进一步弘扬民族文化，传承扎染技艺再创民族文化繁荣发展的更大辉煌而不懈的努力，不懈的奋斗。

她的丈夫段树坤说：白族扎染多选择用蓼蓝、板蓝根、艾蒿等天然的蓝靛常溶液，绿色环保，色泽自然，经久耐穿，如板蓝根一类的染料还能消炎清凉，驱蚊护肤。扎花方法由简单到繁复，现在已经发展到1000多种新花型。而扎染制品种类有面料、床单、桌布、围巾、枕巾、门帘、窗帘、挎包、坐垫、茶杯垫、围腰、服装等，极大地丰富了喜欢扎染群体人的多重口味。

从作坊出来，看到了这样一个天井：地板不再是单纯的水泥地，而是由扎染的不同图样的方布交错铺设而成，正中央放置一个高台，上面展示了穿戴着不同年龄和场合需要的服饰的人像，人像围着一个三层的生斗，第一层雕饰着三朵莲花（取其连升三级的寓意），第二层为牡丹与瓶（取其富贵平安），第三层是一只蝙蝠（取其有福有禄）。

在博物馆阴凉的廊檐下，用扎染布做的窗户前，有几个穿着白族服饰的婆婆聚在一起扎花，时而谈天说地，时而聚精会神穿针引线，时光沉淀着美好，仿佛穿越了几千年，回到了那静好的年代。

告别，再回头，看见了"大理璞真白族扎染博物馆"屋脊上的瓦猫。

云南民间相信把瓦猫设计成如猫似虎的模样，高踞屋顶之上，守家护院，可吞食一切来犯之鬼怪。

瓦猫广泛的流传于云南昆明、呈贡、玉溪、曲靖、楚雄、大理、丽江、文山等地，成为一种独特的民俗。瓦猫顺着瓦片站立着，胸前有一块凸凹的八卦图，且成菱形状直立于瓦猫的前胸。

瓦猫因其形象颇似家猫而得猫名，但却寓虎于猫，原意是能食鬼的老虎。所以又叫降吉虎，镇脊虎、吉祥虎，取虎凶猛无畏之意，以达到镇宅的目的。

其实这些在屋顶瓦片上的物件，把它称作瓦兽更为恰当些。它们可以是狮子、麒麟、貔貅等，在千百年的住建习惯中，瓦兽有"招财进宝、镇宅、避凶、趋吉"的寓意，也就成了传统建筑里钟爱之物。

纳西族学者、退休教师杨金山说，传说中的瓦猫还可以"吞金屙银"，只要在瓦屋顶上装上瓦猫，就会把外面的金银财宝吞进肚子，屙到主人家里，所以瓦猫都张着大嘴，空着肚子。

瓦猫是"大理璞真白族扎染博物馆"的灵物，黑白中带着炫彩，犹如千万年的等待，美丽了时光。

五、船的力量在帆上，人的力量在心上

下西莲花回族村共有78户、290人，隶属于大理白族自治州巍山

彝族回族自治县永建镇永和村委会。

2013年，下西莲花村被县委、县政府评为"巍山县第一批民族团结进步繁荣稳定示范样板区示范村"。

"村子是在各级政府长期扶持下，沿着民族团结进步繁荣稳定示范村的路子逐步发展到今天的。"

村长马和军说，自2007年下西莲花村实施了民族团结示范村建设工程以来，各级政府投入资金178万元，群众自筹50多万元，完成了村内路面硬化和绿化，建成村内广场及篮球场、图书阅览室，实施了路灯亮化工程，村里面貌焕然一新。

今年40多岁的村民马赛育，经营着村里规模最大的核桃加工厂。工厂从丽江、中甸等地收购铁核桃，加工后再运往沿海省份。

"成吨的核桃收回来，如果没有其他民族村民的帮助，光靠我们自己是没法加工完的。"

在下西莲花村，像马赛育一样常年从事核桃仁、中草药加工的有77户。在他们的带动下，周边村寨的彝族、汉族、白族同胞，也加入到加工铁核桃的行列，各民族和睦相处，共同致富。

"要想富，先修路。"为了把支持民族地区加快发展的政策措施落到实处，云南省加快推进民族地区交通、水利、能源、通信、农村危房改造等项目建设，打通"毛细血管"，破除"最后一公里"瓶颈制约。

"过去，我们村连像样的房子都找不出几个，村里的路连人都走不通，更不要说车出车进了。"

说起下西莲花村的变化，80岁的村民马文英用了"翻天覆地"来形容，"现在村里水泥路四通八达，车子进进出出。家家户户用上了电器，生活越来越好，连外村人都羡慕我们！"

来自云南迪庆的傈僳族姑娘赵翠莹，毕业于云南民族大学法学专业。作为云南省首届少数民族法官定向培养班毕业的学生，赵翠莹和其他18名同学学成后，扎根云南的民族地区基层法院，为当地少数民族提供法律服务。

"民族地区缺乏少数民族语言法官,即便请少数民族语言翻译,由于法律的专业性,容易出现偏差。我很高兴能够用本民族语言为傈僳族老乡提供法律服务,解决他们的困难。"赵翠莹说。

从2003年开始,云南就坚持实施25个世居少数民族都要有1名以上干部担任省级机关厅级领导职务的做法。在公务员招考、事业单位招聘中,采取特殊政策措施,拓宽少数民族干部的入口。

2014年,云南公务员招考中,首次全面铺开加试少数民族口语,对各岗位明确"是否需测试少数民族语言"。

2014年10月10日,云南民族干部学院在云南民族大学举行揭牌仪式。作为贯彻落实中央民族工作会议精神的重要举措之一,云南省委、省政府一直把用好少数民族干部和熟悉民族工作的干部,作为解决民族问题、做好民族工作的关键,提出"不懂民族工作的领导干部不称职,做不好民族工作的领导干部是失职"的要求,充分发挥少数民族干部的特殊作用,不断提高各级领导干部民族工作的能力水平。

"民族工作的'云南经验'中,最本质、最朴实、最意味深长的,还是'各民族都是一家人,一家人都要过上好日子'的理念。'一家人'的核心是平等团结,这是对待民族问题的基本立场和世界观;'过日子'的核心是发展进步,这是处理民族问题的基本途径和方法论。"

大理白族自治州作为全国首批民族团结进步示范单位,在培养少数民族干部方面也有着自己的特色。2014年起,大理对全州9个人口较少的世居少数民族实行单设岗位招录;在事业单位公开招聘中,每年都安排一定岗位定向招收傈僳族、苗族等6个大理"特少民族"考生。

此外,为着力解决州内人口较少民族干部人才短缺的问题,大理州通过实行学费、生活费、住宿费、杂费"四免"政策和照顾安排就业的办法,连续12年对州内4所中专、连续4年对州内5所重点高中分别招收的人口较少民族学生给予补助，每生享受补助1.25万元，已专门安排补助资金500多万元，为人口较少民族干部培养奠定了坚实的基础。

改革开放以来，云南省委、省政府5次作出加强民族工作的决定，在实践中探索了因主动"强化"民族工作而"淡化"了民族问题的"云南经验"。如今，云南省各级各部门用心用情用力推进示范区建设，形成了党委政府领导、部门协同、社会支持、群众参与、上下联动、合力建设的良好格局。示范区建设已经成为凝聚全省各族人民的共识和智慧，引领全省各族人民实现中国梦云南篇章的一面旗帜。

搞好民族团结、争取人心是我党的优良传统。革命战争年代，党主张和实行的是争取、团结、联合少数民族的政策，赢得了少数民族群众的支持。

人心是最大的政治，民族团结的主体是各族群众，说到底是人与人之间的团结。船的力量在帆上，人的力量在心上。

抓不住人心，团结也就不可能搞好。

要重在平时、抓在平常，重在交心、以心换心，多做温暖人心、凝聚人心、争取人心的好事实事。

"积善之家，必有余庆"。全社会都来共创共建，民族团结、社会稳定、国家统一的人心防线必能筑牢。

喜欢大理，不仅喜欢大理的文化，更喜欢白族人居住的建筑风格。

宋人戴复古在《鹊桥仙》中曰："新荷池沼，绿槐庭院，檐外雨声初断。"

想象一下，初夏时节，满池塘的荷花挨挨挤挤，槐树的绿荫洒满庭院，该是多么惬意的生活场景。

就如习近平看到的大理村民的庭院，房子雕梁画栋，院落干净整洁，植物生机勃勃，一家七口四代同堂，多么其乐融融的幸福之家，这样庭院的怎么能不让人怀念乡愁呢！

大理古城、大理三塔、一棵棵古树,这是大理人的乡愁。

时代在变,这些系着大理人乡愁的关键物没有变,也会好好被守护。

思乡、念家、怀旧、守护、建设、发展,都是民族地区走向未来最可贵的基因。

习近平指出:"新农村建设一定要走符合农村实际的路子,遵循乡村自身发展规律,充分体现农村特点,注意乡土味道,保留乡村风貌,留得住青山绿水,记得住乡愁。经济要发展,但不能以破坏生态环境为代价。生态环境保护是一个长期任务,要久久为功。一定要把洱海保护好,让'苍山不墨千秋画,洱海无弦万古琴'的自然美景永驻人间。"

做好民族工作,最管用的是争取人心,世界上最远的距离是心与心的隔阂,最近的距离则是心与心的沟通,只有以心交心才能心心相印,民族交往才能春风化雨。

云南虽然不是民族自治区,却是我国实行民族区域自治的地方和世居民族最多的省份。受历史传统、民族文化、社会现状等因素影响,决定了云南需要全面推进依法治国方略,坚持和完善民族区域自治制度,把民族工作纳入法治化轨道,通过法律来保障、推动民族地区经济发展、社会进步,用法律来保障民族团结,依法处理民族问题,依法协调民族关系,筑牢政治稳定、经济发展、社会和谐、民族团结、边疆安宁的法治根基。

党的十九大明确提出"全面贯彻党的民族政策,深化民族团结进步教育,铸牢中华民族共同体意识,加强各民族交往交流交融,促进各民族像石榴籽一样紧紧抱在一起,共同团结奋斗、共同繁荣发展",这为云南在推进民族团结进步示范区建设、开展脱贫攻坚工作等方面注入了强大动力。

民族团结则国运兴,文化强则民族强。

云南通过一些特色村寨、示范点的建设,有了鲜活的例子,产生了示范效应。看到边境少数民族村寨的改变,听着村民用质朴的言语表达过上幸福生活的感激,特别是听到村民们说在脱贫致富的同时,"会守护好国土、稳固好边疆。"朴素的语言让人感动。

船的力量在帆上,人的力量在心上。

正是各族同胞团结一致,携手共建,推动着云南这个边疆民族大省不断迈向民族团结进步、边疆繁荣稳定的新台阶。